みなみ に

目次

はしがき　7
謝辞　13
前言……………………………15
序章　文献学的解釈の基礎……………………………33
1　諸伝本の表記　35
2　二種類の仮名遣　48
3　清濁の識別　63
第一章　つれ〴〵なるまゝに……………………………69
1　つれづれなるままに　71
2　清むか濁るか　85
3　付かず離れずの関係　94

4 語源信仰の危険性 104
5 帰納される意味 116
6 母音交替形の意味領域 122
7 兼好の真意 127

第二章 うしのつの文字……………135

1 謎を解いたのはだれか 142
2 文字習得の過程 150
3 「こいしく」の必然性 162
4 牛の角文字 165
5 すぐな文字 171
6 謎ときの筋道 175
7 かわいらしさの抹殺 178
付 かたかんなの和歌 181

第三章 土偏に候ふ……………193

1 文字史からの検討 197

2　場面の理解　204
3　有房の意図　208
4　いづれのへんにか侍らん　214
5　質問と解答とのすれ違い　222
6　自筆原本の表記　232
7　中間のまとめ　238
8　どよみになりて　241
9　兼好の意図　247
補　「イヅレヘン」　251
第四章　蜷といふ貝…………………………255
1　極端な異文　258
2　蜷といふ貝　264
3　文献資料にみえる「蜷」Ⅰ　271
4　文献資料にみえる「蜷」Ⅱ　279
5　兼好の意図　286
6　漢字表記の必然性　290

7 異文成立の理由 296
8 兼好の軌範意識 303
9 語形変化の動因 306
第五章 いみじき秀句……………313
1 秀句の所在 317
2 法師は「法の師」か 328
3 法師とよばれない僧侶たち 338
4 惟継と円伊との人間関係 346
5 いみじき秀句 355
6 方法上の諸問題 359
結 語……………363
引用文献 375
解説（小川剛生） 377

本書は講談社学術文庫版（一九九〇年刊）に、
あらたに解説を付して刊行するものです。

はしがき

学術文庫版の刊行にあたって

古典文学作品は注釈書で読むのがふつうです。本文を活字になおして句読点や濁点を付け、仮名遣を改め、適宜に改行し、仮名と漢字との当てかたを調整したうえで、難解な語句に注釈が加えてありますから、もとになった写本や版本とは比較にならないほど読みやすくなっています。

同じ作品の注釈書がいくつもあれば、自分にいちばん適していそうなものを一つ選ぶことになるでしょう。その場合、わかりやすいとか、詳しいとか、全文の現代語訳が添えられているとか、先生に勧められたとか、いくつかの条件を総合して判断するはずですが、内容が正しいことは――あるいは、すくなくとも積極的な間違いが含まれていないことは――、前提として疑われていないのではないでしょうか。しかし、一つの注釈書を読んでいれば解釈は一つですが、二つか三つの注釈書を比べてみたら、しばしば、同じ部分の解釈が大きく違っていることに気づくはずです。

二つの地図を比べて山の位置が違っていたら、たいてい、一方が正しく他方が誤りとみてよいでしょう。いずれにせよ、実測で決着がつけられますから、その点が古典の注釈と根本的に違っています。遠い過去に、特定の人たちに読まれることを想定して書かれた作品を、いまになってすみずみまで理解することなど、はたして可能なのだろうか、注釈書は、どれほど確実な根拠に基づいて、このように推定したり断言したりしているのだろうか、と疑問をもってみることが、独善的な解釈に陥らないための第一歩です。

古典文学作品に出てくる語句は古語辞典で調べるのが定石になっており、さまざまの種類のものが出版されていますが、そういう辞書を編纂する人たちは、自分で使ったことのない昔の日本語でも、そして、いつの時期のどういう日本語であろうと、よく理解しているはずだ、と無条件に信用してからずに、注釈書の場合と同じ疑問をいだいてみることが大切です。国語辞典や英和辞典の説明は事実との照合が可能ですから、その意味で地図と同じですが、古語辞典の説明はすべてが解釈の結果ですから、同一の用例が異なる意味に理解されていることも少なくありません。

注釈書にせよ古語辞典にせよ、専門家の手になったものだということは信頼性の保証になりません。講釈師、見てきたような嘘を言い、という川柳を地でいっている場合が——意図的にではなく、結果として——、珍しくないからです。解釈が人によって違うのは当然だ、などという煙幕に巻きこまれずに、いっそう的確な解釈に到達する方法をさぐってみなければなりません。その先にある高次の解釈は人によって違うでしょうが、わたくしが意図しているのは言語表現のレヴェルにおける解釈ですから、そういう次元の手前にあります。

わたくし自身、古語辞典の編纂に継続的に携わってきていますが、用例の文脈が明確に把握できないために語句の意味が漠然としかわからない、というのは日常的な経験です。解釈の根拠が疑わしい場合には、あらためて検証してみることになりますが、調べさえすればわかるというものではありません。

一般に、注釈書では人名や地名などについて懇切すぎるほどの説明を加えていながら、文脈の解析や語句の解釈にはそれと同じだけの精力がさかれていないように見うけられます。いわゆる《古文解釈》は古典文法の支配下にあり、文献学的解釈の方法が本格的に導入されていないことがその大きな原因であるとわたくしは考えます。《解釈文法》という不可思議な用語の定着はその状況を象徴しています。

この小冊は、古典文学作品の文章を解釈する方法がどのようにあるべきかを基本から問いなおし、具体的な対象に即して考察を試みた記録の一端です。古語辞典を改訂する作業の副産物ですから、結果的には、そういう作業の台所を公開することにもなるでしょう。以下の各章に提示するような手続きを踏んで得られた成果は、凝縮して個々の項目に還流され、古語辞典の内容が僅かずつ改善されていきます。

この学術文庫版は、一九八三年に三省堂から出版された単行本を下敷きにしています。その際には高橋昭さんに相談役をお願いし、数々の有益な助言をいただきました。また、有能な高野郁子さんが、引用文の照合や原稿の整理点検など、細心に処理してくださったので、少なからぬ誤記や不透明な表現、あるいは論旨の矛盾など、原稿段階での不備が大幅に改善されました。したがって、三省堂版は実質的に高橋・高野・小松の合作です。

講談社の宇田川真人さんから、学術文庫に収録したいというお誘いをいただいたときは複雑な心境でした。こちらからお願いして刊行していただいたものを、よその出版社に移すことに心理的な抵抗を感じる一方、文庫に収録されれば多くの読者の目にふれる機会がありそうだし、適切でない用語や表現を改善することも可能になるという誘惑をおぼえたからです。三省堂で生まれたこの小冊は、同社の好意によって再度の生命をもつことができました。このたびは、宇田川さんが介添えになってくださいました。

用語や表現の改善については完全に見とおしを誤りました。化粧の乱れをチェックするために鏡をのぞいたら、ひどい御面相をしているのにびっくりし、大小の加筆が全体に及んでしまいました。ただし、かなり姿が変わっても趣旨は同じですので主題はそのままにし、二つの版を区別するために、「解釈の原点」という副題を「表現解析の方法」と改めました。〈です・ます体〉を踏襲していますが、冗語を削除して、少しは引きしまった文体にしたつもりです。

初対面の折、宇田川さんが、三省堂版を推理小説のようだと批評なさったことは、わたくしにとってあらためて驚きでした。この小冊だけでなく、新書版の『いろはうた』などについても、ほかのかたがたから同じ批評をいただいていたからです。

スランプに陥ると、きまって推理小説に手がのびてしまうので、知らず知らずに影響を受けたのかとも考えましたが、緻密に計算して構成しなければ推理小説のような展開にすることは不可能ですから、そういうことではなさそうです。

わたくしの考えかたの筋道が推理小説の基本的なパターンと共通しているのではないかと考えたら、思い当たるふしがありました。それは、どの大学でどういう講義をしても、学生諸君から、ノートがとれないという苦情が出ることです。

この点についてはしかじかに相違ないと考えられてきた。その解釈は事実Aによって支持されるし、事実Bを加えれば不動のようにみえる。しかし、別の観点を導入すると、事実A・Bに第二の解釈が成立する。その可能性を追ってみると……、といった流儀の進めかたで、しかも、補足をあちこち挿入されたのでは、なにが主題であるのかわからなくなるというのです。腕ぐみして聞いていればわかるのですが、教科書のない講義でノートがとれないと学生諸君は不安になるのでしょう。

同一の人間が話しても書いても似たような構成になるのは当然です。犯人のようにみえても即断すべきではないと、結論を保留しておいて先に進むところが推理小説につうじているということなら、ことさらに改める必要はないでしょう。

わたくしの自戒は、〈膝をたたいたときが危ない〉ということです。難問氷解の嬉しさがこみあげてきたときに思考は停止します。サスペンスにじらされず、思考の継続をエンジョイすることによって考察が健全に成長します。

推理小説なら、疑わしい人物をちらつかせたり、犯人の巧妙なアリバイ工作で読者を混乱させたりしても、最後の段階で真犯人が暴露され、犯行の動機や手口が完全に解明されるはずだという暗黙の前提があります。しかし、表現を解析したり語句の意味を帰納的に推定したりする場合に、そういう前提はありません。解釈の過程は警察による捜査のようなものですから、ごりおしや手抜きをすると誤認逮捕になりかねないし、着実な手順を踏んで捜査しても迷宮いりの可能性があります。アカデミックな議論を推理小説の手法で組み立てることなど、できるはずがありません。

論述の過程におけるサスペンスの持続は積極的に正当化しましたが、学的な著作なら、読後感までが推理小説のようであってはなりません。サスペンスから完全に解放された、という実感がなければ、そういう印象は残らないからです。真実は、もっと遠くにあるはずです。読者が、小冊の叙述のなかに論理の飛躍や破綻を見いだし、再審請求の証拠がためをしてくださるなら、それ以上に嬉しいことはありません。

小松英雄

謝辞

三省堂の高橋昭・高野郁子の両氏と講談社の宇田川真人氏との御助力がなければ、この小冊は世に出ることができませんでした。三省堂版について、山田俊雄氏に過分なおことばで推薦文を頂戴しました。また、山内洋一郎氏には、『国語と国文学』（一九八四年六月）で専門的な立場から書評をしていただきました。武井和人氏からは、特に第二章について、謙虚ながら鋭い御指摘をいただきました。加藤博一・柳田征司・山口仲美・山口佳紀の各氏は私信で不備を指摘してくださいました。工藤浩（『言語生活』）・百目鬼恭三郎（『VOICE』）・谷沢永一（『百言百話』『中央公論』）・向井敏（『毎日新聞』）の各氏には、それぞれ、好意的な紹介や言及ではげましていただきました。心から感謝もうしあげます。

前言

文献学的解釈

『徒然草』から、従来の解釈では理解しにくい五つの短い章段を選んで、文献学的方法に基づく解釈の手順を踏みながら表現の解析を試み、導かれた帰結を従来の解釈と比較することによって、古典文学作品の文章を解釈するための方法について、基本から考えなおしてみようというのが小冊の主たる目的です。

文献学的解釈などという用語を最初からもちだすと、かたくるしい議論を想像して敬遠する読者が多いかもしれませんが、それは、解釈の原点を十分に確認したうえで、すなわち、与えられた作品の伝本を、そして、与えられた本文の表現を見すえて、そこから着実に出発する解釈のことですから、作品のいちばんすなおな読みかたにほかなりません。

具体的な問題を扱うまえに、この小冊のめざしている文献学的解釈とは、どのような読みかたのことなのか、また、このような形での問題提起がなぜ必要なのか、そういう基本的な事柄を中心に、この小冊の方向づけと、解釈についてのわたくしの考えかたとを、「前言」で明らかにしておきます。「前言」で述べる事柄は、すべて、たてまえですから、それ自体としてはお題目にすぎません。文献学的解釈の、方法としての優位性、ないし有用性と、その限界とは、各章における検討から導かれる帰結によって客観的に査定されるでしょう。甘柿の木か渋柿の木かは、結ばれた果実によって確実に判定できます。それと同じように、解釈の方法の優劣も、導かれた成果の説得性によって自然に定まるでしょう。

与えられた文章を、それを書いた人物によって意図されたとおりに過不足なく理解することが解釈の一次的な目標です。正しい解釈とか誤った解釈とかいう表現の裏には、提示された解釈を正・誤のいずれかにふりわける姿勢がありますが、現実には相対的な正しさの度あい、すなわち、解釈の精度の差が問題であり、したがって、どのような方法によれば、いっそう真実に近づきうるかが恒常的な課題です。

学的な水準が維持できる限界内において、平明な用語と表現とを用いて叙述することにより、専門的な知識をもたない読者にも容易に理解できるだけでなく、批判することも可能な内容にすることが、この小冊の方向づけです。間口を広げたうえに奥行きも深くとろうという欲張った目標ですが、現時点において、このような試行が切実に要求されているという認識のもとに実行に移してみます。

この小冊に一貫する文献学的解釈の理念が、専門的な研究者だけでなく、さらに広い層の人たちに浸透して多くの実験例が追加され、いっそう洗練された方法が確立されることを切望します。換言するなら、この小冊の内容が陳腐にすぎて顧みられなくなったとき、執筆の目的は達成されることになるでしょう。

この小冊をつうじて読者に理解してほしいのは、文献学的解釈の難しさや、手順の煩雑さではなく、この方法で読むことによって表現の核心に確実に迫ってゆく充実した楽しさであることを強調しておきます。

用語や表現の細かい詮議に対しては、侮蔑や嫌悪をこめて、重箱の隅をつつくという評言がひとしなみに使われます。たしかにそうとしか言いようのない場合もありますが、つねに当たっているとは限りません。文献学的方法による正統の解釈についてそういう評言が不当であることは、この小冊の各章における検討の結果によって確実に証明されるでしょう。要は、どのようなことばをどのようにつつくべきかというところにあるわけですから、その背後にある動機づけ——motivation——が最大の問題です。

古典文学作品を読もうとする場合には、その目的が享受にあろうと研究にあろうと、そこに用いられていることばについての的確な知識が前提にならなければなりません。この小冊においては、日本語史研究と日本古典文学研究との間に構築されている障壁を取り払って、古典文学作品の本文解釈がどのようにあるべきかに関する方法論上の諸問題を、どちらの領域にも共通する重要な課題として、じっくりと検討してみたいと思います。いちばんのねらいは、いわば、考えかたについて考えてみる、というところにあります。

右のようなわけで、この小冊は、日本語史研究にたずさわる同学のかたがたや日本古典文学の専門的な研究者ばかりでなく、それを教える立場にある先生がたや、大学および短期大学の学生でこの方面に関心を持つみなさんを、いずれもその主要な読者として想定しています。もちろん、もと学生というかたがたをも念頭に置いているつもりです。

第一章以下が本論ですが、その前に序章を設け、文献学的解釈にとって不可欠な基本的知識を実例に即して略述しておきます。すぐには具体的な文章の解釈に取り組みにくい読者の存在を考慮して、いわば、導入部として添えるものですから、この部分には、わたくしの独自の考えが表に出ていません。第一章以下の本論でも、日本語史の研究者にとっては釈迦に説法ともいうべき初歩的な事柄に関する解説を随所に織りこみながら叙述しますが、これは、当面する課題をすべての読者に理解してほしいと考えての蛇足ですから、意のあるところを汲んで専門家のかたがたには大目に見ていただきたいと思います。

虚心な読書

古典文学作品に接する場合、日本文学の研究を志す人たちは、とかく、ことばの厳密な意味やその微妙な含みなどをあまり深く考えてみようとせずに短絡的な読みかたをしたうえで、作品論や作家論に力を入れたがる傾向がうかがわれるようです。また、日本語の歴史的な研究を手がけている人たちは、目前の対象が文学作品として書かれたものだという事実すらも意識せずに、特定の時期の言語資料とみなし、それぞれの作品の個性を顧慮することなしに都合に合わせて手あたりしだいにつまみ食いをする、といった傾向があるように見うけられます。

文学研究とか言語史研究とか、あるいは、趣味や教養のための読書とか、そういう目的を最初から鮮明にして作品に対することは、その作品に一方的な奉仕を要求する搾取的な姿勢です。利用する側の都合に合わせて導かれた帰結など、真実ではありえません。少しでも真実に近づくことが目的なら、なにかを得ずにはすまされないという功利的な打算を離れて虚心に作品を読んでみることです。そうすれば、得心のいかない事柄が出てくるでしょう。そのようにして自然に生まれた疑問を育てるなら――すなわち、そういう疑問を問題として設定し、研究の態勢を整えて考えを進めるなら――、見えなかったものが見えてくるはずです。

問題の設定と解決の方法

求める答えを歪みのない形で引き出すためには、適切なてだて――scheme――を講じることが必要です。そのてだてがどのようにあるべきかを考えるのが方法論――methodology――であり、てだてを実行に移すために設定される方略――strategy――が方法――method――であり、既定の方略に基づく対象との取り組みかた――tactics――が手順――procedure――ということになります。

あやふやな帰結しか得られないとか、まったく見とおしが立たないとかいう場合には、問題の設定のしかたか、あるいは、近づきかた――approach――か、そのどちらかに狂いがあるはずですから、慎重に洗いなおしてみなければなりません。

われわれの関心は、どのようにしたら真実に極限まで迫れるかということです。はっきりしているのは、問いかけのないところに答えはないということ、そして、どうしてもそれが知りたければ、無理な問いかけでない限り、どのあたりかまでは近づく道が見いだせるはずだ、ということです。このように、素朴な疑問の解決として導かれた解釈は、研究のためにも鑑賞のうえでも、ほんとうに役だつよりどころとなるでしょう。それは、研究成果の信頼性を保証し、また、豊かな教養に培うものとなるはずです。

つねに積極的に問いかけることによってそれに対する答えを引き出すという、そういう読みの姿勢で臨むことがなによりも大切です。作品に用いられていることばを徹底的に解析することによって作者の意図にまで迫るのが、文学作品を対象とする場合、文献学的解釈の窮極的な目標であるべきです。解釈とは、作品を通じての作者との対話にほかなりません。

文学作品はことばで書き記されていますから、作者と心ゆくまで対話を交わそうとするならば、媒体となるのはことばのほかにありません。したがって、それぞれの作品の成立した時期の日本語について、正確かつ豊富な知識を身につけることが必須の条件であり、達成の上限はありません。また、書記――writing――から、どのようにしてことばそのものを再構――reconstruction――すべきかについての心得も必要です。こちらの方は、むしろ、その限界を見きわめることが大切です。あまりにも当然のことですが、注釈書の類を見ていると、こういう事柄をあらためて確認してかからなければならないと痛感します。語学的研究の領域ですでに常識化している事柄が、最新の注釈書にさえも取り入れられておらず、旧態依然たる解釈がまかりとおっていることが少なくないからです。

伝本の尊重

古典文学作品は、活字になった本文を注釈書に頼って読むものだと決めこんでいる人たちが多いようです。ひととおり目をとおしてみようというだけなら、たいてい、それで間にあうでしょう。本文のあちこちに誤りがあったり、あるいは、読者の読み誤りを誘うような注釈があったりしても、話の筋まで狂ってしまうようなことは起こらないからです。しかし、微細な表現のあやまで丹念に吟味しながら味わってみようとか、活字になった本文を読む過程で生じた疑問を自分の力で解決してみたいとか、そういうことになると、伝本にもどって読んだり確かめたりする以外に手段がありません。

写本とか版本とかいうのは、専門家にしか読みこなすことのできない特殊なものだと思いこんで近づこうとしないのは、食わず嫌いにすぎません。たしかに、いきなりすらすらとは読めないかもしれませんが、ちょっと慣れさえすれば、格別に難しいものではありません。わたくし自身、言語史研究にとって仮名文学作品は資料価値がきわめて低いという誤った認識を捨てるのが遅かったので、異体仮名——いわゆる変体仮名——も、近年になっての独習です。したがって、書くことまではできません。しかし、日本の文献はすべて毛筆で書かれており、毛筆の特性が書記のすべてを支配していることを、そして、あらゆる書記は読みとることの可能な形に書かれていることを、試行錯誤の過程で知ることができたのは大きな収穫でした。経験を振り返ってみると、伝本に目をさらしているうちに——といっても、ほとんど複製本か写真でしたが——、いつのまにか勘ができていました。ただし、それだけでは、読めなかった文字が読めるという以上の達成感はありません。文字が読めるようになれば自然に内容が気になりますから、解釈の楽しさはそこから始まります。

文献学

文献学という用語を断りなしに使ってきましたが、それはPhilologieの訳語のつもりです。ただし、文献学の正確な概念規定は、その領域の専門書に譲ることにします。ヨーロッパにおける文献学の伝統にまで説き及んで、この学問に関する講釈めいた解説をわたくしが加えることは慎んでおきたいからです。文献学とは、伝存する文献をあらゆる角度から徹底的に解析し、可能なかぎりの情報をその文献から引き出すことによって、その文献の本質を明らかにするとともに、時代や民族の精神にまで迫ろうという指導原理に基づく研究領域、という程度に当面は規定しておきます。

文献を自由に読みこなすためには、その文献を支えている言語についての豊富な知識が前提になりますから、文献学にとって、言語的なレヴェルにおける理解が最初の課題であり、研究の出発点です。文献学はヨーロッパで発達した研究領域ですから、対象とする文献の様相が日本のそれと大きく異なっており、そのまま応用することは不可能です。さまざまの書記様式や用字原理が継続的に併存していることなど、日本独自の特徴がありますし、また、文献の質の違いに応じて対応のありかたも自然に違ってくるはずです。

なお、ドイツ語のPhilologieと英語のphilologyとでは指す内容が同じでないこと。そして、訳語として紛らわしいために混同されがちな文献学と書誌学とは、過去の文献を対象とする点で共通していても、目的と方法とを異にする研究領域であること。この二点を付け加えておきます。

『徒然草』を選択する理由 Ⅰ

わたくしは特定の文学作品を専門とする研究者ではありませんし、この小冊の目的からすれば、どの時期のどの作品の文章を対象にしても同じことになりますが、つぎの二つの理由から、ここには『徒然草』を選ぶことにします。

『徒然草』の文章は、読みやすくわかりやすいと一般に考えられています。この作品の文章を対象として選択する第一の理由は、そういう評価を逆手にとって、非常によく知られている部分でさえ解釈につまずいてしまうことを確認し、どのようにしたら起き上がれるか、その方法を探ってみたいからです。

「古典」の入門教材として『徒然草』からの抜粋は必ず使われていますから、たいてい、早い段階で接しているはずですが、その内容がいちおうは理解できたと記憶している読者が多いでしょう。『徒然草』は読みやすい古典の代表であるとか、数ある古典のなかでいちばんやさしい作品だとか、そういう常識が確立されているために、本格的な解釈作業の対象としてこの作品を持ち出したのでは、いまさら、という感じがするかもしれません。

しかし、『徒然草』の文章がわかりやすかったのは、問題点を素どおりして——ということは、表現の奥にひそむおもしろさを味わうことなしに——うわべだけを、わかりやすく、そして、ここはこうだと断定的に教えられたからではないでしょうか。自発的に感心したのではなく、鑑賞という名目のもとに、どの部分についてどのように感心すべきかまでも押しつけられた場合が多いはずです。

現に教壇にある読者は、強制的に感心させられたことを強制的に感心させるための媒体になっているかもしれません。「すこしのことにも先達はあらまほしきことなり」〔第五二段〕という兼好のことばが真であるためには、先達が対象に精通している必要がありますが、はたして、そのように断言できるでしょうか。

この作品を読みなおしてみれば、力量のある読者ほど、用語や表現のレヴェルで理解できない事柄が続出するに相違ありません。注釈書を見ても納得できる説明がなされていなかったり、その問題が取り上げられていなかったり、という場合が少なくないはずです。以下の各章では、十四世紀に書かれた『徒然草』の文章が現在のわれわれに手ばなしで読めるはずがないことを具体的に指摘し、難しさについての正当な認識のもとに、解釈の方法を模索してみることにします。

「つれづれなるままに」で始まる冒頭の一節は、たいへん有名であり、しかも、ひとりでに暗唱してしまう程度の短い文章ですから、まさか、ことばの面で解明されていないことなど残っていないだろう、と読者が考えるのは当然でしょう。それどころか、そういう理解のしかたが専門家の間にさえ支配的であるように見うけられます。そこで、第一章では、この一節を検討の対象にして、見すごされてきた問題点のいくつかを指摘し、新たな解釈を試みることにします。これまで、ことばをことばとして的確に把握しようという努力がいかにおろそかにされてきたか、そして、細かい作業の積み重ねによって、文章全体の解釈や文学的な評価まで、大きく変わる可能性のあることが明らかになるはずです。

分かりにくい語句あるいは熟字、馴染みのない人名、物名などに一々こだわらず、友だちから来た手紙を読むような気持で、早いスピードで読み進む。『徒然草』を読むのに、これは大事な読み方である。

これは、『徒然草』の注釈的な評論に示されている見解です。おそらく、本来は、そういうものだったのでしょう。ひっかかるところには自然にひっかかり、早いスピードにブレーキがかかるだけです。しかし、それは、作者と同じ時期に、作者と同じ社会階層に属していた人たちにしか通用しません。この小冊に取り上げるいくつかの章段なども、十四世紀の上流階級の人たちにとっては、読んだだけでわかるものだったのでしょう。しかし、六百年以上の時間が厚い壁を築き、その壁を取り崩すには、確実な方法と、その方法の実践としての慎重な解釈作業が必要になっています。

現代日本語をあやつり、近代的な社会に住むわれわれが、右に示されたような読みかたをするとしたら、それは不遜というべきです。そういう不遜な姿勢がわれわれを表現の核心から遠ざけてきたことは、各章における検討の過程において明白になるでしょう。

文献学的解釈の方法によって導き出された新たな帰結については、その妥当性が——というよりも、その妥当性の度あいが——検証されなければなりませんが、ともかく、この作品の冒頭の一節にさえ、これほど多くの重要な問題が、あるものは未解決のままに、また、あるものは提起されることもなしに、残されていたという事実は動きません。

『徒然草』を選択する理由 Ⅱ

対象として『徒然草』を選択する第二の理由は、この作品なら、短い文章が安心して切り取れるからです。表現の陰影にまで目を配って解析し、解析の過程を具体的に提示するためには、文脈の明白な短い文章が好都合です。そのうえ、よく知られた章段だけに限定すれば、これまでの解釈との違いが際立つだろう、とも考えましたが、どの章段にも、たいてい、異質の問題が含まれており、それらのすべてを取り上げるのは不可能なので、その条件は放棄します。第四章で検討する第一五九段などは、名文でもなく、いわゆる無常観とも関わりのない、些細な事物の名称にこだわった言及にすぎないようにみえるので、ほとんど見すてられてきましたが、文献学的解釈の立場からはこのようなところにも目を向けることが大切です。

短いまとまりを選ぶのなら和歌の方がいっそう適切ではないか、という意見があるかもしれません。しかし、一般に、短い散文が短い内容の叙述であるのに対して、ことに『古今和歌集』以降の和歌は、豊かな内容を短い詩形に凝縮して表現するところに生命があるために、散文と構成原理を大きく異にしており、したがって、表現解析の方法も同じではありえません。まず、散文の表現のありかたをおさえ、そのうえで和歌の表現に進む方が考えやすいでしょう。

関連していうならば、富士谷成章（ふじたになりあきら）の『脚結抄（あゆいしょう）』（一七七八年刊）や本居宣長の『詞玉緒（ことばのたまのお）』（一七八五年刊）をはじめ、今日の古典文法の基礎になった近世の文法書に引用されている用例のほとんどが和歌であることは、伝統文法の体質を明らかにするために、あらためて問題にされなければならないでしょう。

神無月のころ　栗栖野（くるすの）といふ所を過ぎて　ある山里に尋ね入ること侍りしに　はるかなる苔の細道を踏みわけて　心細くすみなしたる庵（いほり）あり　木の葉に埋づもるる筧（かけひ）のしづくならでは　つゆ音なふものなし　〔第一一段〕

はるばると苔の細道を踏み分けたのは、先行部分から読むと作者ですが、後続する部分への続きとして読むと庵の住人になります。その点について、一つの注釈書は、「その主語は庵の主人とみるべきであろう。それを、自己の経験を投影して、かく表現したのであろう」という解釈を示しています。文法的にはどちらにも読めるので――あるいは、どちらであるか曖昧なので――、解釈を一方に限定しているのでしょう。

「おとなふ」には、〈音を立てる〉〈訪れる〉という二つの用法がありますが、右と同じ注釈書には、この部分に「音を立てるの意。訪問することではない」という説明が加えられています。それと同じ立場をとる古語辞典の一つは、〈音を立てる〉という意味の用例としてこの一節をあげ、「木の葉に埋もれた懸樋から落ちるしずくの音のほかには、まったく音を立てるものがない」という口語訳を添えていますが、別の古語辞典には、これが、〈尋ねる・訪問する〉という意味の用例としてあげられています。

『徒然草』には、内容に応じた文体の使い分けがあり、この部分は和歌の技法を意図的に取り入れた文体になっています。すなわち、「踏み分けて」は、作者が苔の細道を踏み分けていったら、苔の細道を踏み分けて、頼りない状態で住んでいる人がいたという、いわば欲ばった表現であり、掛詞の原理を応用して主語が巧みに転換されています。

同様に、「つゆ音なふものなし」という部分の表現にも、縁語や掛詞の原理が応用されています。注釈書や古語辞典では、右に引用したように択一的な解釈が支配的であり、「つゆ」を〈まったく〉〈まるで〉などと口語訳してすませてしまったり、あるいは「つゆ（＝マッタク）」といった注記を添えたりしているものが少なくありません。しかし、ここは、「しづく」との縁で「露」が導かれ、その「つゆ」を副詞にして、「音なふものなし」を修飾しているとみなすべきでしょう。すなわち、先行部分からは、「〜しづくならでは露」というつづきになり、その「露」から自然に同音語の副詞「つゆ」が導かれています。「おとなふ」も、二つの「つゆ」との連関において、両様の意味を重ね合わせて読まなければ、せっかくの表現技巧が死んでしまいます。

注釈書や古語辞典の多くは、散文の文法を適用した単線的な解釈によって表現のふくらみを捨て去り、韻文的な技巧を生かした味わい深い文章を無味乾燥な叙述にしてしまっています。このように、注釈や口語訳が、ときには、読者を正しい解釈から遠ざけている場合があることに注意しなければなりません。

ついでに言い添えるなら、一般に、注釈書には、しばしば、〈AにBをかける〉とか、〈AはBにかかる枕詞〉とかいったたぐいの説明が自明のことのように加えられていますが、作者自身がそのような断りを添えているはずはありません。したがって、すべてが解釈の結果ですから客観的な判断の難しい場合も少なくありません。たとえば、「すみなしたる」の「すみ」の部分に「住み」と「澄み」との意図的な重ね合わせがあるかどうかはその例になるでしょう。心（ガ）澄む、というのはふつうの表現ですし、水の縁で「澄む」は「しづく」や「つゆ」にも結びつきます。しかし、これは偶然かもしれませんし、調べればわかるという筋あいの事柄でもありません。そのような注釈は見あたらないようですし、また、どちらかといえばわたくしも否定的ですが、「住みなしたる」と書き換えたら、そういう解釈の可能性が完全に封じられてしまうことを指摘しておかなければなりません。なお、書き換えにともなって生じる諸問題については、序章で取り上げます。

この小冊では、文体にまで視野を広げてこういう事柄を本格的に論じる余裕がありません。また、考察の対象を狭く絞らざるをえないので、この小冊に提示される方法は、この作品のすべての文章にそのまま応用できるものでもありません。まして、各時期にわたる文学作品の文章一般などは論外です。一をもって十を推していただくことを期待します。ちなみに、古典文法の最大の問題点は、〈古文〉――すなわち、古典文学作品の文章――に適用できる包括的な法則を指向しているところにあるというべきでしょう。

平安時代の和歌については、『古今和歌集』のいくつかの作品を対象にして詳しい解析を試みた別の小冊があります。対象が違うので具体的な方法は違っていますが、文献学的解釈の方法論は共通しています。*

＊　小松英雄『仮名文の原理』（笠間書院・一九八八年）

執筆方針と凡例

『徒然草』に注釈を加えたものはおびただしく刊行されていますが、この作品の場合にみられる著しい特徴は、専門的な水準の注釈書から受験参考書に至るまで、きわめて幅が広く、しかも、性格づけの不明瞭なものが少なくないことです。それらのすべてを参照することは、事実上、不可能であり、また、その必要もありませんので、広い意味でも学術書として志向されていないものは、検討の対象から除外します。ただし、『徒然草』の専門家でない弱みとして、雑誌論文等に掲載された価値ある解釈を見のがしている可能性があることに不安をいだいています。

従来の解釈に対する批判は最小限にとどめます。この小冊の立場から問題にしたいのは、解釈の姿勢がどのようにあるべきかであって、だれがどこにその考えを述べているかではありませんから、書名や著著名には言及しません。なお、それらをさす場合には、「注釈書」という便宜的な呼称で統一します。

右のような方式をとるために、参照文献の一覧は示しません。ただし、依拠した考えかたがある場合には＊印を付け、その節の末尾に典拠を示しておきます。

第二章、第三章および第四章については、それぞれ、対応する既発表論文がありますが、いずれも全面的に改稿し、論旨そのものにまで及ぶ変更を随所に加えます。

そのほか、全体をつうじて、つぎのような形式上の約束を設けます。

① 正徹本の本文には、必要に応じ、わたくしの判断に基づいて、濁点を加えます。

② 第二章以下には、冒頭に烏丸光広本の本文をあげ、そのあとに正徹本との異同を示します。「正」は「正徹本」の略号です。

③ 『徒然草』の文章の一部分を引用する場合には、適宜、伝本と漢字のあてかたを変え、また、傍点を加えるなど、読みやすい形に表記を改めます。

④ 『徒然草』以外の諸文献からの引用は、印刷上の便宜や読みやすさを考慮して、論旨に影響の及ばない範囲で、依拠した本文の表記に変更を加える場合があります。

⑤ 注釈書の文章中に用いられている「　」の符号は、この小冊で使用する引用の符号との混同を避けるために〈　〉に改めます。

序章　文献学的解釈の基礎

導言

文献学的解釈にとっていちばんの基礎になるのは、対象となる文献についての正確で詳細な知識です。『徒然草』を読む場合にも、この作品の伝本はどのような形で伝えられているのか、作者はだれなのか――あるいは、どのような系統に属する人物なのか――、いつ――あるいは、いつごろ――成立した作品なのか、そういう事柄を最初に確かめておかなければなりません。また、内容を正しく読み解くためには、伝本の表記のありかたについても、ひととおり心得ておくことが必要です。

すでに、いろいろの古典文学作品を読んだことのある読者でも、活字になおされた形しか知らない場合が少なくないと思われますので、この章では、『徒然草』の文章を解釈するための前提となる事柄に関して、概略的な説明を加えておくことにします。すでに十分な知識のある読者は、斜めに目をとおしていただくだけで結構です。

1　諸伝本の表記

作者の推定

『徒然草』の作者が吉田（卜部）兼好だという程度のことは、文学史以前の初歩的な常識です。しかし、そのように認める根拠がどこにあるかと尋ねられたら、とまどう読者が多いのではないでしょうか。おそらく、そのようなことを疑ったり確かめたりしたことがないはずだからです。

こういう事柄に関して、わたくし自身で独自に考察したことはなく、したがって、解明した成果もありません。いくらか詳しい注釈書なら、たいてい導入部分に解説がありますから参照してください。ここに確認しておきたいのは、原本が伝えられていてそれに兼好の確実な署名があるというようなことではなく、作者が兼好であるというのは、いろいろの事実を総合して得られた推定であり、それが広く受けいれられているということです。直接の証拠がない以上、そこに論証の過程があることを忘れてはなりません。『徒然草』の第二二六段には、『平家物語』の作者が信濃前司行長であると記されていますが、とうていそのままには信じがたいという事実をも考えあわせるべきでしょう。『徒然草』という書名も作者自身による命名ではなく、「つれづれなるままに」という冒頭の有名なことばから、そのようによばれるようになったものです。

ここまで読んだだけで、あやふやな『徒然草』など読む気がしなくなった読者が少なくないかもしれません。しかし、これはほんの序の口です。確実だと信じていた知識は、これから音を立てて崩れてきます。しかし、わたくしがここで言いたいのは、このような事実を初めて知った読者は、新鮮な知的衝動を感じてほしいということです。一般に、われわれは、あたかも既定の事実であるかのように教えられた事柄をなかなか疑わないものですが、つねに知識の根拠を問いなおし、原点に立ちもどってみずから考えるために、その考えかたについて考えてみようというこの小冊の趣旨からいって、そういう衝動は大切にしなければなりません。

成立年代の推定

兼好作という推定は確実であるにしても、この作品がいつごろ執筆されたのかは、どういう根拠をどのように評価するかによって、中世文学の専門家たちの間でも意見が分かれており、これまた、わたくしが口を挟むことのできる領域ではありません。*ただし、十年や二十年の誤差があったところで、事実上、言語に有意差はないと考えてさしつかえありませんから、この作品の文章をすみずみまで心を配りながら読み解いてみようというこの小冊の立場からするならば、おおよそ一三二〇年ぐらいから一三四〇年ぐらいのあたり、ということでよいでしょう。以下には、右のような限定において、十四世紀前半という表現を便宜的に使うことにします。

＊　永積安明『徒然草を読む』（岩波新書・一九八二年）、その他。

『徒然草』の諸伝本

『徒然草』が十四世紀前半に成立したことは動かないとしても、作者自筆の原本が伝存しているわけではありません。そのようなものは断片すらも残っていないのです。しかし、さすがに広く読まれただけあって、この作品の伝本はおびただしい数にのぼっています。伝本とは、実際に残っている写本や版本などをさします。

『徒然草』の諸伝本でもっとも古いのは、永享三年（一四三一）、すなわち、この作品が執筆された時期からおよそ百年ほど後に、歌人の正徹（しょうてつ）によって書写されたもので、一般に「正徹本」と呼ばれています。この写本の本文は、あまりよく整備されていないという理由から、学界の大勢としては、第二位を占める伝本として位置づけられています。

いちばん重視されている伝本は、これまた歌人として有名な烏丸光広（からすまるみつひろ）によって校訂された、慶長十八年（一六一三）刊の古活字本です。これは一般に「光広本」とよばれており、現今の注釈書は、ほとんどすべて、これを底本にしています。底本とは、複数の伝本を比較して校訂する際に基本とする特定の伝本のことで、当然のことながら、本文の信頼性が高いと評価されるものが選択されます。光広本は江戸時代の流布本（るふぼん）のもとになったものです。

ほかに、章段の排列順序などに特徴を持つ伝東常縁筆の「常縁本」を重んじるむきもありますが、この伝本についての学界の評価は一定していません。

正徹本と光広本

『徒然草』の書誌的な研究を目的とする場合には、できるだけ多くの伝本を精査するのが当然です。どの伝本にも、それぞれのとりえがあるからです。しかし、ことばの面を中心にして考えてみようということなら、わたくしのみるところ、正徹本と光広本との二つの伝本を見くらべながら読んでいくだけで、その目的は、ほぼ完全に達成できそうです。諸伝本の本文の異同が一望できる形に作られた校本が刊行されていますから*、つねに目を配り、必要に応じて言及しますが、以下には、もっぱら右の二つの伝本の本文を中心にすえて考えていくことにします。

この小冊においては、それぞれの章のはじめに光広本の本文をあげ、正徹本との異同を示す、という方式をとることにしますが、それは、光広本の方がいっそう高い本文価値を持つと判断したうえでのことではなく、他の注釈書との対比を便宜にするためです。どちらがすぐれた本文かとなると、以下の各章における問題処理の結果から明らかになるように、一長一短ということで、総合的にみれば対等というところでしょうか。特定の伝本を善本とか最善本とか簡単に評価して、その前提のもとに作業を進めると大切な事実を見のがします。

* 高乗勲『徒然草の研究』（自治日報社・一九六八年）

伝本の異文

作者の自筆本が早い時期に失われてしまい、残されているのは写し継がれた伝本ばかりというのは、『徒然草』に限っての不幸な事情ではありません。たいていの古典文学作品、ことに中世までに成立した作品なら、ほとんどすべてがそうだと言ってもよいほどです。その一例をあげておきましょう。『源氏物語』の絵合（えあわせ）の巻に、「物語の出で来（い）はじめの親なる竹取の翁（おきな）」という表現がみえていますが、『竹取物語』の伝本は室町時代までしか遡ることができません。そして、それを記した『源氏物語』の方も、十一世紀初頭に成立した作品でありながら——というのも、やはり推定ですが——、鎌倉時代以降の写本によってしか読むことができません。

こういうわけですから、作者自筆本が残されていない点において、『徒然草』も例外ではありえなかった、というだけにすぎません。今後、兼好自筆の『徒然草』が、たとえ一部分でもどこかから発見されるかもしれないと期待するのは、奇蹟を待ち望むに等しいと考えるべきでしょう。

つぎつぎと写し継がれてゆく間に、写し誤りがしだいに増加するのは、人間の仕事ですから、避けることができません。しかし、どの段階においても、写し手としては、もとのとおりに正確に写し取ろうとしているはずだから、書写を重ねた伝本でも、その本文をとおして、はじめの姿を透視できる程度の忠実さをとどめているはずだ、と考えたいところですが、そのような希望的観測が通用しないことだけは、原本が失われて比較が不可能であるにもかかわらず、はっきりしています。論より証拠。たいていの作品の場合、複数の伝本について対応する部分を対比してみると、不注意による写し誤りとは別に、どうみても意図的に書き改められたとしか考えようのないくいちがいが、少なからず見いだされるからです。そのことについては『徒然草』の本文に即してこの章のあとの部分で触れますし、第三章と第四章との主題は、いずれもその問題と密接に関連しています。

本文の対比

つぎに示す二葉の写真は、光広本と正徹本との冒頭部分です。

光広本

つれ〴〵なるまゝに○日くらし○」すゞりにむかひて○心にうつりゆく」よしなし事を○そこはかとなく○書」つくれば○あやしうこそものぐるお」しけれ○いでや此世にむまれてはねが」はしかるべき事こそおほかめれ○御」

正徹本

つれ〳〵なるまゝに日くらしすゝりにむかひて」心にうつりゆくよしなしことをそこはかとなく」かきつくれはあやしうこそ物くるおしけれ」いてやこの世にむまれいてはねかはしかるへき」

ことに光広本の方は、慣れていないと読みにくいでしょうが、いわゆる変体仮名を現在の普通の字形に書き改めると、それぞれ、写真のあとに示したようになっています。なお、比較を容易にするために、活字になおした本文の、行末に対応する箇所に「印を付けておきます。

二つの本文を対比してみると、漢字と仮名との当てかたの違いが目に付きますし、光広本の方には、「書つくれば」という、動詞の活用語尾を送らない表記があったりしますが、序段の部分に限っていえば、異文と認めるべきところはありません。古典文学作品の本文として、これは、むしろ珍しい例に属します。

ただし、そのすぐあとの第一段には、光広本「むまれては」（第五行）、正徹本「むまれいては」（第四行）という異文があります。いちおう、「生まれては」「生まれ出では」と読み取れますが、前者についても、もうひとつの読みかたが可能であり、後述するように、そのことが異文成立の理由になっているようです。

章段の区切り

序段の文章を、もう一度よく読みなおしてみましょう。

まず、光広本についてみると、序段の文章は五行めの第三字で終わっており、そのあとに句点を置いて、「いでや此世にむまれては」で始まる第一段の文章がそのまま続いています。光広本では、各章段の末尾に句点を付けず、改行して新しい章段を書くという方式がとられていますから、烏丸光広は、この部分に大きな切れ目があると認めていなかったことがわかります。

正徹本の本文には句点が加えられていませんが、こちらの方式は、章段を改めるごとに改行し、それぞれの章段のあたまに朱の点を付ける形になっています。ここの場合には、たまたま、「物くるおしけれ」で第三行が終わっているために、改行されているのかどうか明瞭でありませんが「いでや」の上に朱の点がありませんから、光広本と同様、文章がまえからそのまま続いていることになります。『徒然草』は、番号の付いた〈段〉に区切られており、注釈書も教科書も、そして古語辞典の用例も段が同じになっていますから、作者がこの形式で執筆したかのようにみえますが、区切りが共通しているのは、北村季吟の『徒然草文段抄』（一六六七年）の章段構成を踏襲するという黙約が成立しているためです。ただし、『徒然草文段抄』には二百四十四段ありますが、その第二三二段と第二三三段とが一つにまとめられ、それ以下が一段ずつ繰り上がって、現行のものは二百四十三段の構成になっています。

仮名文の物語や日記などの写本にはパラグラフに類する概念がないので、主題が大きく転換しても改行したり紙面を改めたりすることはありません。これは平安時代からの伝統です。兼好自筆の『徒然草』も、そういう形式で、いわば、だらだらと書かれていたと考えてよいでしょう。比較や参照を容易にするために、この小冊も段の区切りについては右の黙約を守ることにします。ただし、北村季吟による分けかたが、いつも妥当であるとは限りません。隣接する章段が付かず離れずの関係にあり、全体で一つの流れになっている場合が少なくありませんから、章段の切れ目ごとに頭を切り換えたりせずに、前後の章段への目くばりを忘れないことが大切です。

たとえば、第八段が「世の人の心まどはすこと色欲にはしかず」ということばで始まっていて、第九段が「恐るべくつつしむべきはこのまどひなり」と結ばれていることは、これら両段がひとつづきの文章として書かれたことを物語っています。また、第一八五段と第一八六段とは、ともに非凡な馬乗りの話であり、前者は助動詞「けり」を用いて人づてに聞いた話、そして、後者は助動詞「き」を用いて自分が体験した話ということで対になっていますから、やはり、切り離して読むべきではありません。こういう例は、ほかにもたくさんあります。

『徒然草文段抄』によると、第一段は、内部に切れ目を持つかなり長い文章になっていますが、光広本では、『徒然草文段抄』で序段とされている部分を含めて、全体が三つの章段に分けられており、また、正徹本では、序段から第一段の末尾まで、途中に切れ目を置かずにひとまとまりにしています。しかし、そのあとに続く第二段は、どれも同じ切りかたになっています。右下の表は、その関係をわかりやすく示したものです。

文段抄	序段	第一段			第二段
光広本	①		②	③	④
正徹本	Ⓐ				Ⓑ

陽明文庫本

たくさんの伝本を比較してみると、序段と第一段との間に境界を設けずに、光広本や正徹本のように、ひとつづきにしているものが大部分を占めていることがわかります。そういうなかにあって、陽明文庫本の本文は、特に注目すべき形になっています。序段の末尾と第一段の最初とが、つぎのような形で融合してしまっているからです。

　あやしう物くるをしけれと　いでやこの世に生れては……

光広本も正徹本も、ここは、「あやしうこそものぐるおしけれ」となっており、係り結びの形式で文が終止しているのですが、陽明文庫本の本文では、「あやしう」のあとに係助詞の「こそ」がなく「ものぐるをしけれ」という形容詞已然形のあとに接続助詞の「ど」が付いていますから、いわゆる逆接の関係で、「いでや」以下の部分に続いていることになります。

陽明文庫本の文章をすなおに読んでみると、この方がむしろ自然な続きかたではないかとも思われてきます。多くの伝本がここに章段の切れ目を置いていないのは、やはり、ここに明確な切れ目を置かずに読むことを読者に要求しているのではないでしょうか。

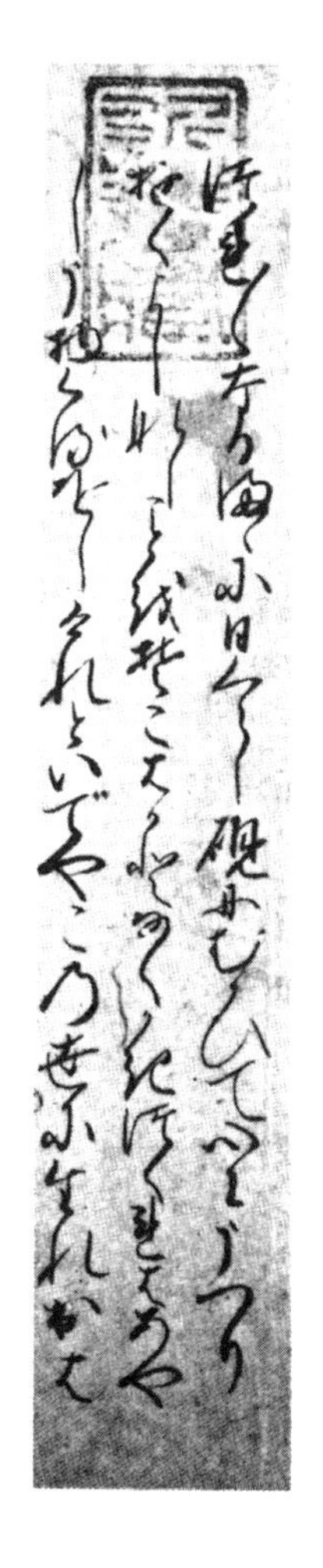

陽明文庫本『徒然草』

陽明文庫本では、「こそ」を削除して「ど」を添えることによって、そこに切れ目を置く読みかたができないように、二つの文を融合してしまったものと考えられます。

この場合、考えかたの筋道はもう一つあります。それは、陽明文庫本にみられる形が兼好によって書かれたものであり、それに「こそ」を挿入し、「ど」を削除して、一つの文を二つに分断したのが、光広本や正徹本などにみられる形の本文ではないかということです。しかし、そういう方向での書き改めが行なわれているとしたら、当然、それらの伝本では、ここを境界にして章段が新しくなっていなければならないはずなのに、右にみたとおり、ひとつづきとして扱われているのですから、そういう可能性はないとみなしてよいでしょう。なお、このことについては、第一章の末尾で、もう一度、考えてみることにします。

意図的な書き改め

書写した人物が、自分の与えた解釈のとおりにしか読み取れないように、古典文学作品の本文をかってに手なおしすることは、われわれの感覚からすると、許しがたい冒瀆行為としか考えられませんが、そういう理解のしかたは正しくありません。この手なおしは、作品の内容が作者によって意図されたとおりに伝わるように、というつもりでなされた工夫にほかならないからです。

そこでひと息いれずにつづけて読まなければ文章の趣旨が正しく把握できないのに、たまたま文——sentence——が切れてしまっているばかりに、そこまでで完結した内容になっていると受け取られやすいとか、また、現実にそのように読まれているとかいうことがあるとすれば、正しい読みかたに読者を誘導するには、百万言を費やすよりも、だまって二つの文を一つに融合させてしまうのがもっとも有効な手段です。この手なおしをした人物に言わせるなら、原文を破壊したわけではなく、兼好に手をさしのべて、すばらしい文章の趣旨が不用意に取り違えられないように処置をしたということでしょう。

もし、原文に手を加えることが作品やその作者に対する冒瀆行為であるとしたら、古典の現代語訳とか外国の作品の翻訳とかいうことは、すべて邪道として排斥されなければならなくなってしまいます*。それどころか、句読点や濁点を加えたり、仮名に漢字を当てて読みやすくしたりすることも、すべて、校訂者による特定の解釈の結果を持ちこむことになりますから、認められなくなってしまうでしょう。

第一段の最初の部分に、「むまれては」(光広本)「むまれいては」(正徹本)という異文があることを、さきに指摘しておきました。「むまれては」という仮名表記は「生まれ出(で)ば」と読むべきだと考え、「生まれては」と誤読される可能性を封じるために、「い」の仮名を添えて「むまれいては」、すなわち、「生まれ出(い)でば」に修正した、という過程が考えられます。そういう立場からみれば、この文体には俗語的な「出ば」よりも「出でば」の方がふさわしいという判断もありえたでしょう。「いては」の「い」が削除されたという過程は想定しにくいので、この部分については光広本の方がもとの形をとどめているとみなすべきです。

どうみても写し誤りではなく、意図的な書き改めとしか解釈しようのないくいちがいがみられると言ったのは、まさに、右のような場合についてのことだったのです。古典の本文の相違がどのような動機づけによって生じるのかについて考えるうえで、この陽明文庫本の例は注目に値します。なお、第三章と第四章とは、いずれも異文を主題とした考察ですが、手なおしの動機づけは、個々の事例ごとに違っています。

＊ 小松英雄『いろはうた』（中公新書・一九七九年）第七章

2 二種類の仮名遣

ものくるおし

光広本および正徹本では「ものくるおしけれ」、また、陽明文庫本では「ものくるをしけれと」という表記になっていますが、活字にされているものをみると、注釈書でも教科書でも、すべて、「ものぐるほしけれ」という形になっています。序段の範囲ではここ一箇所だけですが、この作品全体をつうじてみると、こういうたぐいの書き改めは枚挙にいとまがありませんし、これは『徒然草』だけに限ってのことでもありません。伝本が誤っているから正しい表記になおしたのだと短絡的に理解してはいけません。この書き改めについては、いろいろの問題がありますので、簡単に説明を加えておきましょう。

「を」と「お」との関係

五十音図では「お」と「を」との二つの仮名が、それぞれ、ア行とワ行とに別々に置かれていますが、現在では、どちらも区別なしに［o］と読まれており、ただ、表記上の約束として、「を」の仮名が格助詞専用になっているという違いがあるだけです。

しかし、仮名が成立した九世紀における日本語の音韻体系では、つぎのように［o］と［wo］とが区別されており、それぞれに対応して「お」と「を」とが使い分けられていました。こういう状態は、おおよそ十世紀の前半まで続いています。

お［o］……おと［oto］

を［wo］……かをり［kawori］

［wo］は語のどの位置にも自由に分布していたのに対して、［o］の分布は語頭だけに限られていました。和語には、〈単一の意味単位の内部に母音の連接を含まない〉という語音配列則——個々の音をどのように組み合わせて音節や形態素を構成するかについての、その言語独自の制約的な運用法則、phonotactics——があったので、母音音節の［o］が語頭以外に位置して直前の音節の母音と連接する語形は排除されていたからです。

十世紀の後半になるとア行の［o］がワ行の［wo］に合流し、日本語から［o］の音節が姿を消しました。その結果、「お」と「を」との二つの仮名は発音の支えによる区別を失い、どちらも［wo］と読まれるようになりました。たとえば、『源氏物語』や『枕草子』は、この合流が生じて以後の十一世紀初頭に成立していますから、紫式部も清少納言も、二つの仮名を発音では区別していなかったと考えられます。日本語の音韻体系に［o］が復活したのは、江戸時代になってからのことです。

語頭以外のハ行子音

現代語の「フネ」や「フシ」などの「フ」の発音になごりをとどめるように、ハ行子音は両唇無声摩擦音の［ɸ］でしたが、十一世紀に移る前後から、語頭以外の位置では、両唇が接近するだけで摩擦のない有声のワ行子音［w］に合流しました。日本語音韻史上の大きな出来事の一つ、《接近音化》です（第二章第4節）。

この変化の結果、［monoguruɸotsi］は［monoguruwotsi］になり、それが表記のうえにも反映して統一がとりにくくなりました。表記には表記の伝統が生じますから、音韻変化が起これば、すぐに足なみをそろえて新しい表記に移行するわけではありませんが、その影響を直接に受けることは確かです。使用頻度の低い語ほど語の綴りが定着しにくいために、ゆれを生じやすくなります。

仮名表記のゆれ

仮名が成立した九世紀には、［wo］に対応する仮名として「を」が一つあるだけでしたが、その後、

「お」が加わり、さらに、語頭以外の「ほ」までが流れこんできた結果、十一世紀以後には、つぎのうちのどれで書いても読みかたは同じになって、同一の語形がいろいろに表記される可能性を持つことになりました。

ものくるほし　ものくるをし　ものくるおし

特定の語形にいくつかの異なる仮名表記の可能性があって、めいめいがかってにそのうちのどれかを使ったり、一人がさまざまの表記をまぜて使ったりしたのでは、相互伝達――communication――に支障を生じますから、第二章に述べるように、音節数が少なく、しかも頻繁に書かれる機会のあることばや、ハ行の活用語尾をもっていた語群などでは、表記が自律的に固定する傾向が生じています。これは、書記の社会性という点からいって、当然のことです。しかし、意図的な規制が行なわれたわけではありませんから、かなりのゆれがあらわれるようになったことは事実です。

藤原定家による仮名遣

『新古今和歌集』の歌人として有名な藤原定家（一一六二―一二四一）は、古典文学作品の本文整定作業を――すなわち、意味のよくとおる本文として整備する作業を――、精力的に行なったことでもよく知られています。かれは、みずから整定した本文が誤って理解されることのないように、その表記に細心の注意を払っており、いろいろの工夫をこらしていますが、*その重要な一環として仮名遣があります。同一の語の表記をつねに一定に保つために独自の軌範を設定して古典文学作品の本文を校訂し、後世に残す証本を作る場合には、その軌範に従って表記しています。

藤原定家によって設定された仮名遣の軌範で特に注目を引くものの一つは、「を」と「お」との使い分けです。

さきに述べたように、かれの時代には、これら二つの仮名がどちらも［wo］と読まれるようになっていましたが、せっかく二種類の仮名があるのですから、一方を切り捨てたりせずに、なんらかの基準を設けて語の書き分けに有効に利用することができるなら、意味の識別が容易かつ確実になり、誤読の生じる可能性を未然に防止することができるはずです。

定家が採択したのは、つぎのように、その語を発音する際に、［wo］の音節が高いか低いかという、高さの違いによる書き分けの規準でした。**

を——高く発音される［wo］の音節

お——低く発音される［wo］の音節

伝本に「をと」とあろうと「おと」とあろうと関係なしに、文脈からみて、その語が〈音〉という意味だと解釈されるなら、証本の仮名遣は「をと」にするというのがその方針です。

この当時、〈音〉という語のアクセントは［●○］型であり、語頭音節の［wo］は高く発音されていたからです。［●］は高く発音される音節を、［○］は低く発音される音節を表わします。したがって、［●○］型は、東京方言の「あめ（雨）」や「かき（牡蠣）」などのアクセントに相当します。そして、それを読むがわは、「をと」という表記から、語頭音節が高い語であることを知り、〈音〉を表わしているのと理解するしくみです。もとの伝本どおりに写し取るのと違って、どういう語であるかが確定できないと表記が決められないわけですから、相当の解釈力がなければできないことで、碩学の定家にしてはじめて可能だったと言っても過言ではないでしょう。

「を」と「お」との二つの仮名の書き分けから知られるように、藤原定家による表記の軌範は、古代の仮名表記を復元して、それに合わせた書きかたをしようと意図したものではありません。個々の語の表記を安定させることによって、識別に混乱を生じないようにすることが目的でしたから、仮名だけが問題ではありません。

春立(ち)て朝(あした)の原の雪見れは　またふる年の心地こそすれ

〔拾遺和歌集・春〕

待ちに待った立春だというのに、朝の原の雪景色をみると、雪の降る古年(ふるとし)（＝旧年）のような気持になってしまう、という失望の表明によって、自然界に明るい春が到来するのを待ち侘びる気持を表わした和歌ですが、この文脈では、下句が〈再び旧年にもどったようだ〉とも読めるし、〈未だ旧年のようだ〉とも読めて、どちらでも意味がとおります。清濁を書き分けない仮名表記では、副詞の「また」と「まだ」とが、いつでもこういう問題を引き起こしますから、定家は「また（＝再び）」なら「又」、そして、「まだ（＝未だ）」なら「また」と表記することによって混乱を未然に防止しています。右の和歌では「また」と表記されていますから、〈未だに〉というのが定家の解釈です。

非常に大切なことを言い添えておくと、もとの伝本に「また」とあるのを解釈して二つに書き分けているのですから、つねに作者の意図どおりであるという保証はありません。なみなみならぬ解釈力の持ち主にも千慮の一失ということがありうるでしょう。しかし、それ以上に重大なのは、平安時代の和歌が作者と読者との知的なゲームであり、この場合にも、「また」という表記を両方に読んでみて、それぞれに意味をとれば一つの和歌が二つになるとか、「雪が降る古年」という続けかたはおもしろいとか、作者の表現技巧を発見しながら知的に味わうように作られているのに、読んだとたんに狭い解釈を押しつけられて、その楽しみが奪われているということです。右の和歌の下句が、〈雪の降る旧年にまいもどったような気分になる〉ではいけないのかどうか、と考えてみれば、問題のありかが明確になるでしょう。

伝本の表記を手がかりにして背後にある作者自筆本の表記を推定し、その形に基づいて解釈するところに文献学的解釈の楽しみがあるとしたら、伝本を批判的に評価する姿勢を堅持することが不可欠の要件です。写本や版本だけでなく、これは、現今の注釈書にもそのまま当てはまる問題であることを銘記しておくべきです。

* 小松英雄『いろはうた』第七章

** 大野晋「仮名遣の起源についての研究」(『仮名遣と上代語』岩波書店・一九八二年)

仮名遣の効用

十世紀前半までは、〈音〉が［oto］と発音されるので「おと」と表記されていましたが、定家は

［wo］の音節の高低に着目して、この語のアクセントが［●○］型であり、したがって、［wo］が高く発音されていたところから、それを「をと」と表記しています。この語の場合には、伝統的な表記と定家による表記とで「お」と「を」とが転換していますが、二種類の仮名を、まったく別の原理に基づいてふたとおりに書き分けるのですから、それぞれのことばによって、伝統的な表記と一致したり一致しなかったりということになりますが、それは結果であって、どちらにしても偶然にすぎません。たとえば、藤原定家筆の伊達本『古今和歌集』では、秋上の巻の最初の和歌がつぎのように表記されています。

伊達本『古今和歌集』

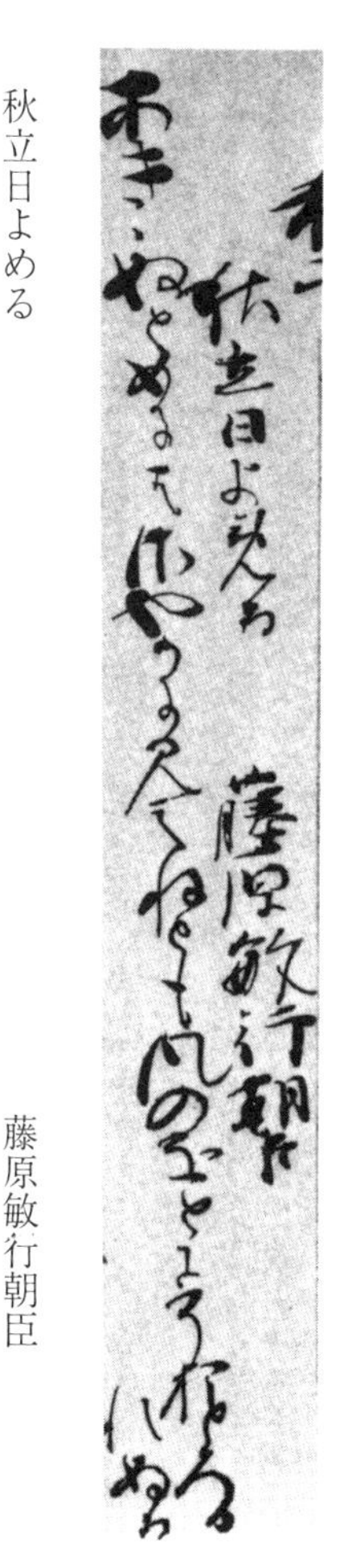

秋立日よめる　　　　藤原敏行朝臣

あきゝぬとめにはさやかに見えねとも風のをとにそおとろかれぬる

「をと」については右に述べたとおりです。当時、［wodoroku］の［wo］は低かったので「おとろく」となっていますが、この語の古い発音は［odoroku］だったので、伝統的な表記でも「おとろく」です。

この新しい書き分けの方式は、たとえば、つぎのようなことばの識別に有効性を発揮しています。

を——置（を）く　怖（を）づ　威（をど）す　遣（をこ）す

お——起（お）く　落（お）つ　落（お）とす　起（お）こす

具体的な文脈では、終止形や連体形も出てこないわけではありませんが、それ以上に、「をきて」と「おきて」、「をちにき」と「おちにき」といった、連用形に付属語の付いた形で対立しています。定家自筆本においては、その第五音節に当たる［wo］の音節が低く発音されるという理由から、どの作品の場合でも、問題の語の表記は「ものくるおし」となっています。

『徒然草』の作者自筆本は失われてしまいましたが、自筆と認められている『兼好自撰家集』（前田家本）が伝存しています。ほかに、兼好自筆と伝えられる歌集や短冊・色紙などもありますが、疑わしいものが多く、専門家の間で判断の一致しないものが少なくありません。

『兼好自撰家集』にみられる「を」と「お」との仮名の分布は、藤原定家による使い分けの原理と一致しています。当時の歌人として、その軌範を守っているのは当然というべきでしょう。『徒然草』の用字も例外ではなかったはずです。したがって、序段には「ものくるおしけれ」と表記されていたと考えてよいでしょう。

定家仮名遣

藤原定家によって定められ、また実行された仮名遣は、『徒然草』が成立してしばらくあとに当たる一三六〇年代に、源知行（行阿）の手によって『仮名文字遣』として整備増補され、その創始者の権威にあやかって定家仮名遣と呼ばれるようになりました。定家による本文整定が行なわれた時期から『仮名文字遣』が成立するまでの百数十年の間に、日本語のアクセントには体系的な変化が進行しています。そのために、以前には高く発音されていた［wo］の音節が低くなったり、あるいはそれと逆の変化が生じたりして、語によっては、定家による仮名遣と定家仮名遣とが一致しない場合が生じています。* しかし、「ものくるおし」という表記に関しては影響がみられません。アクセントが変化しなかったから、ということではなく、すでに日常語から姿を消してしまっていたために、もとの表記がそのままに踏襲されているからでしょう。正徹本も光広本も、そして、その他の多くの伝本も、そういう定家仮名遣に基づいて表記されています。

* 大野晋「仮名遣の起源についての研究」

歴史的仮名遣

国学者の契沖（一六四〇―一七〇一）は、古代の文献にみられる表記が定家仮名遣に一致しないことを発見し、定家仮名遣は誤りだと決めつけて、『和字正濫抄』（一六九五年刊）をあらわしました。『和字正濫抄』とは、和字（＝仮名）の濫れを正すための、（古書からの）抄（＝抜き書き）という意味です。

信頼性の高い典拠からの適切な引用を学問とみなす伝統が、ほかにも多くの「抄」を生み出していま す。

「又」と「また」との書き分けを例にして述べたとおり、藤原定家の脳裏にはつねに仮名文の書記様式とその文脈とがあり、したがって、設定された表記の原理は、それに基づいた工夫です。定家仮名遣や歴史的仮名遣、そして、現今の国語審議会にまで受け継がれている仮名遣のように、文脈から切り離したリストの提示ではなく、漢字を含めた総合的な文字遣であることに注目すべきです。復古主義ではありませんから、すでに慣用として定着していた表記はそのままに採用しています。「ゆへ（故）」や「かほり（薫）」などがその例です。発音の区別がなく、したがって、知識としておぼえるほかに方法がないとすれば、支障のないかぎり慣用を尊重するのが正しいありかたです。「を」「お」の二つの仮名に関しては、一つ一つの語の表記を知識としておぼえこまなくても、発音を目安に書き分ける方式がありうることを見いだし、それを導入して負担の軽減に成功しています。

アクセント変化がさらに進行した結果、「を」「お」の仮名の書き分けも、発音の違いの裏づけを持たない知識的軌範になってしまいましたが、定家仮名遣そのものは、仮名表記のよりどころとして守られ、また、その効用を保ちつづけていました。したがって、古い文献では「おと」「ゆゑ」「かをる」などとなっているからというだけの理由で、「をと」「ゆへ」「かほる」は誤りだというのは、仮名遣の実用性ということから言って、筋ちがいの批判だったと言わなければなりません。

契沖によって提唱された復古主義の仮名遣は、定家仮名遣の擁護者から非難を受け、両者の間に激しい論争が展開されました。いまそのあとを振り返ってみると、どちらもみずからの立場の正しさを一方的に主張するだけで、表記の原理はどのようにあるべきか、という点についての根本的な認識が、あるいは、洞察的思考が欠如していたことは否定できません。右に述べたような定家の意図は、定家仮名遣を守りとおそうとするがわにさえ、すでに理解されていなかったということです。

復古主義の仮名遣は、国学者たちによって支持され、継承され、さらに補強されて、明治以降は仮名遣の唯一の軌範になりました。太平洋戦争直後にそれは大きく改訂され、現代かなづかいとして再生しましたが、古典文学作品の表記には、依然として契沖の流れを汲んだ仮名遣が行なわれています。歴史的仮名遣・旧仮名遣、あるいは古典仮名遣などと呼ばれているのが、すなわち、それに当たります。

仮名遣の転換

どの時期に成立した作品であろうと、同一の語はすべて同一に表記する、という軌範的な理念において、定家仮名遣も歴史的仮名遣も根本的に共通していますが、具体的に設定された書き分けの基準がたがいに相違しているために、兼好によって書かれた形が「ものくるおし」であったとしても、歴史的仮名遣では「ものぐるほし」と訂正されることになります。

歴史的仮名遣の証拠として有効なのは、平安時代初期までの文献にみえる表記ですが、「ものぐるほし」という形容詞は、平安時代中期に成立した『宇津保物語』あたりから後の仮名文学作品にしかみえないうえに、それらの作品の伝本が書写された年代は、ずっとあとまで下りますから、原理的に言うと、この語の仮名遣については証拠がない、とせざるをえません。しかし、正しい仮名遣がわからないから書けないではすまされませんから、この場合には、語構成の分析によって——すなわち、動詞「狂ふ」との関連において——、決定されています。この語については、それでまちがいありませんが、ときには第一章第4節に触れる「そこはかとなし」などのように危い橋を知らずに渡るような信頼度の低い分析もあることを知っておかなければなりません。

仮名遣転換の危険性

定家仮名遣を歴史的仮名遣に書き換えた結果、積極的に解釈上の支障を生じることは、さほど多くありませんが、つぎのような場合もあるので、警戒を怠ることができません。

家の作りやうは。夏をむねとすべし。冬はいかなる所にもすまる。あつき比わろき住居はたへがたき事なり。〔光広本〕

家の作やうは夏をむねとすへし　冬はいかなる所もすまる　あつき比わろきすまゐたへかたきことなり〔正徹本〕

これは第五五段の書きはじめの部分ですが、光広本では「住居」、正徹本では「すまゐ」と表記されていることが目を引きます。

四段活用動詞「すま・ふ」の連用形から転成した名詞形は「すまひ」です。語頭以外のハ行音節がワ行音節化して［tsumawi］と発音されるようになっても、動詞的な語感をとどめている間は「すまひ」という表記が維持されますが、その語感が失われると、新しい発音に忠実な「すまゐ」という形をとるようになります。そして、つぎには、［tsumawi］という語形をもとにした語源分析の意識が働き、その結果、「ゐ」に当たる部分は、一段活用動詞「ゐ・る」の連用形から転成した名詞として生まれかわります。そういう意識の変化には、たとえば、第一〇段にみえる「家居」などへの類推——analogy——が作用していると考えられます。

家居のつき〴〵しくあらまほしきこそ　かりのやどりとはおもへど　興有物なれ。〔光広本〕
家ゐのつき〳〵しくあらまほしきこそ　かりのやとりとはおもへと　けうある物なれ〔正徹本〕

光広本にみえる「住居」という表記は、そういう語源意識をなまの形で反映しています。光広本では、右の例でも「家居」となっていますから、一貫したとらえかたがなされているとみてよいでしょう。

転成名詞の「住まひ」でも、あるいは、新たな分析によって生まれた「住ま居」でも、それによってさされる対象は同じでしょうが、とらえかたのうえで、微妙な含みの差があることは確実です。そういう細かいところを正確に読み取っていくことが、とりもなおさず、文献学的な接近——

approach――にほかなりません。

「住ま居」という理解のしかたは、後世の伝本の問題ではなく、兼好自身がすでにそのような意識で、ここに使っていると考えるべき根拠があります。注釈書の類では、歴史的仮名遣に書き改めるという方針に沿って、ここも「すまひ」になおしていますが、意識の変化を見すごしている点において批判されなければならないでしょう。このような歪曲をするぐらいなら、むしろ、「すまひ」と「すまゐ」とを別語とみなした方がよいかもしれません。ちなみに、この第五五段は、教科書にもよく採用されているようです。このような機械主義が致命的な欠陥として露呈している場合の一つを、第二章において取り扱います。

定家仮名遣に基づく書き分けによって、せっかく正しい解釈が示されているのに、それを無視して――というよりも、それを知らずに――、歴史的仮名遣にもどしてから考えて、みすみす誤った解釈に陥っている例は、いくらでもあげることができます。一般に、仮名遣は単なる表記上の約束というだけにしか理解されていないようですが、その表記に、しばしば、抜きさしならない解釈がこめられていることを強調しておきたいと思います。

古典文学作品を読もうとする場合には、仮名遣を含めて、伝本がどのように表記されているかについて知っておくことが必要です。そのうえで注釈書を読めば、どういう点に警戒しなければならないかもわかってくるはずです。

3　清濁の識別

仮名の清濁

光広本では、「つれ〴〵なるまゝに」「すゞり」「ものぐるおしけれ」というように、濁音の仮名に濁点が加えられています。現代の常識からすると、それが当然、という感じですが、仮名の清濁をこういう形式で書き分けるのは、かなり新しくなってから確立された習慣です。正徹本には濁点など施されていませんし、成立時期からみて、兼好自筆本に濁点が加えられていたとは考えられません。いったい、烏丸光広は、どういう根拠に基づいて仮名の清濁を決定しているのでしょうか。

『日葡辞書』の清濁

十六世紀末から十七世紀にかけて来日した耶蘇会(イエズス)に属するキリスト教の宣教師たちは、布教のために日本語の本格的な習得をめざし、日本語教科書や辞書・文典・教義書などを精力的に編集し、刊行しています。それらの中に、『日葡辞書(にっぽじしょ)』と通称されている、日本語とポルトガル語との対訳辞書がありますます。日本語がローマ字で表記されていますから、漢字や仮名によるものと違って、清音と濁音とが、別々の字母で明確に書き分けられています。たとえば、「つれぐ〵なる」に相当する十七世紀の語形「つれづれな」はtçurezzurenaという表記になっています。

ついでに、tçurezzurenaのzzuという表記について説明しておきます。たとえば、「見ず」は[midzu]、「みづ（水）」は[midu]というように、[ズ]と[ヅ]とは、本来、発音で区別されていましたが、この時期にはほとんど合流しかけており、上品なことばだけに区別が保たれていました。宣教師たちは上品なことばづかいをする必要があったので、キリシタンのローマ字文献では[ズ]にzuを当て[ヅ]にzzuを当てて両者を書き分けています。zzuという綴りはポルトガル語の習慣を持ちこんだものではなく、たがいに発音の接近した日本語の二つの音節を区別する目的で工夫されたものです。*

* 橋本進吉『キリシタン教義の研究』（『橋本進吉博士著作集』第十一冊・岩波書店・一九六一年）

Tçurezzure . I . tçurezzurena . i , Tojenna. Cousa solitaria.

『日葡辞書』

清濁標示の基準

『日葡辞書』の収録語彙は、当時の日常語が中心になっていますから、十四世紀の文章語で綴られた『徒然草』の用語には、この辞書に収録されていないものも少なくありません。しかし、対比の可能なものについてみるかぎり、光広本の清濁表記は、『日葡辞書』ときわめて高い一致率を示すことが指摘されています。その事実をもって、光広本そのものの信憑性の高さを測る重要な指標の一つとみなしている注釈書もありますが、この一致は、光広本に見られる清濁の書き分けが、

『徒然草』の執筆された十四世紀前半の実態を伝えるものではなく、『日葡辞書』と光広本との成立時期に当たる十七世紀初頭の口頭言語に基づいていることを物語っていると解釈しなければなりません。

藤原定家が、平安時代の作品に鎌倉時代のアクセントで「を」「お」の仮名の書き分けを行なっているのは、同時代の人たちが、当時の口頭言語を手がかりにして、どういう語であるかを判断できるようにするためでした。もちろん、そのあとで大きなアクセント変化が生じることなど、定家は予期していませんでした。それと同じように、光広は、自分自身の使っている十七世紀のことばに合わせて濁点を加えています。『徒然草』が執筆された当時の清濁がわからなかったので、やむをえず次善の策をとったとか、清濁に変化が生じている可能性を考えなかったとかいうことではありません。たとえ、二百数十年以前の清濁が克明にわかっていたとしても、それを示すことはなかったでしょう。もはや使われなくなっている語形で表記されていたのでは、現在のどの語に相当するのかわからず、したがって、解釈の助けにならないからです。語の同定――identification――の目的には、同時代の、生きたことばしか役に立ちません。

すでに日常語彙から失われていた語については、実際に発音されている口頭言語の語形がありませんから、その当時に行なわれていた読み癖によって、また、それがない場合には、なんとなしの勘を働かせて読み分けたものと考えられます。もちろん、『徒然草』の時期にはこういう語形だったろうと推定して読み分けているとは考えられません。『万葉集』でも『徒然草』でも、同一の語は同一の語形を持つものとして読まれています。

仮名文学作品の伝本には清濁の書き分けがありませんから、最近まで、清濁の区別などあまり問題にせず、現代語と共通するものは、原則として、それに合わせて読んでいたのですが、古い時期の語形がしだいに明らかになるにつれて、清濁の変化している例が具体的に判明してきました。近年では、それぞれの作品の成立した時期の語形で清濁が読み分けられるようになり、たとえば、『万葉集』の「黄葉」は［モミチ］と読み、『古今和歌集』の「もみち」は［モミジ］と読まないと誤りとされるようになっています。しかし、清濁を昔に戻しても、『万葉集』なら［momiti］、『古今和歌集』なら［momidi］と読むわけではありません。また、アクセントも現代語のままですから、これは、奇妙な風潮としかいえないでしょう。そのうえ、和歌や和文の語彙には清濁のわかっていないものがたくさんあり、それらについてはどうにもなりません。『徒然草』にはそういう語が多いので、声に出して読もうとしても、かなりの部分は勘に頼らざるをえないのが実情です。しかも、これは個々の語を超えた語彙の問題ですから、今後の研究によって徐々に判明するというものではありません。

この点について詳述する余裕はありませんが、清濁の違いで解釈が左右されるのは限られた場合ですから、無差別に清濁にこだわっても意味がありません。そのような読みかたをしていたのでは、神経がそこだけに集中して肝心の解釈がおろそかになりがちです。『万葉集』の「黄葉」を［モミジ］と読んでも意味の理解には影響がありません。

以上の説明から明らかなように、いまのわれわれとしては、光広本の清濁標示に従って『徒然草』を読んだりする必要はありませんし、また、その標示を訂正する際に気がとがめる必要もありません。

注釈書の凡例に、「清濁の別は底本になされており、その信頼度は高いとされるので、これを尊重し、変更する場合は語釈でふれることを原則とした」などと、わざわざ断ったりすることは意味がありません。「その後の研究とわたくしの見解にもとづいて、（略）清濁を改めることにした」という安良岡康作の処理方針を支持すべきでしょう。*ついでに言うならば、その注釈書も光広本を底本に選んでいますが、その理由は、「現段階としては、底本をもって通行本とすることに満足するほかはないと考え、その本文に依拠することにした」ということであって、一部の注釈書に言うような、「最も信憑すべき標準原典」などという評価とは、まったく違っています。

＊　安良岡康作『徒然草全注釈』上巻（角川書店・一九六七年）凡例

事実とその解釈

光広本の清濁表記を『日葡辞書』にみえる語形と対比してみると、比較の可能な語については高い一致度が認められます。調査の過程に誤りがないかぎり、そこに得られた結果は客観的な事実に相違ありません。

しかし、ここで重要なのは、その客観的事実から、どのようにして客観的な解釈を導き出すか、ということです。『日葡辞書』ときれいに符合しているから、「底本の濁点はおおむね忠実に当時の訓み方を示しているものと思われる」というようなことを言うぐらいなら、いっそのこと、そのような調査はしない方がよい、と言わざるをえないでしょう。客観的な事実を根拠にして、まったく意味のないことや、主観的で説得力を持たないことを、いくらでも言えるというのは、そら恐ろしいことです。第五章には、わたくし自身がおかしかけた、あるいは、おかしてしまった、そういう踏みはずしの例をあげてみることにします。

今日では、「か」と「が」とを別個の仮名として、それぞれ［ka］と［ga］とに対応させて使い分ける約束になっていますが、このような習慣が確立されたのはずいぶんあとになってからのことで、十七世紀のはじめにおける一般的なありかたとしては、清音に読まれて別の語と取り違えられることのないように注意を喚起する場合、必要に応じて濁点を加えるのが通例でした。したがって、濁点の加えられている仮名は確実に濁音ですが、濁点のない仮名が清音だとは限りません。清音であることを明示しようとする場合には、仮名の右傍に圏点「○」を付けたり、さらに、「スム」とか「清」とか書き加えたりしている場合があります。そういう方針は個々の文献によって違っています。光広本の場合をみると、おおむね、今日の方式と同じになっているようですが、本来、濁点が右のように用いられるものである以上、清音とも濁音とも決しかねるものについては、濁点を付けないという消極的手段によって判断が保留されているかもしれませんので、そのことを含んでおく必要があります。

第一章　つれ〴〵なるまゝに

導言

序章には、この作品の冒頭部分を光広本および正徹本の写真で示し、仮名遣や清濁などの問題について説明を加えておきましたが、文章そのものの解釈については、まったく触れませんでした。

つれ〴〵なるまゝに○日くらし○すゞりにむかひて○心にうつりゆくよしなし事を○そこはかとなく書つくれば○あやしうこそものぐるおしけれ

あまりにも有名なこの一節には、一読したところ、ことばのうえで、さしたる問題もなさそうに思われます。しかし、それは、教えられたことや読んだことを鵜呑みにしているからであって、常識的に行なわれている解釈の根拠を求めてみると、いろいろとわからないことがでてきます。別に難解な文章ではありませんが、個々の用語や表現についてあまり掘り下げて考えられてきていないために、あらためて調べてみなければわからない事柄がいくつも残されているからです。表面的にしか読まれていないので、これを書いた作者の真意も、まったく取り違えられています。

この章では、既成の解釈を御破算にし、原点に立ち戻って文献学的方法による解釈を試みることにします。

1　つれづれなるままに

ことばの含み

この文脈における「つれづれ」については、注釈書でも辞書でも、たいてい、〈することがなくて退屈な状態である〉とか、〈手持ち無沙汰である〉とかいうように説明されています。具体的な言い回しは違っていても、ほぼ、そのあたりが共通理解になっているといってよさそうです。

このような説明が見当はずれだとはいえないかもしれません。しかし、それだけでは、この作品の冒頭にこの語を用いた作者の表現意図を理解するのに十分とはいえません。なぜなら、この場合には、退屈とか手持ち無沙汰とかいう外延——denotation——だけでなく、その内包——含み、connotation——を的確に把握することが、理解のための鍵になるはずだからです。

この作品が、「つれづれなるままに」ということばで書きはじめられていることの意義については、穿(うが)ちすぎや独断を含めて、実にさまざまの、そして、たがいにあいいれない見解が表明されていますが、その解釈がどのようにあるべきかについてのわたくしの考えは、この章における検討をつうじておのずから明らかになるはずです。

ここには、「つれづれ」という語のもつ含みに、従来とは異なる角度から光りを当てることができそうな一つの例について考え、ついでに、現行の辞書一般にみられる問題点の一つを、実例に即して指摘することにします。

右一枚白紙徒然

仮名の草子を書写する場合、どこから書き始めるかには二つの方式がある。一つは、次頁の図Aのように右側の紙面を空白にして左側の紙面から書き始める方式であり、もう一つは、図Bのように右側の紙面から書きはじめる方式である。伝統的には前者が支配的であるが、その方式にすると「右一枚白紙徒然、似無其詮之故也」、すなわち、白紙のままに残された右側の一枚が「徒然」でどうにもならないから、自分は後者の方式を選択する——。

藤原定家は『下官集』の「書始草子事」の条にこのように記しています。『下官集』は、和歌や物語などを書写するための作法書——マニュアル——です。なお、「下官」とは、地位の低い役人という意味の謙遜した言いかたです。

ここにいう「徒然」とは、どういう感じをさしているのか。それを明らかにするのが当面の課題です。

『日葡辞書』が編纂されたのは十七世紀初頭ですから、『下官集』より四百年たらずあとであり、また、『徒然草』より二百数十年あとに当たります。この辞書の Tçurezzurena（または）tçurezzure（または）Tojenna という項目には、Causa solitaria という意味が注記されています（六四頁図版）。Causa solitariaとは、ポルトガル語で、孤独な寂しい状態にある、という意味のようです。ほぼ、英語のsolitudeに相当すると考えてよいでしょう。Tojennaは「徒然な」で、十七世紀の［ゼ］の発音は現代語の［ジェ］に当たります。

『日葡辞書』の項目は、「つれづれな」「徒然な」というように、語尾が「な」になっていますが、これは、平安時代末期から、終止形「なり」が、しだいに連体形「なる」に吸収され、さらに、「な」

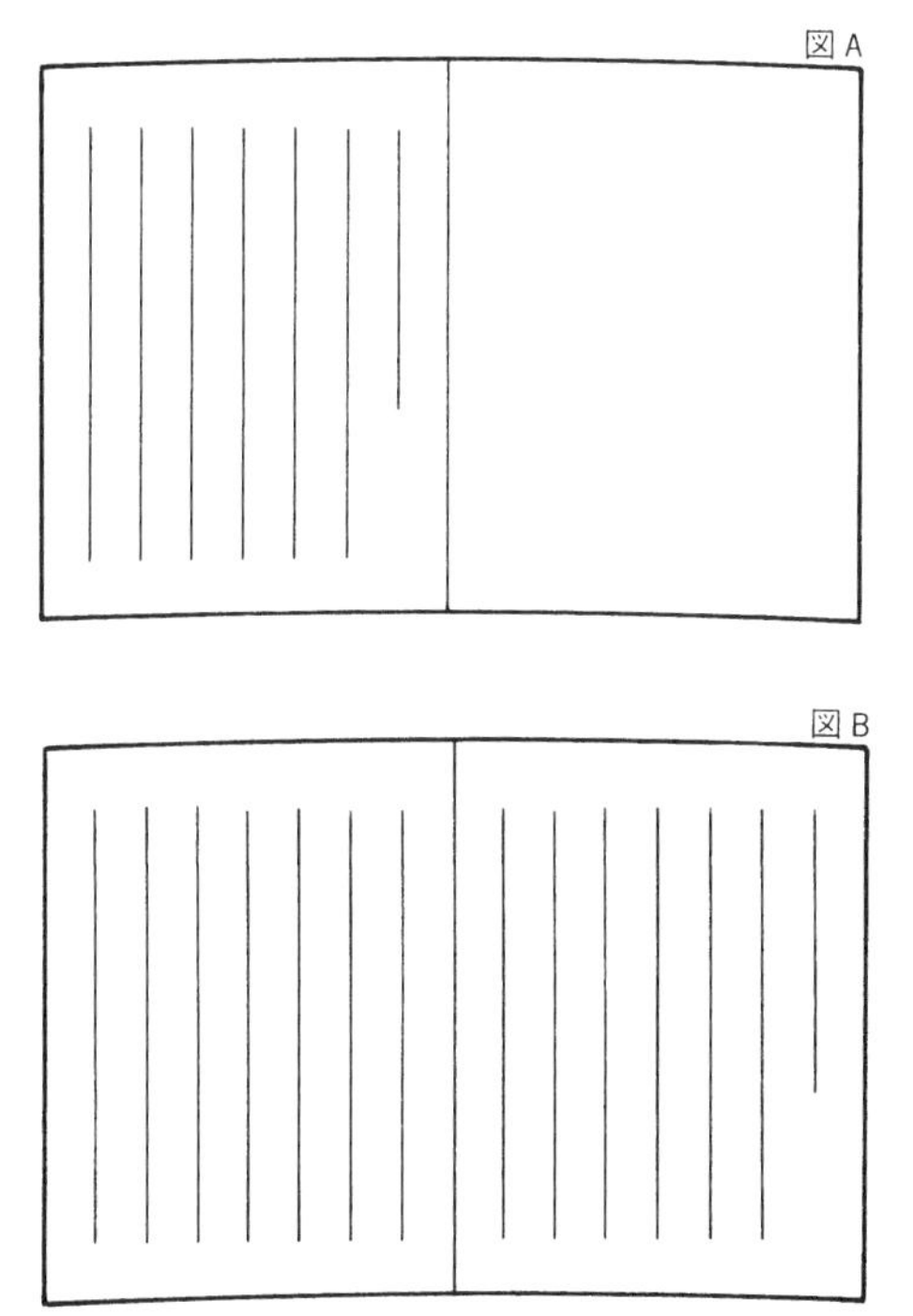

に移行したためです。したがって、この時期には、「＝な」という語形が、終止形でもあり連体形でもあります。そのことについては第二章第5節「すぐな文字」のところで、もう少し詳しく説明します。

Tojen（または）Tojennaという項目には「つれづれ」や「つれづれな」など、同義語があげられていませんが、やはり、孤独な寂しさを表わすという解説がなされており、この方には、Tojenna tei（徒然な体）という慣用句も示されています。

「つれづれ」と「徒然」

『日葡辞書』における扱いが、「つれづれな」よりも「徒然な」の方に傾斜している事実は、「徒然な」が日常語であったことを示唆しています。『徒然草』には「つれづれ」だけで「徒然」が用いられていませんが、これは、二つの語が文体によって使い分けられていて、「つれづれ」が、「雅」の側にあったということでしょう。

漢語としての「徒然」は、九世紀の勅撰詩集『凌雲集（りょううんしゅう）』に用例があり、また、日本語を表記する漢字を検索するための字書として十二世紀末に編纂された三巻本『色葉字類抄（いろはじるいしょう）』（黒川本）の「津」の部には、「人事」「畳字」の二つの門（部門）に「ツレ〳〵」をあげて「徒然」という漢字表記を示しています。さらに、「度（と）」の部の「畳字」門には「徒然」に「ツレ〳〵」と傍記されていますから、この時期までに、漢語の「徒然」と和語の「つれづれ」との緊密な結び付きが成立していたとみなしてよいでしょう。したがって、『下官集』の「徒然」は、「徒然」「つれづれ」のいずれでもありうるし、また、いずれであっても同じ意味になると考えられます。兼好もまた「つれづれ」と「徒然」とを不可分にとらえていたことは確実です。

『色葉字類抄』の「人事」門には、人間の行動や情動などに関する語が集められており、「畳字」門には漢語の熟語が集められています。この字書で「つれづれ」が「人事」門に収録されているのは、それが情動に関わる語として認識されていたことを示唆しており、したがって、当面の課題にとって重要な関わりをもっています。ちなみに、『つれづれぐさ』という書名が習慣的に『徒然草』と表記されている根拠も、こういう文献に基づいて確認できたことになります。

「つれづれ」の含み

『下官集』から『日葡辞書』までの期間をつうじて「徒然」の意味に大きな変動が生じていないとすれば、七三頁の図Aのような状態が、藤原定家に「徒然」で落ち着かない感じを与えたのは、その形式にすると、全面に文字が記されている左側の紙面と対蹠的に、白紙のままに取り残された右側の紙面が、いかにも寂しく、そして、無駄だという印象を与えたためでしょう。左側は自然、右側は不自然ということでもあります。

『徒然草』の冒頭に記された「つれづれなるままに」とは、することがなくて退屈だから、ではなく、すればすることがあるのに――あるいは、あるはずなのに――、支障ないし事情があって手がつけられず――あるいは、手がつかず――、空白になった時間をもてあまして、というつもりの表現であると考えれば、よく理解できそうです。取り残されたまま、使いようのなくなった右側の紙面と同じような、「徒＝いたづら」な時間です。約束に遅れた恋人を、なにも手がつかずに待っている状態を〈退屈〉とは言いません。

右のような含みを汲み取らずに、「つれづれなるままに」を、「退屈なのにまかせて」と単純に理解したのでは、大切なところが欠落してしまいます。

うらうらとのどかなる宮にて　同じ心なる人三人ばかり　物語などして　まかでて　またの日　つれづれなるままに　恋しう思ひ出でらるれば　二人のなかに

袖ぬるる荒磯波と知りながら　ともにかづきをせしぞ恋ひしき

〔更級日記〕

ここもまた、「つれづれなるままに」という表現になっています。気の合う仲間たちと宮仕えの苦労などを語り合って別れた翌日、心に穴があいたようで、なにも手がつかないこの状態を、〈退屈〉ということばで説明したら見当はずれになるでしょう。

『日葡辞書』では、Tojenna の項の末尾に、比喩的用法として、Ter fome――空腹だ――があります。〈満たされずに、なにかを求めている切ない状態〉として基本的につうじているために、こういう婉曲な用法が生じたのでしょう。

すっきりしない心

『源氏物語』の帚木の巻にある、「雨夜の品定め」として知られる女性談義は、つぎの表現で書きはじめられています。

つれづれと降り暮らして　しめやかなる宵の雨に　殿上にも　をさをさ人少なに　御宿直所も　例よりはのどやかなる心地するに……

国語辞典の一つ（甲）では、「つれづれと」の意味を、「一つの状態、事柄、動作などが、変化も中断もなく、長く続くさまを表わす語。そのままずっと」と規定し、右の一節から「つれづれと～宵の雨に」という部分を引用しています。また、古語辞典の一つ（乙）では、「つれづれと」に、「ある状態、動作などが、変化なく長く続くさま。長々と」という解説を付して、同じ部分を引用しています。ただし、用例の漢字の当てかたは甲と違っています。

たがいによく似ているのは、二つの辞書の説明に系譜関係があるからではないか――すなわち、乙が甲を下敷きにして、外形的に違えようとしたためではないか――という疑いが出てきます。一般論としていえば、こういう場合、二つのうちの先行する方は独創的な説明だ、とも即断できません。「と」が後接して副詞になっていても、根幹は同じですから、「つれづれ」が、すっきりしない、さっぱりしない、あるいは、さばさばしない心理状態を表わしていることに変わりはありません。この文脈では、降りつづく雨に行動が制約されて、うんざりしている気持が「つれづれと」という表現に含意されていると理解すべきでしょう。「ある状態、動作などが、変化なく長く続くさま」であっても、晴天が続いている状態を、「つれづれと晴れわたりて」とは表現しなかったはずだ、ということです。

『徒然草』には、冒頭を含めて「つれづれ」が八例あり、つぎのように、そのうちの二例は「(心)慰さむ」と、そして、他の一例は「侘ぶ」と結びついています。

（略）さるからさぞとも　うち語らはば　つれづれ慰まめと思へど　〔第一二段〕

つれづれなる日　思ひのほかに友の入り来て　とり行なひたるも　心慰さむ　〔第一七五段〕

つれづれ侘ぶる人　いかなる心ならむ　紛るるかたなく　ただ独りあるこそよけれ　〔第七五段〕

心情的な動詞と共起していなくても、この語が、もっぱら、わだかまりのある、すっきりしない心理状態について用いられるのは平安時代以来の伝統です。『枕草子』の、「つれづれ慰むもの　碁　双六　物語」は、「慰む」と共起している例の一つです。

降り止まぬ雨で、用のない人たちは顔を見せず、また、来ていた人たちも早く帰ってしまって、殿上には宿直の当番ぐらいしかいない状態の表現ということなら、「降り暮らしてしめやかなる宵の雨に〜」だけでよいでしょうから、その前に「つれづれと」とあることには、別の意味が含められていなければなりません。

「降り暮らして」は、〈明るいうちに降りはじめた雨が暗くなっても止まずに〉という意味ですが、「つれづれと」によって、うっとうしい気持が加わっています。止むか止むかと、ずっと待ちつづけていたのに、とうとう降り止まず、ということでしょう。そうだとしたら、殿上にいる人たちは、雨に降りこめられて、うんざりした気分になっていた、という場面設定に、この「つれづれと」という語は決定的な役割を果たしています。そういう雰囲気のなかで始まった女性談義は、現代風にいうなら、さしずめ、ストレスの解消というところでしょう。

「雨夜の品定め」の冒頭における「つれづれと」の役割を『徒然草』の冒頭に結びつけて考えるなら、この一節は、兼好が前向きの心理状態ではなく、習慣的に筆をとったが書くべきこともないので、脳裏に浮かんだ事柄をつぎつぎに書き記し、それによってストレスを放散した、と表現していることになります。

「つれづれと降り暮らして」と同じく、「つれづれなるままに」ということばが、文頭におかれて、心理的な場面設定——ムードづくり——の機能を果たしていることは、このことばを削除して読んでみればよくわかります。その場かぎりの——ad hoc な——解釈に陥らないためには、このような目くばりが必要です。

辞書の解説

これまでの検討の結果からみて、右に言及した二つの辞書にみえる「つれづれと」の解説は正しくありません。解説の執筆者が、副詞「つれづれと」は動詞句「降りくらして」を修飾しており、したがって、雨の降りかたを表わしているはずだ、と直線的に理解したために、このような誤りが生じたものと考えられます。そういう前提のもとに「つれづれと」の意味を推定すれば、選択の範囲が、もっぱら、雨の降る度合いや降りかたに限定されてしまいがちです。そうだとしたら、文法的解釈によって正常な判断が妨げられたことになるでしょう。そのうえ、乙については、誤った理解の無批判な継承という問題も残ります。このように、親亀こければ子亀もこけるという事例が、辞書には珍しくありません。

「つれづれ」の単独形は名詞、「つれづれなり」は形容動詞、そして、「つれづれと」は副詞、というように、甲も乙も文法機能によって分断したうえで個別に考えたことが、解釈の誤りを助長しているようにみえます。文法を振り回して逆に文法に振り回されてしまった一例です。

「一つの状態、事柄、動作などが、変化なく長く続くさま」とかいう意味が、「つれづれと」ではなく、「降りくらして」の「くらして」から誤って導かれていることは明らかです。

甲の方には、同じ意味の用例として、ほかに、『伊勢物語』からつぎの例が引用されていますが、この場合についても、「籠もりをり」の意味を考えれば、「降りくらして」と同じことが言えるでしょう。

まどひ来たりけれど　死にければ　つれづれと籠もりをりけり　〔第四五段〕

右の例における「つれづれと」は、引き籠もっている間の、はればれとしない心情を表わしているとみるべきでしょう。そうだとしたら、文法機能の違いを理由に、『徒然草』の冒頭における用法と一線を画すべきではありません。

「つれづれ」は、本来的に時間の継続を条件としていますが、これらの辞書では、一部の用例についてだけ、その属性を表面に立てて理解しているようです。ちなみに、甲にも乙にも、『宇津保物語』の俊蔭の巻から同一の例が同一の切り取りかたで引用されていますが――したがって、系譜関係の疑いがますます濃厚になりますが――、繰り返しになるので省略します。

甲も乙も大型の辞書ですが、辞書は大型なら安心、というものではありません。大きさに比例して欠陥も拡大されていないとは限らないからです。走査線を増やさずにテレビの画面を大きくしたら、粗さが目だつのは当然です。一方、小型の古語辞典も、種類は豊富ですが玉石混淆で、質の高いものは僅かであり、それらにも、多かれ少なかれ、適切でない解説が混じっているのが現状です。

辞書の解説が不完全なのは、古典文学作品の文章がよく読み解けていないために、個々の語句の意味・用法も十分に解明されていないことが最大の原因です。古語辞典の編纂者にとっての悩みは、確実にわかっていることがあまりに少なすぎるということです。特によく読まれている『徒然草』の、そのキー・ワードともいうべき「つれづれ」についてさえ、ちょっと注意して読めば、このように基本的な問題点が見いだされることとは、現在の研究水準を象徴しています。

以上の検討によって、いちおう、「つれづれ」の含みを知ることができましたが、これで完全とはいえないでしょう。現実を直視することから解釈は再出発しなければなりません。

呼吸段落

いわゆる解釈文法の立場からは、どの語句がどの語句を修飾しているかを確認することが――承接関係、すなわち、いわゆる〈係り受け〉の関係を正確に見きわめることが――、解釈の第一歩になります。「つれづれ」の含みについて考えたついでに、ここで、「つれづれなるままに」が、連用修飾句としてどのように機能しているかについて検討してみましょう。

〈修飾語と被修飾語とは一対一の関係にある〉という前提で考えれば、検討の対象になる用言句が三つあるので、つぎの三つの可能性が考えられます。

つれづれなるままに　↓　硯に向かひて

つれづれなるままに　↓　心にうつりゆく（よしなし事を）

つれづれなるままに　↓　書きつくれば

どれをとっても、それぞれに文脈がとおりますから、積極的に排除されるものはありません。しかし、ここでは一対一の修飾関係でなく、それ以下の全体を修飾している、と説明するとしたら、後段の「あやしうこそものぐるほしけれ」が浮き上がってしまうでしょう。

文法的な説明を棚あげすれば、自然な印象は、つぎのようになりそうです。修飾語が、いわば、一回だけの使い捨てではなく、複数の用言句を順次に修飾しながら話線が進行している、ということです。

つれづれなるままに　日くらし硯に向かひて　つれづれなるままに　心にうつりゆくよしなし事を　つれづれなるままに　そこはかとなく書きつくれば　あやしうこそものぐるほしけれ

文頭に置かれた「つれづれなるままに」は、この文の前段を支配しており、そのように機能させるために文頭におかれている、というのが、すなおな説明になるでしょう。換言するならば、連用修飾語の余韻が前段の末尾まで及んでいる、ということです。

「つれづれなるままに」も「つれづれと」も連用修飾語ですから、試みに「つれづれと」を代入してみると、つぎのようになります。

つれづれと　日くらし硯に向かひて　心にうつりゆくよしなし事を　そこはかとなく書きつくれば　あやしうこそものぐるほしけれ

この形では、「つれづれと」が「(日くらし硯に) 向かひて」にかかるだけで、あとにその余韻を残しません。このような違いは、「つれづれなるままに」との意味の差に由来するというよりも、呼吸段落──breath group──の違いが大きな原因になっています。

もとの文を声に出して読むと──黙読でも原理的に同じですが──、「つれづれなるままに」が、それ自体として一つのまとまりになっており、被修飾語が保留されたままで短い切れ目──ポーズ、pause──が挿入されます。したがって、適切な被修飾語を求めながらそのあとを読むことになりますが、いちばん近い位置にある用言句が被修飾語であるとは限りませんから、用言句があるごとに反射的に立ち止まりながら先に進むことになります。これが余韻の正体です。これに対して、「つれづれと」の方は、それだけでは独立した呼吸段落にならず、「つれづれと日くらし硯に向かひて」のあとにポーズが挿入され、最初の呼吸段落の内部で修飾関係が確立されるので、そこからは、新しい態勢で読み進むことになります。
序段は平安時代の和文の色彩を濃厚にとどめた文体であり、このような文体では、読むときの自然な呼吸ないしリズムによって語句の相互関係が柔軟に把握されます。和文に句読点が発達しなかったのは、書記様式としてまだ未熟な段階にあったからではなく、付かず離れずの関係に味わいをもたせ、自然に挿入されるポーズで区切られる呼吸段落に基づいて理解される文体だったからだと考えられます。これは句読点を積極的に排除する文体です。したがって、当然のように句読点を付けたうえで考えられている注釈書の解釈や、それと同じ手つづきを経て構築されている古典文法では、限定できない関係や限定してはならない関係を無理に限定している場合があります。
このような特質は文学作品の典雅な表現のために発達したものですから、ほかの目的にはほかの文体が用いられています。『源氏物語』や『徒然草』などに基づいて、その時期の日本語一般のありかたを論じたりする場合には慎重な留保――reservation――が必要です。[*]
「つれづれなるままに」が「(硯に)向かひて」にかかるなら、修飾関係はそこで完結しているので、あとには影響が及ばないとか、「書きつくれば」にかかると認めたら、途中の用言句は素どおりして読むとか、そういう融通のきかない読みかたをしたら、せっかく文章を練り上げた作者の苦心が水の泡になりかねません。

* 小松英雄『仮名文の原理』第Ⅱ部

2 清むか濁るか

『日葡辞書』と「日くらし」

「日くらし」は［ヒクラシ］なのか、［ヒグラシ］なのか。それがわからないと声に出して読むことができません。ひと昔まえまでなら、ここは［ヒグラシ］と読んで、〈一日中〉とか〈朝から晩まで〉とか口語訳することに決まっていたようなものでしたが、近年になって清濁の読みわけがやかましく言われるようになり、根拠が得られたものは、従来の読みかたが訂正されています。「日くらし」についても、光広本の清濁表記を根拠にして［ヒクラシ］と読む注釈書が多くなっているようです。

『日葡辞書』には、〈一日中〉という意味を表わす副詞として、「ひめもす（Fimemosu）」「ひめむす（Fimemusu）」、そして「終日（Xŭjit）」という三つの項目が収録されていますが、「日くらし」または「日ぐらし」に当たる項目はなく、また、それら三項目のうちのどれにも、そういう語の存在について言及されていません。その事実は、つぎの三つの解釈の可能性を示唆しています。

a この語が、たまたま『日葡辞書』に漏れてしまった。

b この語は、すでに日常語として用いられなくなっており、『日葡辞書』の収録対象にならなかった。

c　「日くらし」は二語としてとらえられており、辞書の収録対象にならなかった。

これらのほかにも、dとして、たとえば、なんらかの理由で意図的に排除された可能性も、いちおう、考えてみるべきでしょうが、宗教的な理由で忌避されることばでもありませんから、排除の理由としてはb以外にありえないでしょう。

『日葡辞書』には、当時の日常語彙が丹念に集められているだけでなく、和歌の用語や雅語、そして文章語にまで目が配られていますが、人間の仕事ですから、完璧にできているはずだとは断言できません。しかし、そのころ、日常の日本語にどのような漢字を当てるべきかを確かめるための辞書として広く用いられていた『節用集』の諸本をはじめとして、室町時代の字書類についてひととおり調べてみた範囲では、「日くらし」に相当する項目がどれにも立てられていませんから、編纂者の手おちのために採録されていないということではなさそうです。したがって、aの可能性は、まず最初に消去されます。

「日くらし」の意味

「日くらし」に現代語の〈一日中〉を代入すれば、文脈がすなおに理解できますから、注釈書にそのように説明されていれば疑問をいだく人は少ないでしょう。しかし、〈毎日〉とか〈昨日も今日も〉とか、あるいは、〈夕暮れ近い時分に〉など、時間の継続にかかわる語句を代入すれば、どれでも、〈一日中〉と同じくらいによくつうじる、という事実に注意しなければなりません。副詞とは、本来、そういうものだからです。修飾される動詞と意味的に調和する範囲において、他の副詞との置き換えが可能ですから、特定の現代語を代入して文脈がよくとおるというだけで、解釈の正しさが保証されたことにはなりません。〈毎日〉とか〈昨日も今日も〉とかいう解釈は、現に、江戸時代の注釈書にみえています。

「日くらし」の意味が〈一日中〉であるという確実な根拠はどういうところに求めることができるのでしょうか。それ以外の解釈が成り立つ余地はないのでしょうか。そういうところを、よく確かめてみなければなりません。

「日ヲ暮らしテ」の可能性

「日くらし」が、熟合した一語の副詞になっていないとしたら、名詞「日」に四段活用動詞「暮らす」の連用形「暮らし」の連接した形であり、「暮らし」は中止法ですから、〈日をくらして〉という意味になります。この文脈をそのような構文とみなすとしたら、「つれづれなるままに」のあとにポーズを置かず、最初の呼吸段落は、「日暮らし」までになります。

つれづれなるままに日暮らし　硯に向かひて……

古典文法では、修飾関係の判定にあたって意味的なつづきかたを優先させるので、こういう読みかたも可能性の範囲に入りますが、前節の「呼吸段落」の条に述べた観点からすれば、これは、不自然なつづきかたであり、結果として排除されることになります。

光広本の末尾には、この校訂本の成立事情などを述べた奥書がありますが、それは、つぎのようなことばで書き始められています。

這両帖(このりょうじょう)、吉田兼好法師、燕居之日、徒然、向暮、染筆写情者也

「向暮」が「日くらし」に相当することは確実とみてよいでしょう。その意味は、〈一日中〉というよりも、〈日が暮れるまで〉とか、〈一日を暮らして〉ということのようです。経過した時間としては〈一日中〉と同じになるでしょうが、表現のしかたに明らかな差があります。光広は「日くらし」を、どうやら一語の副詞としてではなく、「日＝暮らし」という二つの語の連接として把握していたようです。そうだとしたら、序段のこの部分を「日ぐらし」という一語化した語形にしていないのは当然です。

江戸時代の注釈書の多くは、このことばを「ひくらし」と読んでおり、「ひぐらし」と読むと虫の名になってしまう、という意味のことが注記されていたりします。

「徒然草」という標題の下に「よみくせつき」と記された寛文十二年（一六七二）刊の版本では、「日くらし」の「く」の仮名の右傍に、前章に述べた清音標示の圏点を加え、その下に「スム」と小さく注記しています。この読み癖は光広本と同じ流れを汲むものかもしれません。それに対して、「ひぐらし」と読むべきだという考えかたもすでに江戸時代からありましたが、それが優勢になったのは、ずっとあとになって

からのことです。

「ひくらし」か「ひぐらし」か

これまでの検討によって明らかになったのは、この言いかたを、全体で一語の副詞とみなす立場と、名詞「日」と動詞「暮らし」との連接とみなす立場とがあって、後者のがわが、もっぱら「ひくらし」という読みかたにこだわっている、ということです。北村季吟の『徒然草文段抄』のように、本文を「日ぐらし」としながら、「くの字をすみてよむ。終日也」という注を付けたものもありますが、「ひぐらし」と読んでいるのは、おおむね、副詞とみなす立場だとみてよいでしょう。

二つの形態素が意味的に融合し、全体が一語として機能するようになったとき、下位成分の最初の音節が濁音化することを連濁と呼んでいます。「しぶがき(渋柿)」「いしばし(石橋)」などがその例です。日本語ではごく普通にみられますから、それが生理的に自然な発音であるかのように思いこまれがちですが、たとえば、英語には同じ現象が認められないという事実を考えてみただけでも、発音上の都合からひとりでにそういう形をとるわけではないことが知られます。連濁は、日本語において、一語化を標示するための重要な機能を果たしているのです。

われわれは、古典文学作品のなかに使用されていることばが複合語であると認めると——というよりも、実際には、そのように感じると——、連濁の生じている語形としてそれを読む、ということをしています。「ひぐらし」か「ひくらし」かというのは、それが一語なのか、あるいは二語の連接なのか、ということにほかなりません。

「ひぐらし」というセミの名は完全に一語化しており、「蜩」という一つの漢字が当てられていますが、「日暮らし」という語構成意識は生きつづけています。この蟬が多く夕刻に鳴くところから、〈日を暮れさせるもの〉という意味に理解されてきたからでしょうか。

「く」の仮名を濁って読むと虫の名になってしまうというのは、表面的に解釈すると、いかにもつまらない注釈のようにみえますが、ほんとうは、「ひくらし」を二つの語の連接として読むようにという注意なのでしょう。連濁して「ひぐらし」と読めば、それに当たるのは虫の名しかないということです。「ひくらし」なら、「日」と「暮らし」とが別々の語になりえますから、現代的な表現をとっていないだけで、これは当を得た注釈と言うべきでしょう。もちろん、「日＝暮らし」と「日ぐらし」とでは、アクセントも同じにはなりません。

第三の解釈

ここまでは、「日くらし」が、熟合した一語の副詞なのか、あるいは、名詞「日」と動詞連用形「暮らし」との連接なのか、という二者択一の線で考えてきましたが、第三の解釈がありうるかどうかについて考えてみましょう。

兼好の愛用していた硯が「日暮硯」とか「蜩硯」とかよばれていた、とみなしても文脈はよく理解できます。硯の愛称ということなら、一語か二語かという問題は自然に解消します。

方法上の問題として重要なのは、事実であるにせよ、事実でないにせよ、文献上の証拠に基づいてその解釈を裏付けたり否定したりするのは不可能だということです。

気紛れの思いつきと非凡なひらめきとの間に一線を画することは、しばしば困難です。「あが仏、尊し」という成句があるように、自分で考えついた解釈が真実であってほしいと思うのは自然の情ですが、それが客観的に成り立ちうるかどうかは別ですから、冷たく突き放した立場から検討してみることが必要です。思いつきに固執するあまり、否定すべき根拠がないという消極的な理由で妥当性を主張したのでは議論になりません。

過去の日本語に関する珍説・奇説のたぐいが、学界を尻目に、一般社会にもてはやされている例は少なくありません。それらは、証拠をあげて直接に否定される恐れは絶対にない、という安心感に支えられているようです。「日暮硯」とか「蜩硯」とかいう解釈を本気で提唱するとしたら、それらと同列にならざるをえないでしょう。否定不可能という禁猟区――聖域、sanctuary――があることを確認したうえで新しい解釈を提示することは避けなければなりません。

わたくしが、「日暮硯」とか「蜩硯」とかいう解釈を、ここで大まじめに提示すれば、今後は、根拠を不問に付して、そして、支持もされず拒否もされずに、「～という説もある」とか「小松英雄は、兼好の愛用した硯の名とする」とかいった形式で言及されることになるでしょう。その調子で新しい〈説〉が増えつづけ、収拾がつかなくなって、膨大な『徒然草解釈大成』が編纂されています。そこには既成の注釈書にみえる〈説〉が可能なかぎり網羅されていますが、学的評価が徹底的に排除されているところに――というよりも、それが回避されているところに――この領域の体質が如実に表われています。こういうことの積み重ねでは、際限なく横に広がりつづけるだけで解釈の深まりは期待できないでしょう。対決的な論争の回避が、解釈の進歩を妨げる最大の要因の一つになっていることは否定できません。

思いつきと解釈

古典文学作品の注釈には、もっともらしくみえながら、実はたいへんあやしげな説明が累積されており、現在でもつぎつぎと誕生しつつあるようです。そのような場あたりにすぎない思いつきやこじつけを、気軽に某氏説などと呼びならわす安易な体質は改善されなければなりません。説――theory――というのは、本来、それをもって多くの現象を統一的に説明することが可能な、一般性のある原理をさすことばであるべきだからです。もちろん、文献上に具体的な裏づけが求められない場合でも、右の条件を満たしているならば、仮説としての価値は十分に認められてよいはずです。

ところが、「日暮硯」とか「蜩硯」とかいう解釈は――あえてそれを解釈とよぶにしても――、そこで行き止まりになり、一般性を持っていません。兼好愛用の硯がそうよばれていたとしても、読者のがわにそれについての知識が期待できないわけですから、兼好がことわりなしにそういうことばを持ちこむはずがありません。したがって、この解釈は、結果として禁猟区の外にあります。積極的に否定すべき文献上の証拠がないから安泰だとその提唱者が思いこんだのでは、裸の王様に等しいでしょう。
実のところ、「日暮硯」とか「蜩硯」とかいう解釈の提唱者がいるわけではありません。わたくしがかってに作り出して、その正統性を全面的に否定するのも奇妙なものですが、解釈の方法について考えるために、一つの例として出してみたまでです。もとより、それは、現状批判の意図を持っています。ただし、つぎの事実があることをここに指摘しておくべきでしょう。

江戸時代中期、信州松代藩の家老をつとめた恩田木工という人物の事蹟に関する説話を綴った『日暮硯』という本があります*。「ヒグラシスズリ」と読むのでしょう。そのむねのことわりがなくても、この書名が『徒然草』の序段に由来していることは一目瞭然です。この場合、序段の「日くらし硯に向かひて」という表現を特定の硯の名称と理解してこのように命名したのか、あるいは、気のきいたもじりのつもりだったのかは決定できませんが、かりにもじりであったにしても、そういう解釈がいったん頭をかすめたことは確かでしょう。一歩あやまれば、それが一つの説になりかねなかったということです。

＊ 笠谷和比古校註『日暮硯』（岩波文庫・一九八八年）

3　付かず離れずの関係

用例調査の手順

「日暮硯」などという安直な逃げ道を探してみても、袋小路に迷いこむだけだということがわかりました。せっかく考え出した解釈でも、客観的にみて脈がないと判断したら、いつでも捨てる用意が必要です。やはり、ここでは、もとにもどって、一語なのか二語なのかという線で、「日くらし」の素姓を究明していくのが正しいようです。

調査の手順としては、この作者が、「日くらし」ということばを、『徒然草』の他の部分で使っているかどうかというところから始めることになります。複数の用例があれば、解釈の幅はずっと狭くなります。なぜなら同一の文献であれば、原則的に言って、もっとも高い均質性——等質性、homogeneity——が保証されるからです。しかし、残念ながら、この作品では、「日くらし」が、序段のここ一箇所にしか使われていません。

ほかの多くの作品についてと同様、『徒然草』の場合にも、どういう語がどの部分に使われているかは、総索引によって簡単に調べることができます*。ただし、蛇足を加えておくならば、文学作品の用語索引というのは、読んだことのある作品について、あのことばはどこにあったのかとか、あるいは、そういうことばがあったかどうか、ということを確認するために利用すべきであって、読んだこともない作品や読む気もない作品の用語を索引だけを手がかりにして手あたりしだいに調査するのは、正しい態度ではありません。たしかに、右のたてまえを守るのは難しいことですが、それを破るときには、すくなくとも気がとがめるということでありたいものです。そういう気持ちを忘れなければ、検索した場合に、せめて個々の文脈だけはしっかり確かめるという態度が身に付くでしょう。文献学的解釈の基本姿勢は、そういうところにも一貫されていることが必要です。

平安時代以降の辞書類についても、たいてい総索引が作製されていますが、そういうものを利用する場合には、まず、それぞれの辞書の構成や特徴、あるいは編纂された目的などをよく理解しておかないと、見当はずれの結論を導き出しかねません。ちょうど薬と毒とが紙一重であるように、索引も両刃の剣のようなものであることを十分に認識してかかるべきです。辞書というのは、本来、検索しやすいように構成されているのですから、その排列原理も知らないで五十音順の安直な索引を頼りに利用したりするのはおかしいことに気がつくべきでしょう。

「日くらし」の用例が『徒然草』でここだけにしかないとなると、兼好がこの作品以外にそれを使っているかどうかを調べることになりますが、自筆とされている家集にも用例が見あたりません。どうやら、兼好は、「日くらし」をここ一箇所にしか書き残していないようです。

つぎの段階としては、『徒然草』と同時期の文献に手を広げることになりますが、それを洗いあげるのは大変な作業です。まして、わたくしは、あまりその方面の文献に親しんでいないので途方に暮れてしまいます。したがって、結果は頼りないものですが、ひととおり調べてみたところでは、どこにも「日くらし」を見いだすことができませんでした。だれかがどこかで使っているにしても、この時期としてかなり珍しい例に属することは確かなようです。

＊　時枝誠記編『徒然草総索引』（至文堂・一九五五年）

「日くらし」の用例

「日くらし」ということばの用例を、いちばん古い時期の文献から調べてみると、『万葉集』の長歌に、つぎの一節が見いだされます。問題にする部分以外は、読みやすい形に書き改めて示します。

我がおほきみを　烟立つ　春日暮　まそ鏡　見れど飽かねば　（巻一三・三三二四）

ここにみえる「春日暮」は、「春の日暮らし」と訓じられています。これは、「春の日ヲ暮らしテ」ということで、「見れど飽かねば」にかかっていますから、「日くらし」という副詞の例ではありません。

暮れがたき夏の日くらしながむれば　そのこととなくものぞ悲しき　（伊勢物語・第四五段）

ほとんどすべての注釈書では、この第二句を「ひぐらし」と読み、〈一日中〉という意味に解釈しています。また、古語辞典にも、〈一日中〉という意味の副詞「ひぐらし」の用例として、この和歌をあげているものがあります。わたくしの見たかぎり、森野宗明だけが、いくらか慎重な表現をとりながらも、「夏の日・暮らし」と解釈する方が適切だろうという見解を表明していますが*、そのあとから出版されたいくつもの注釈書には、その意見が採用されるどころか批判すらもされず、無視された形になっています。ついでに言うならば、あとから刊行された注釈書ほど解釈は正しくなっているはずだと一般の人たちが思いこんでいるのは、研究の進歩を素朴に信じているからであって、注釈書はその期待にこたえるべきであると、わたくしは考えます。

「暮る」は、自然現象として、ひとりでに日が暮れてゆくことであり、「暮らす」は、時間の経過をみずから継続的に体験することを意味している、というようにこれら二つの動詞を対比的にとらえるなら、「暮れがたき夏の日・暮らし」というのは、なかなか味わいの深い表現であることがわかります。ともかく、ここは、いつまでも暮れない夏の一日が暮れるまで、ずっと物思いにふけりながら、ぼんやりと過ごしてしまうことですから、さきに引用した『万葉集』の長歌の例とちょうど同じ用法だと考えられます。

『枕草子』では、つぎのように使われています。

導師参り　講はじまりて　舞などす　日くらし見るに　目もたゆく苦し　〔関白殿〕

一切経供養の法会についての叙述ですが、朝から晩まで続いたわけではなさそうです。夕方まで、かなり長い時間にわたって、ということでしょう。

『蜻蛉日記』には、つぎの二例が見いだされます。

またの日も　ひくらし言ふこと　我が心のたがはぬを人のあしうみなして　とのみあり

〔天禄元年八月〕

日くらし語らひて　夕暮のほど　例のいみじげなることども言ひて　鐘の音どもしはつるほどにぞ帰る

〔天禄二年六月〕

第一例は、〈まるで「日くらし」という感じに〉ということで、いささか漠然としていますが、第二例は、『枕草子』の場合とまったく同じ使いかたです。

『更級日記』にも、二箇所に「日くらし」が用いられています。作者が幼少のころからあこがれつづけてきた『源氏物語』にようやくめぐり会えて、一心不乱に読みふけっている場面です。

昼は日くらし　夜は目のさめたるかぎり　灯を近くともして　これを見るよりほかのことなければ

物語のことを　昼は日くらし思ひつづけ　夜も目のさめたるかぎりは　これをのみ心にかけたるに

『更級日記』の文章には、このように、同一の用語や類似の表現が、しばしば、接近して用いられています。それが、表現の稚拙さや語彙の貧困に由来しているとしたら、文学作品の文章として減点の対象になるでしょう。しかし、言語資料として利用する立場からは、同一の語句について複数の用例が提供されていることに感謝すべきことになります。こういう種類の文献には写し誤りの可能性が付きまとっているために、ただ一つしか用例が指摘できない場合、確実性に不安が残りがちですが、複数の用例があれば信頼性は飛躍的に高まります。研究の目的が異なれば価値基準も異なるのは当然です。

同じような例をもう一つあげておきましょう。右に引用した「昼は日くらし」の一節のあとに、「ねこのいとなこうないたるを」という表現があり、これは、猫が「長う」鳴いたと解釈されてきました。しかし、『更級日記』の成立年代はともかくとしても、藤原定家がそれを書写したのは十二、三世紀のことであり、〔アウ〕と〔オウ〕とが合流したのは十六世紀のことですから、「長う」のつもりだとしたら「なこう」ではなく「なかう」と表記されていなければなりません。この場合、「なこう」が孤例であれば、誤写かどうかの判断は水かけ論になりかねませんが、それより少しあとの部分に、「かほをうちまもりつつなこうなくも」とありますから、「長う」の可能性は完全に否定され、「和う」という解釈を確定することができます。和やかな鳴きかたなら自然に長くなるでしょうが、表現として同じではありません。

『更級日記』にみえるこれら二つの「日くらし」については、〈一日中〉という意味の副詞とみても、また、〈一日を暮らして〉という意味の表現とみても、どちらでも解釈が可能です。ただし、どちらの例も、「昼は…、夜は（も）…」という対句形式をとっているにもかかわらず、「夜は（も）」のあとに続いているのが副詞でなく、また副詞的でもない点が、いささか気にならないでもありません。その不調和にこだわるなら、〈一日を暮らして〉とみておくのが無難のようですが、それも一面的な見かたのようです。

〈一日中〉に対して〈一晩中〉は「夜もすがら」です。『更級日記』では、それがつぎのように使われています。

池の鳥どもの　夜もすがら　声ごゑ羽ぶき騒ぐ音のするに目もさめて
夜もすがら　殿上にて御遊びありけるに
夜もすがら　雨ぞいみじく降る

いずれも、〈夜が明けるまでずっと〉ということです。さきの例では、『源氏物語』を徹夜で読んだわけではありませんから、「夜もすがら」でなしに「目のさめたるかぎり」と表現したのでしょう。そうだとしたら、ここに当てはまる適切な副詞はありません。なお、『更級日記』につぎの言いかたがみえることも、今の場合、参考になります。

冬になりて（略）さえわたりたる夜のかぎり　殿の御方にさぶらふ人びとと物語し明かしつつ　明くれば立ち別れ立ち別れしつゝ、

このように、「日くらし」が一語なのか二語なのか、どうもはっきりしないところがありますが、なかには、つぎのように、「に」をともなって明らかに副詞として使われている例も見いだされます。

日くらしに見れども飽かぬをみなへし　野辺にやこよひ旅寝しなまし　〔拾遺和歌集・秋〕

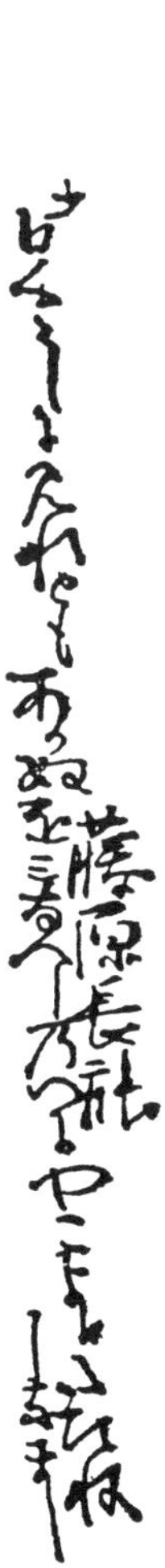

天福本『拾遺和歌集』

ただし、こういう用法が一部に生み出されていても、それを根拠に、「日くらし」という結び付きのすべてを、一律に、〈一日中〉という意味の副詞とみなすとしたら杓子定規にすぎるでしょう。むしろその逆に、「日くらしに」という語の方に、〈それで一日をすごすという状態で〉という含みを読み取るのが表現に即した理解のしかたです。

＊　森野宗明校注『伊勢物語』〔講談社文庫・一九七二年〕

「日くらし」の「日」

〈一日中〉という意味の副詞としては「ひねもす」がありますが、その語構成は完全に不透明になっています。一方には、「ひめもす」「ひめむす」その他の語形が文献上にみえますし、また、奈良時代には、その「ひ」の音節に〈日〉を表わすのと同じ真仮名が——すなわち、上代特殊仮名遣にいうところの甲類の仮名が――、当てられていますから、この「ひねもす」の「ひ」もやはり〈日〉だったのではないかと考えられますが、それは一つの推定であって、この語が「日ねもす」という語構成意識をともなって使いつづけられていたとは考えられません。しかし、「ひねもす」と同じ意味として理解されてきた「日くらし」の方は、事情が違っています。

右に引用した『伊勢物語』『拾遺和歌集』には、それぞれ藤原定家自筆本を忠実に写し取った伝本が残されており、また、『更級日記』の場合には定家自筆本が、事実上、唯一の伝本ですが、それらにおいては、どの例もすべて「日くらし」という表記がとられています。そのことは、「に」の付いた副詞形についても変わりがありません。そして、『徒然草』の場合にもまた、正徹本や光広本ばかりでなく、ほとんどすべての伝本において「日くらし」という表記になっています。「くらし」の部分には漢字が当てられていませんが、それが「暮らしテ」という意味に理解されていたことは、まちがいないでしょう。

「日くらし」の実質

「日くらし」は一語の副詞なのか、それとも「日ヲ暮らしテ」という結びつきなのか、という問題を設定して解答をさぐった結果、ひとまず、後者の線に落ち着きました。しかし、この帰結には、安心しきれないところがあります。それは、設定した問題に即した形で帰結が導かれたことは確かでも、問題の設定のしかたが正しかったかどうか、という疑問が残るからです。

偶然の連接と不可分の熟合との間は連続しており、また、同じ時期に同じ結びつきで用いられていても、場合に応じて密接さの度合いは可変的でありえます。このような結びつきは、頻繁な共起の過程を経ながら一語化の方向をとるのがふつうのありかたですから、中間的な段階について、単純な連接なのか一語化しているのか、という形で問題を設定することは意味をなさず、かえって、実態を見失う原因になります。白か黒かの決定ではなく、灰色の濃度の認定が大切だからです。

「日くらし」という結び付きもまた、おそらく、一語化の過程をたどったものと考えられます。「日くらしに」という言いかたが成立していることは、その過程の進行を証明しているとみてよいでしょう。しかし、灰色が極端には濃くならないという状態が続いているうちに——すなわち、「日・暮らし」という構成意識がかすんでしまわないうちに——、その言いかた自体が使われなくなってしまったものと推定されます。

「ひくらし」か「ひぐらし」か、という点についていうならば、これがひとまとまりとして副詞化の方向をとりながら、最後まで「ひ＝」は名詞の「日」として、また、「＝くらし」は動詞「暮らす」の連用中止法として、それぞれの機能を独自に果たしつづけていたとするならば、そのような状態において、複合の指標としての連濁が生じることはなかっただろうと考えるのが、証拠のない場合の穏当な推定のしかたでしょう。

『日葡辞書』に「日くらし」が項目として採録されていないのは、すでにその時期までに廃語になっていたためなのか、あるいは、ひとまとまりとしてとらえるだけの複合度に達していると編纂者が認定しなかったためなのかということは――すなわち、さきに想定された三つの可能性のうち、bとcとのどちらが当たっているのかは――、わからずじまいですが、どうしてわからないのかという理由がわかったわけですから、この検討が無意味に終わったわけではありません。それどころか、癒着ないし融合の度あいが可変的でありうるという事実を、このように有名な作品の、このように有名な部分に出てくることばについて具体的に確かめてみたことは、今後、古典文学作品の用語についていろいろと考えていくうえで、大きな収穫として評価すべきだと考えます。

4　語源信仰の危険性

「ものぐるほし」の成立

平安時代に「ものぐるほし」と表記されていた語が、どうして、定家仮名遣で「ものくるおし」になったかに関しては、序章に説明しておきましたが、ここで、この語の意味について考えてみましょう。

形容詞「ものぐるほし」は、類型として、つぎのような過程で形成されたものと推定されます。ただし、必ずしも、このとおりの順序を追って継起的に生じたことを意味しません。模式的にとらえればこうなるということであって、たとえば、2と3とは同時に起こりうるからです。

1　四段活用動詞［クルフ］の未然形［クルハ＝］に、シク活用形容詞語尾の［＝シ］が付いて形容詞［クルハシ］ができた（ねがふ→ねがはし）。
2　動詞語尾の部分に母音転換を生じて［クルホシ］になった（おもはゆ→おもほゆ）。
3　［クルホシ］に、〈なんとなく〉という意味を添える接頭辞［モノ］が付いて［モノクルホシ］ができた。
4　連濁を生じて［モノグルホシ］が成立した（かなし→ものがなし）。

最後の4は読み癖であって、連濁が生じていた直接の証拠はありません。漢和字書には和訓に濁点を加えたものがありますが、字書の和訓は主として日常語であり、「ものぐるほし」は和文専用の語であるために字書に収録されておらず、したがって、清濁を知るための手がかりがありません。

語源信仰

前項のように整然とした説明がつけば、こじつけの語源説と違って語構成についての疑問は残りません。こういう確実な分析に基づいて、序段の「ものぐるほし」には、気違いじみた気持ちになる、という意味の口語訳が与えられています。「つれづれなるままに」の場合と同様、この部分についても注釈書ごとに表現が工夫されていますが、基本的な理解のしかたは共通しているとみてよいでしょう。

この語句の起源はしかじかであるから、あるいは、この語句は、本来、しかじかという構成であるから、あとの時期の用法にもしかじかという含みが濃厚に残っている、というたぐいの説明は素朴な関心をそそりやすいし、専門家（と目される人物）による説明であれば説得的な印象を与えがちです。しかし、語句の意味に対するそのような近づきかたは、方法として誤りであることを指摘しておかなければなりません。日本語については、特にそのことを強調しておく必要があります。

〈教養〉とか〈文化〉とかいう訳語が当てられる英語のcultureは、フランス語を経由してラテン語のcultura――耕すこと――に遡るから、〈教養〉とは心を耕すことなのだ、というたぐいの説明には説得力があり、また、多少の飛躍が含まれていても基本的に誤りではありません。agriculture（農業）とかhorticulture（園芸）とかいう語を引き合いに出せば、いっそう納得しやすくなるでしょう。このような説明が客観的に可能なのは印欧語族の系譜関係が明らかになっているからです。

日本語の場合には、親縁関係にある言語の存在が確認されていないので、これと同じ方法をとることができません。実情をいうと、意味が確定しにくい場合、この語がしかじかという意味のようにみえるのは、もとがしかじかのところにあるためではないか、と考えたうえで、論理の筋道を逆転させ、語源がしかじかだからしかじかの意味である、と説明している場合が少なくありません。日本語は音節構造が単純なので、こういうたぐいのこじつけが容易です。英語では〈学校〉も〈魚群〉も、schoolですが、前者はギリシャ語の〈余暇〉に由来し、後者は〈魚群〉を意味する古代英語に由来しています。これが日本語の場合であれば、無関係な二つの語が同一起源として説明され、〈メダカの学校〉が合理化されることになりかねません。

ネコはいつも寝ているので、〈寝好み〉に相違ないと推定して――あるいは、そのように断定して――、辞書に〈「ねこのみ」の下略〉と説明したら、信じる人がいるかもしれません。〈ねずみをこむ〉だといった人や、〈寝子〉だといった人もいます。作り話のようですが、江戸時代には大まじめにこのような説明がなされており、そういうたぐいの語源説は『日本国語大辞典』（小学館・一九七五年）の各項目の末尾に集成されています。昔の人たちは、ばかなことに頭を使ったものだと片づけず、他山の石とすべきでしょう。柳の下にお化けはいないがＵＦＯは実在する、と考えている人たちもいます。

心にくし

〈心にくい〉という形容詞の語構成は透明です。しかし、〈にくい〉が含まれている以上、意識下には嫉妬や憎悪が潜在しているはずだ、と考えるとしたら、語源についての反省的な意識が真実に目をふさがせてしまったことになるでしょう。〈相手に余りにも欠点がなく、むしろ、しゃくだと感じられるほどだ〉という解説を付した国語辞典（丙）の編集者は、現実の言語についての観察よりも語源重視に傾斜しているようです。別の国語辞典（丁）では、意味を二つに分けて、〈①憎らしい気がするほどみごとだ〉、〈②奥床しい〉と解説しています。②の意味として、『源氏物語』からつぎの一節の傍点部分が引用されていますが、これは、基本的な意味は昔も今も変わらないという考えかたを反映しているのでしょう。

半蔀（はじとみ）は下ろしてけり　ひまひまより見ゆる灯の光り　蛍よりけにほのかにあはれなり　御志の所には　木立　前栽（せんざい）など　なべての所に似ず　いとのど（や）かに心にくく住みなしたまへり　〔夕顔〕

これと同じ意味区分は一部の古語辞典にも見うけられます。①の意味として示されているつぎの用例（乙）などは、話の筋と無関係に読むと、すなおに納得しかねません。ちなみに、弾いている楽器は琴です。

これはあくまで弾きすまし　心にくく　ねたき音ぞまされる　〔源氏物語・明石〕

〈しゃくにさわる〉は、「心にくく」ではなく、「ねたき」の方の意味でしょう。「心にくく」のあとに軽いポーズを置いて読みたいところです。

わたくしの日本語では、〈奥床しい〉と〈しゃくにさわる〉とに意味の接点がありません。これら二つの語句は、いわば、心の向きかたが違うからです。おそらく、多くの読者も、この感覚を共有しているでしょう。それにもかかわらず、辞書の解説になると水と油とが融和してしまうのは不思議なことです。この作品の第九段の結びのことばをもじっていうなら、恐るべく慎むべきは語源信仰なり、ということです。

『徒然草』では「心にくし」が十四箇所に使用されていますが、もとより、①②の意味に分けて理解する必要はありません。

後の世のこと心に忘れず　仏の道うとからぬ　心にくし　〔第四段〕

人の終焉のありさまの　いみじかりしことなど　人の語るを聞くに　ただ　閑かにして乱れずと言はば　心にくかるべきを　〔第一四三段〕

このような用例を、自分は——あるいは、ふつうの人間は——、そこまで悟りきれないからしゃくにさわる、という含みとして読みとるのは、いかがなものでしょうか。

「ものぐるひ」と「ものぐるほし」

序段に戻りましょう。「ものぐるほし」が「くるふ」から派生した過程について、順序を立ててみましたが、語構成が透明であっても、それぞれの構成要素の単純な和として複合語の意味を理解することには警戒が必要です。「心にくし」について考えてみたのはそのためです。

「物ぐるひ」という名詞があって、『徒然草』にもつぎのように使用されています。

信をも守らじ　礼儀をも思はじ　この心を得ざらむ人は　物ぐるひとも言へ　うつつなし情なしとも思へ　〔第一一二段〕

この「物ぐるひ」は、〈狂人〉と理解してよいでしょう。十世紀前半に源　順(みなもとのしたごう)によって編纂された

『和名類聚抄』では、「病類」の「癲狂」という漢語に「俗云毛乃久流比」と注記されています。こういう意味の語ですから『源氏物語』には用例がありませんが、『枕草子』ではつぎの一箇所だけに使われています。

世の中になほ心憂きものは　人に憎まれむことこそあるべけれ　誰てふ物ぐるひか　われ人に　さ思はれむとは思はむ

『平家物語』に、つぎの用例があります。神の乗り移った青年をさしていますが、正常な判断で行動していない点において他の例と共通しています。

老僧ども四五百人　手々（てんで）に持ったる数珠どもを　十禅師の大床のうへへぞ投げ上げける　この物ぐるひ走りまはって拾ひ集め　一つも違へず　一々にもとの主にぞ配りける
〈巻二・一行阿闍梨之沙汰〉

文学作品に用例が少なくても、日常語としてはふつうだったのでしょう。こういう語と直接に結びつけて、序段の「あやしうこそものぐるほしけれ」も、〈妙に気違いじみた気持ちがすることである〉というたぐいの口語訳をしている注釈書が多いようです。いずれにせよ、現在では死語になっていますから、意味は推定するほかありません。

推定のしかたには、演繹的な方法と帰納的な方法とがあります。「ものぐるほし」についていえば、動詞「くるふ」からの派生過程を考え、また、「物ぐるひ」の意味を勘案して、〈こういう意味になるはずだ〉と考えるのが演繹的な方法です。それに対して、派生の過程がどうあろうと、また、「物ぐるひ」の意味がどうあろうと、〈こういう意味で使われているとみなせば、どの用例も矛盾がない〉と考えるのが帰納的な方法です。用例が増えれば意味の広がりも自然に明らかになります。演繹的な方法には語源信仰の弊害が付きまといます。「心にくし」の意味は、帰納的な方法によって知るべきであることを記憶すべきでしょう。

其処は彼となく

「そこはかと」は、〈はっきりした、明瞭な〉という意味であり、その語源は「其処は彼と」であろうと推定し、「そこはかとなく」は、それの打ち消しであるから、〈あてどもなく、目的もなく、漠然と、しっかりした考えもなく〉という意味になっていると説明している注釈書があります。そのあとには、『日葡辞書』Socofacato naqu と表記されているから［ソコワカ］と読むべきではない、という注意が添えられています。「其処は彼と」の「は」は助詞なのでふつうなら［ワ］であるが、この結びつきでは［ハ］と発音されていた証拠があるので、ここもそれに従って読むべきだ、ということでしょう。

「そこはかと」の意味を「其処は彼と」という分析に基づいて理解しているのは、この注釈書に限りません。たとえば、「そこはそれという区別もなしに」という解説の背景にそれと同じ分析があることは明らかです。

古語辞典にも、この語源説によっているものがあり、なかには、【其処はかと】と表記しておきながら、「語誌」の欄では、「〈其処は彼と〉とみる説もあるが妥当とはいえない（後略）」と解説しているものもあります。ちなみに、そのつぎの「そこはかとなし」という項目は【其処は彼と無し】と表記され、意味の説明もその分析に符合しています。この項目に「語誌」の欄はありません。分担執筆の原稿が編集されずに印刷され、校正の目を何度も潜り抜けてしまったようです。

助詞であるが、この場合には［ハ］と読むべきだ、という考えかたは、逆転させなければなりません。なぜなら、この「は」が助詞であれば、当然、［ワ］と発音されていたはずだからです。『日葡辞書』の表記がfaになっていることは、この音節が助詞であるとは意識されていなかったことを意味しています。ハ行子音が語頭以外に位置する和語はまれにしかありませんから、「ハ～」という語形として同定するのが順当な筋道です。それは、「はか」以外にありえないでしょう。

「そこはかとなく」が複数の形態素で構成されていることは明らかであり、つぎのように、「そこはか」と「なく」とが分離している例も見いだされます。

そこはかと痛きところもなく　おどろおどろしからぬ御悩みに　物をなむさらにきこしめさぬ　〔源氏物語・総角〕

これでは、まだ、「其処は彼となく」という構成を完全に否定するのに十分でないと考える立場がありうるかもしれません。しかし、つぎの「そこはかなきこと」までも、「其処は彼なき事」として解釈を試みるのは無謀でしょうし、「と」の脱落であるとか、誤用であるとか強弁することも不可能です。

かやうに　そこはかなきことを思ひつづくるを役にて　物詣でをわづかにしても　はかばかしく　人のやうならむとも念ぜられず　〔更級日記〕

帰納による理解

百歩を譲って——といっても、まさか本気で譲るつもりはありませんが——、当初、この結びつきが「其処は彼となし」として構成されたとしても、『更級日記』の作者ですら、もはや、その意味には理解していないのですから、まして、兼好が、そのような意識で使用しているとは考えられません。

語構成が分析できなくなってからも、もとの意味は生きつづけるはずだという考えかたには、反証がいくらでもあげられます。「かたはら（傍ら）いたし」の構成が民衆語源——語源俗解、Volksetymologie——によって「片腹痛し」と異分析されるようになったのと同じ過程で、「そこはかとなし」も——この場合は、自然発生的な民衆語源でなしに、一部の注釈者の思弁によって——、「其処は彼となし」という構成として分析され、その分析を前提として意味が説明されているということです。

語構成を分析すればほんとうの意味がわかる、という考えかたが強く根を張っていますが、そういう姿勢を捨てなければほんとうの意味は見えてきません。「そこはかとなし」の場合のように分析を誤りやすいからではありません。分析の結果が完璧に正しくても、解釈の方法としてその近づきが望ましくないことは、「心にくし」の例によっても明らかです。大切なのは、その語句が文脈のなかでどのように使われているかということだけです。

この小冊の立場からすれば、「そこはかとなく」の構成を分析したところで、この語の意味を明らかにするうえで役に立つとは期待できませんから、こだわる理由はありませんが、奇抜ともいうべき「其処は彼となく」という分析が、ある範囲に通用しているようなので、蛇足を加えておきます。「そこはかなく」という形もありますから、この構成が「そこ＝はか＝と＝なく」であることは疑いありません。「はか」は、つぎの和歌にみられる、〈めあて〉という意味の「はか」とみなすべきでしょう。

今日過ぎば死なましものを　夢にても　いづこをはかと君が問はまし　〔後撰和歌集・恋二〕

このように、「墓」と重ねて和歌によく用いられています。単独には、もっぱら、そういう用法しか見られませんが、この「はか」は、「はかり」「はかなし」「はかばかし」などの「はか＝」と共通しているとみてよさそうです。

そこはかと知りて行かねど先に立つ涙ぞ道のしるべなりける　〔更級日記〕

　この和歌では、第一句「そこはかと」の「はかと」の部分に〈めあて〉の意味の「はか」と「墓」とが重ねられています。この例を、［ソコワカト］でなく［ソコハカト］であったことの証拠とみなし、語頭以外のハ行子音で接近音化を生じていない〈珍しい例外とされる〉と説明している古語辞典があります。しかし、和歌の掛詞は発音のレヴェルではなく仮名のレヴェルでの重ね合わせですから、この説明は掛詞の本質について重大な誤りをおかしています。この場合、「そこはかと」という仮名の綴り――仮名遣――さえ安定していれば、「は」の仮名の発音が［ハ］であろうと［ワ］であろうと、はたまた［バ］であろうと、掛詞には無関係です。

　このような現象については、〈珍しい例外〉などと葬ってしまわずに、例外になった理由を考えてみるべきです。たとえば、「けはひ」は［ケワイ］でなしに［ケハイ］という語形で定着しましたが、これは、「気配」という上手な当て字が工夫されたことによって和語から漢語に籍を移し、接近音化の圏外に出たためです。「そこはかと」について、さしあたり考えられる可能性は、ある時期まで「はか」の部分に〈めあて〉という意味が生きていたので［ソコハカ］と発音されており、語構成が忘れられて以後は、それが、たとえば〈かさこそ〉とか〈ちらほら〉とかいうような擬態語に類した印象でとらえられたために［ハ］が保たれたのではないか、という可能性が想定されます。

5　帰納される意味

「クルホシ」と「ものぐるほし」との分布

方法上の議論で廻り道をしたために、当面の課題が行方不明になってしまいましたが、このあたりで「ものぐるほし」にもどることにしましょう。

「ものぐるほし」という語形が、さきに示したような形で成立したとすれば、「くるほし」という形容詞も、これと併行して用いられていてよさそうです。すくなくとも、先行文献にはその用例が求められるであろうと考えられますが、実際に探してみると、それがなかなか出てきません。「日くらし」の用例も多くありませんでしたが、「くるほし」となるとそれどころでなく、仮名文学作品には、使用された形跡がまったくありません。

それでは、「くるほし」という形容詞の存在は理論的に想定されるだけで存在が確認できないのかというと、そうではありません。これまでのところ、わずか二つだけですが、漢文訓読系の文献には、「狂」という漢字に「久留保之」という和訓を付した例と、「狂乱」という漢語を「クルホシキ」と訓じた例とを見いだすことができました。前者は承暦本『金光明最勝王経音義（こんこうみょうさいしょうおうきょうおんぎ）』（一〇七九年）にみえるもので、ここにその写真を示しておきます。後者は、長寛元年（一一六三）に加点された『大唐西（だいとうさい）

域記（いきき）』の傍訓です。

接頭辞「もの＝」の付いた形容詞は和文系にしか用いられておらず、漢文訓読系の文献には、「モノグルホシ」の用例が見いだされません。したがって、これら二つの語は、つぎのような分布を示していることになります。

ものぐるほし――和文系（仮名文献）

クルホシ――――漢文訓読系（片仮名文献）

和文系と漢文訓読系との間には、使用語彙の面でも顕著な対立が認められます*。同一の事物や観念を表わすのに、「みそかに」「ヒソカニ」、「せ」「セナカ」、「ふたぐ」「フサグ」などのように、しばしば、別の語形が使い分けられています。こういう事実をもとにして表面的に現象をとらえるなら、「ものぐるほし」と「クルホシ」との分布もまた、そのような対立の一つということになりそうですが、この場合は違います。

* 築島裕『平安時代語新論』（東京大学出版会・一九六九年）

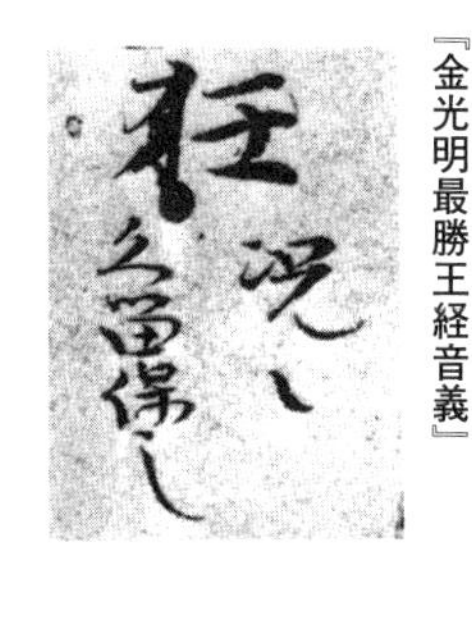

『金光明最勝王経音義』

和文系に「くるほし」がない理由

和文系の文章では、接頭辞「もの＝」の付いた形容詞があれば、それの付かない形容詞も併行して用いられているのが通常のありかたです。「うし」「ものうし」、「おそろし」「ものおそろし」、「さわがし」「ものさわがし」というような対を、同じ文献からいくつも抽出することができます。たがいにその表現価値を支えあうという意味で――すなわち、「うし」があるから、それとの対比において、「ものうし」の持つ含みが理解されるし、また、「ものうし」があることによって、「うし」の持つ含みも生きてくる、ということなので――、ことばの運用という面からみて、それが当然のありかたです。ある一つの与えられた場面で、微妙な差を持つ複数の候補の中から適切なものを選択できるところに、共存することの意義があると言ってよいでしょう。

　和文に「ものぐるほし」が用いられているにもかかわらず、「くるほし」が見いだせないのは、それが日本語に欠如していたからではなく、和文の語彙から排除されていたためだと考えられます。おそらく、その理由は、「くるほし」が露骨な意味を端的に表わす語であるために、和文の表現になじまなかったからではないでしょうか。もとになった動詞の「くるふ」が和文に用いられていないのも、同じ理由によるのでしょう。「くるふ」とか「くるほし」によって表わされる概念自体は和文にとって不可欠でしたが、そういう事柄を婉曲に表現するのが和文の特徴なので、語としてはそれらの使用が回避され、別の表現がとられているということです。

　動詞から形容詞を派生させれば、〈～のようすだ〉という、いくらか和らげた表現になり、それに接尾辞の「＝げ」を添えて、〈～のようにみえる〉と表現することが可能です。さらに接頭辞の「もの＝」を冠すれば、いっそう柔らかな感じになります。和文に必要だったのは、このような派生の過程の末端に位置する語形でした。派生語を形成する公式に従って、一つ一つの段階を踏まずに「くるふ」から「ものぐるほし」が一気に形成されたとしたら、中間的な段階の語形は文献にみえなくても当然です。

漢文訓読系の文献に形容詞化した語形が用いられていないのは、その文体が、回りくどい意味の語を必要としなかったからだと考えてよいでしょう。さきにあげた「クルホシ」には、実のところつぎのような疑問があります。

訓点資料と一般に呼ばれているところの、漢文に訓点を加えた文献は九世紀初頭からあらわれており、十世紀を境にして、新しい言いかたを取り入れなくなっているというのが専門家の見解です。そうだとしたら、一方が一〇七九年、そしてもう一方が一一六三年というのは新しすぎるのではないかというのが、第一の疑問点です。また、それがもし多少ともまともな訓読語であったとしたら、平安時代末期の訓読語を集大成した漢和字書である『類聚名義抄』に、二箇所や三箇所は、みえてもよいはずなのに、「クルハシ」も「クルホシ」も、ともに採録されていないことが、第二の疑問点です。

平安時代末期の書記用漢字を集大成した三巻本『色葉字類抄』にも「クルハシ」や「クルホシ」などがみえていませんから、そのような日常語はなかったとみてよいでしょう。漢文訓読語に形容詞形が欠けていたために、和文系に用いられる「ものぐるほし」をもとにして、新しく「クルホシ」を作り出したものの、結局、広く用いられることなしに消滅したのではないかと考えられます。

用例に即した意味

「ものぐるほし」という形容詞は、接頭辞の「もの＝」を冠することによって、〈狂人のようだ〉とか〈発狂しそうな状態だ〉とかいう意味を婉曲に表現するということではなく、もっと、あるいは、もっともっと弱い意味で用いられているようです。『徒然草』の用例はここだけですが、平安時代の作品には珍しくありません。

『源氏物語』のつぎの例は、荒廃した邸宅で、夜、あまりの気味悪さにおびえきっている二人の女性に光源氏が声をかけている場面です。

こは何ぞ　あなものぐるほしの物怖ぢや　荒れたる所は　狐などやうのものの　人をびやかさむとて　け恐ろしう思はするならむ　まろあれば　さやうのものにはおどされじ　〔夕顔〕

この部分だけを読むと、〈気でも狂ったのか〉と、厳しく叱りつけているようですが、そうではなく、いかにも泰然たる態度をよそおって、〈おばかさんだね、こんなにこわがるなんて。わたしがいるから安心だよ〉と、いなしているとみなければ、文脈がつながりません。

いま一日二日も待ちつけでと　夜も起きゐて言ひ嘆けば　聞く人も　ものぐるほしと笑ふ〔枕草子・職の御曹司におはしますころ〕

これは有名な「雪の山」の一節です。消え残っていた雪の山が、その日まで消えるか消えないかと賭をした期日の直前になって、雨でとけてしまっただろうか、とくやしがっているのを、周囲の人たちが、「ものぐるほし」と笑ったということです。これもまた、〈おばかさんだね〉とか、〈ほんとにばかげているよ〉といった気持ちでしょう。

右に引用した部分の少しまえ、雪の山がいくらか低くなったというところに、つぎのような表現もあります。

白山(しらやま)の観音　これ消えさせ給ふな　と祈るも　ものぐるほし

文脈から切り離せば、〈気違いじみている〉でもつうじますが、ここも、〈我ながらばかばかしくなってくる〉というつもりの使いかたとして理解すべきところです。こんなばかげたことを、と自分でよくわかっていながら、乗りかかった舟だから、いまさら負けられない、という気持ちがよくでています。雪の山が消えないようにと懸命に祈りながら、一方では、そういう自分の性格を第三者的な立場から見て自嘲しているところに、いかにも清少納言らしいところがよく出ているのではないでしょうか。

『堤中納言物語』の「花桜折る少将」の一節には、みんながそろって物詣でに行くのに、自分だけ、たまたま神前をはばかる理由があって残らなければならないのを悲しんだ一人の少女が、

わびしくこそおぼゆれ　さはれ　ただ御供に参りて　近からむ所にゐて　御社(みやしろ)へは参らじ

と言って駄々をこねたところ、「おとなしき人」、すなわち、年長の女性が、それに対して、「ものぐるほしや」とたしなめている場面があります。〈もう子どもではないのだから、そのぐらいの分別は持ちなさい〉と、その願いを断った、ということです。これも、やはり、〈おばかさんね〉という表現の一つでしょう。

以上の検討から知られるように、「ものぐるほし」という語は、場面の違いに応じて含みの強さ弱さにかなりの幅が認められます。ことに、間投詞的な用法は、読みかたによって、大きく違ってきます。口頭言語では、口調とか声の大小などが大きく作用するからです。婉曲な弱い表現に用いられるのが基本であっても、「ものぐるほし」に近い意味の語が和文の語彙に少ないために、ときには、標準的な用域を超える強い含みで使われていることもあるようです。

6　母音交替形の意味領域

「ものぐるはし」の用法

「ものぐるほし」という語の意味を、語構成の分析から演繹的に導くべきではなく、用例に即して帰納されなければならないことが、以上の検討から明らかになりました。しかし、『徒然草』の序段に用いられたこのことばの意味するところを作者の意図どおりに理解するためには、これだけの知識ではまだ十分ではありません。

> 昔、多武嶺に増賀上人とて貴き聖おはしけり　きはめて心たけう　きびしくおはしけり　ひとへに名利をいとひて　すこぶるものぐるはしくなん　わざとふるまひ給ひけり
>
> 〔宇治拾遺物語・一四三〕

前節において「ものぐるほし」の意味について考えてみた結果をここに当てはめれば、増賀上人という人物は、高僧でありながら、わざとばかみたいなふるまいばかりしていた、という解釈になりますし、この一節だけを切り離せばそれでわかります。しかし、このあとにでてくるそのふるまいというのは、とうていばかみたいですまされるようなおだやかなものではありません。あまりにも卑猥なことを口にしているので紹介を憚りますが、つぎの一節から、そのひどさのほどがよく知られます。

> 御簾のうち近く候ふ女房たち　ほかには公卿　殿上人　僧たち　これを聞くにあさましく目口はだかりておぼゆ　宮の御心地もさらなり　貴さもみな失せて　おのおの身より汗あえて　我にもあらぬ心地す

そして、この一話は、つぎのように結ばれています。

> かやうに、事にふれて物ぐるひにわざとふるまひけれど、それにつけても貴きおぼえはいよ

いよ増（まさ）りけり

首尾の表現を比較してみると、「ものぐるはしく」ふるまうことは、すなわち、「物ぐるひに」ふるまうことだ、ということがわかります。「物ぐるひ」とは、第4節に触れたとおり、狂人にほかなりません。

「ものぐるはし」という形容詞は、『平家物語』に、つぎの三つの用例が見いだされます。それぞれの文脈についての説明は省略しますが、どれもみな、「ものぐるひ」のような所行と認めてよさそうです。

今朝の禅門の気色（きそく）　さるものぐるはしき事もあるらんとて　車をとばして西八条へぞおはしたる〔巻二・教訓状〕

冷泉院の　御ものぐるはしうましく　花山の法皇の十禅万乗の帝位をすべらせ給ひしは基方民部卿が霊とかや〔巻三・赦文〕

また　ものぐるはしう都がへりありければ　なんの沙汰にも及ばず　うち捨てうちすてのぼられけり〔巻五・都帰〕

文献による理解の限界

「ものぐるはし」という形容詞は、どうやら、中世になってから使われはじめているようにみえます。そうだとすれば、これは、「くるはし」に接頭辞「もの＝」を冠して作られた語形ではなく、「ものぐるほし」から派生した語形とみなすのが順当でしょう。文献学的解釈だからこそ、文献資料がすべてだというとらわれかたに陥ることを、ことさらに警戒しなければなりませんが、この場合には、ほかのどこからも来ようがないからです。

同じ時期に共存するこういう二つの語形の相互関係は、とかく軽視されやすく、同一の語の、形のうえだけのゆれとみなされて、古語辞典などでは、「…と同じ」といった処理によって、使用頻度の低い方が葬り去られているのが一般です。「ものぐるほし」と「ものぐるはし」との場合についても、これらは五音相通で——すなわち、この場合について言えば、「ほ」と「は」との仮名が五十音図で同じ行に並んでいるので——両者は同義語だ、と認める考えかたが江戸時代の注釈書にすでにみえています。しかし、意味の区別がないとみなして大過がないものもあるように見うけられますが、はっきり違うと積極的に言える場合もしばしばあることは動かしがたい事実です。現代語で、たとえば、〈あんた〉が〈あなた〉と同じだ、と説明したとしたら、どういう要因が無視されたことになるか、ということを考えてみなければなりません。現実に使われていることばなら直観的に理解している微妙な含みの差を文献のうえにも同じように読みとることはきわめて困難であり、その差が見のがされて「…と同じ」になってしまうことが多いに違いないということです。古語辞典などにみえる「…と同じ」という説明は、〈…と違うことを積極的に証明できるだけの根拠が見いだせない〉と翻訳して理解すべきです。

古代語であろうと現代語であろうと——そして、本質的には、英語であろうと日本語であろうと——、ことばを運用する基本原理において、さほどの違いがあるはずはないのだから、自分のいちばんよく使いこなせる日常言語についての観察と、それについての洞察とをつねに忘れなければ、あまり逸脱した方向に走らずにすむし、過去の言語の真実に少しでも近く迫ることができるだろうというのが、わたくしの基本的な考えかたです。

「ものぐるはし」の形成

「ものぐるほし」が〈ばかみたいだ〉であり、「ものぐるはし」が〈気ちがいじみている〉だということなら、後者の語形は、意味の分裂——split——に応じて派生したものとみなすべきです。「=くるほし」には母音転換が生じているために、もとの動詞の活用語尾が保存されていませんが、「=くるはし」の方は、「くるふ」に直接に結び付く語形であり、したがって、意味のうえでも、「くるふ」を連想させる度あいが強い、という事実に注目しなければなりません。特に、それが新しく形成された語形として登場すれば、印象はいっそう鮮明です。そういう表現価値を求めて、普通に進行する派生の過程を逆方向にもどして鋳造されたのが「ものぐるはし」だということでしょう。ひとりでに母音が転換したわけではなく、新しい表現への志向が母音を転換させたというとらえかたも可能です。

一般論として言うならば、変化の過渡期を別として、同質の文体に近似した語形が共存する場合には、表現価値に差があることを疑ってかかるべきです。

7　兼好の真意

謙遜としての自嘲

いわゆる和漢混淆文とは別ですが、擬古文と呼ばれている『徒然草』の文体には、平安時代なら漢文訓読系の文献にしか使われていなかったことばがたくさん流れこんでいます。和文的な文体とまでは言ってよいでしょうが、和文の純粋性は保持されていませんから、当然、「ものぐるはし」という形容詞は、こういう文体における使用語彙の範囲に含まれていたと考えてよいでしょう。すなわち、もし兼好が、ここを〈気ちがいじみた気分になる〉というつもりで書いたのだとしたら、「あやしうこそものぐるはしけれ」と表現しているはずだということです。したがって、ここにみえる形が「あやしうこそものぐるほしけれ」となっていることは、くだいて言うなら、〈変てこで、ばかみたいな気分になってくる〉、すなわち、〈書いた自分があきれかえるような、とりとめのない事柄ばかりだ〉、ということであって、いわば、軽い自嘲をこめた挨拶として読むべきことを意味している、と考えなければなりません。以下にいろいろと並べたてる事柄は手すさびにすぎないのだから、まともなことなど一つも書いてありません、ということです。

だれかがこの作品を『徒然草』と名づけ、それがそのまま通用してしまったのは、最初に接するこの短い文章が、すべての読者にとって非常に印象的だったためでしょう。古来、この一文について、いろいろ言われてきていますが、それは巧みな表現に幻惑されて、内容的にもたいそうすばらしいことが書かれていると思いこんでしまったためではないでしょうか。作者としては、特にこれというほどのことを言ったつもりはなく、謙遜の挨拶を型どおりに述べただけなのに、たまたまそれが調子のよい名文として綴られたために深く読まれすぎて、結果的には、無い腹までさぐられることになってしまった、というところでしょうか。ここを材料にして『徒然草』そのものや随筆文学の本質などを論じられたりするのは、自分で蒔いた種とはいえ、兼好にとって心外なことだろうと思われます。この深読みを誘ったのが、「あやしうこそものぐるほしけれ」という、思わせぶりで謎めいた結びのことばであったとしたら、この章における検討は、その呪縛からの解放に役だつでしょう。

この簡潔で深遠な文章にしびれてきたかたがた、あるいは、まさにこのことばにこそ随筆文学の神髄が表明されていると考えてきたかたがたは、こういう帰結に対して強い反発を感じることでしょう。また、右のような読みかたに賛成してくださるかたがたでも、やはり、これまでの輝きが急に薄れてしまったことに失望を禁じえないかもしれません。しかし、わたくしとしては、この序段の価値を上げようとも下げようともしているわけではありません。もちろん、いかなる場合でもそうであるように、これだけが唯一絶対の正しい読みかただ、などと主張するつもりはありませんが、作者の語ろうとするところに虚心に耳を傾けるなら、おそらく、こういうことではないでしょうか。

『土佐日記』の場合

紀貫之は、『土佐日記』の末尾を、「とまれかうまれ、疾く破りてむ」、すなわち、とにもかくにも早く破ってしまおう、ということばで結んでいます。しかし、もしも、作者が本心からそう考えたとしたら、「とくやりてむ」などと書くかわりに、そのまま破り捨ててしまったでしょう。

この作品は、「男もすなる日記といふものを女もして見むとてするなり」という断りを最初に置いたうえで書きはじめられています。そこには、はたして成功するだろうかというあやぶみの気持ちが、含みとしてこめられていると解釈すべきでしょう。「してみむ」の「みむ」が補助動詞としては時期的に早すぎるということで問題にされたりしていますが、ここは、〈女もそれを書いて、そのうえで、はたしてどういう結果になるかを見よう〉というつもりの表現とみなしてよさそうです。「みむ」は補助動詞ではなく、いわば、いくらか軽い、動詞としての使いかたです。

一つの実験ですから、京に帰着するまでを目標にして書きつづけ、そこまで来たところでふりかえって、やはりこの新しい試みは失敗だったというのが、「とまれかうまれ、疾く破りてむ」ということばなのでしょう。もちろん、それが謙遜の挨拶にすぎないことは見えすいています。このことばを真に受けて、『土佐日記』という作品が、作者の意に反して後世に伝えられてしまったと考える必要はありません。また、実際、そのように考えている人はだれもいないでしょう。

藤原定家は紀貫之自筆の『土佐日記』を偶然に発見し、三百年を経てもそのままの姿を保っていることに感激して、二日間でそれを書写しています。この作品の表題が、しばしば、『土左日記』となっているのは、原本の表題を踏襲しているためです。

　原本は定家の子息の為家を含め、ほかに三人の人物によって書写された後、行方不明になりました。為家書写本は仮名の字体まで原本を忠実に写し取ろうとしていることが証明されていますが、冒頭を定家書写本と比較するとつぎのような違いがあります*。

　乎とこもすなる日記といふものを　をむなもしてみむとてするなり　〔為家本〕
　乎とこもすといふ日記といふ物を　ゝむなもして心みむとてするなり　〔定家本〕

「してみむ」は、ふつうなら、〈それをして、結果を目で見よう〉という意味になるはずだ。しかし、ここは〈試しにやってみよう〉というつもりの表現として読まないと文脈が理解しにくい。そのように定家は考えて、誤解を未然に防止するために「して心みむ」と書き換えたのでしょう。しかし、右のように、これは「して、見む」という意味のふつうの表現であり、また、そうでなければ正しい理解にならないとしたら、この親切な処置によって作品の首尾の呼応が失われてしまったことになりますから、弘法も筆の誤り、として見すごせる小さな問題ではありません。

「すなり」と「するなり」とが接近しており、十三世紀の人たちにとって、このままでは紛らわしいので、「すなり」を「すといふ」に書き換えています。このような書き換えは随所にみられ、それによって為家書写本よりもわかりやすい文章になっていますが、このように思わぬ大きな落とし穴が伏在している可能性をも忘れてはなりません。『土佐日記』については、このような対比が可能ですが、他の諸作品の場合には定家自筆本と対比すべき原本がないこと、そして、定家自筆本は他の伝本よりもよく整備されており、意味の取りやすい場合が多いことを指摘しておく必要があるでしょう。

＊　池田亀鑑『古典の批判的処置に関する研究』（岩波書店・一九四一年・一九九〇年）

むすび

観智院本『類聚名義抄』の凡例は、つぎのことばで書きはじめられています。

凡此書者　為愚痴者　任意抄也　不可為証矣

凡ソ此ノ書ハ愚痴ナル者ノ為ニ意ノ任（ママ）ニ抄セル也。証ト為ベカラズ。

学問のない人たちのために、いいかげんに集めたものであって、きちんとした拠りどころになるようなものではないという趣旨ですが、こういうことばを額面どおりに受け取る人はいないでしょう。兼好は、『徒然草』の内容が、とりとめのない「よしなしごと」ばかりで、自分自身であきれかえるようなものだ、などと考えていなかったはずです。こういう文章をつつきまわしてああだこうだと議論したら、火のないところに煙を立てるだけに終わってしまうことは目に見えています。これとちょうど同じような、心にもない言いわけや謙遜のことばは、あちらこちらの文献に見えており、それらについては意図されたとおりに正しく読んでおきながら、『徒然草』の場合だけを大上段にふりかぶって取り上げるのは、どういうものでしょうか。こういう序文が本心でないことさえわかっていれば、たとえ「ものぐるほし」の意味を、いままでのように誤解したままでも、この作品を狂気の文学として性格づけるような考えかたは出てこなかったでしょう。ことばをすみずみまで理解したうえで、その文献の意図されたところやその精神に迫ろうという文献学的方法の有効性は、こういうところにも十分に発揮されなければなりません。

序段と第一段との続きかた

序段と第一段との関係のとらえかたにふたとおりあることについて序章に述べましたが、これまでの検討の結果に照らして、序段が謙遜の挨拶であるとしたら、それ自体で一つのまとまりをなしていることになりますから、第一段との間に切れ目があると考えなければなりません。しかし、それにしては、第一段の最初の「いでや」ということばが落ちつきません。たいていの注釈書では、「いやもう」というような現代語訳が当てられていますが、このことばは、先行する部分を受けて、あらためて別のことを言う場合に使われるのが普通であって、独立した文章の最初に立つのは不自然ですから、その点からみると、どうしても序段からの続きとして読みたいところです。『徒然草文段抄』以前の諸伝本がたいていここに切れ目を設けていないのは、そういう立場をとっているからでしょう。

ここは、いわば、付かず離れずということであって、兼好は、いちおう型どおりの挨拶をしたうえで、ごく自然に、それを本題につないでいるとみるのがよさそうです。とりとめもないことを並べたてて我ながらばかばかしくなってくる、が、さて考えてみると困ったことに、という続きかたになっているということです。したがって、陽明文庫本の本文のように、逆接の含みを接続助詞「ど」によって顕在化し、「あやしう物ぐるをしけれど、いでや、……」としてしまったのでは、ちょうど二つの影が接近して周辺の薄い影が重なり合い、そこにこぶができてつながる、といった形に構成されたつなぎの技法は完全に死んでしまいます。ここは、章段を切らず、改行もせず、その境界にあらわれた影の重なりに、兼好の文章の巧みさを味わうべきところでしょう。

第二章　うしのつの文字

延政門院○いときなくおはしましける」時○院へ
まいる人に○御ことつてとて申」させ給ける御歌」
　ふたつもじ牛の角もじすぐなもじ」ゆがみもじ
とぞ君はおぼゆる○こい」しくおもひまいらせ給
ふと也

導言

古典文学作品の文章を読む場合に警戒しなければならないのは短絡的な独り合点です。注釈書にも、表現の深部にまで考え及ばずに肝心な事柄を読み過ごしていたり、現代語と同じ語形であるばかりに意味の変化に気づいていなかったり、あるいは、語句の意味を誤解して見当はずれの賛辞を呈していたり、という例が少なくありません。ひととおり筋がとおれば、それでわかったと簡単に思いこまない姿勢が大切です。

『梁塵秘抄』につぎの歌謡が収められています。童謡の一つとみなしてよいでしょう。「かたつぶり」とは、〈蝸牛・カタツムリ〉のこと。また、この場合の「舞ふ」は、頭をまわす動作をさしています。

　舞へ〳〵　かたつぶり　舞はぬものならば　馬の子や牛の子に蹴させてん　踏み割らせてん
　まことにうつくしく舞うたらば　華の園まで遊ばせん　〔四〇八番〕

童心の世界が直接に伝わってくる感じですが、読みなおしてみると、不審がわいてきます。それは、カタツムリが命令をきかなければ、「馬の子」や「牛の子」などを使わなくても、自分たちの足で即座に踏みつぶしてしまえるはずだ、ということです。

現代語ではカタツムリの語構成が不透明なので、枝や葉を這うあのカタツムリが、その語形から喚起される〈意味〉のすべてですが、文献時代の最初からそうであったとはかぎりません。たとえば、カタツムリの方言形の一つ［マイマイ］の語構成も不透明になっていますが、この歌謡からもわかるように、「舞ひ舞ひ」、すなわち、〈舞を舞うもの〉に由来していることは明らかです。したがって、ある時期までについては、その意味を汲んで理解する必要があります。

観智院本『類聚名義抄』の和訓にはアクセントが注記されており、それによると、［カタツブリ］は［高高低高低］になっています。理論的な説明は省略しますが、いつの時期のどの方言でも、形態素の途中が低く発音される中低型のアクセント型は存在が許されません。したがって、第三音節の［ツ］が低いことは、［カタツブリ］が複数の形態素——すなわち、［カタ］と［ツブリ］との和——としてふつうに意識されていたことを意味しています。すなわち、［高高］型の［カタ］は形容詞「堅し」の語幹であり、「つぶり」は〈あたま〉ですから、それらの和としての「かたつぶり」は〈堅い頭〉——今日で言えば〈石頭〉——だったということです。

「馬の子や牛の子」の応援が得られることをほのめかして、こどもたちは〈石頭〉に脅しをかけ、舞を舞わせようとしています。ほんとうは、いかにも堅そうな名前に因縁をつけてからかっているだけですが[*]——。

サルノコシカケはキノコの一種ですが、外形的特徴に基づく命名なので、実見したことがなくてもおおよその輪郭を想像することが可能です。〈猿の＝腰掛け〉というつもりで発音しますから、たとえば、東京方言では、全体として、途中が低い［高低低低高高低］になり、その点において平安時代の［カタツブリ］と共通しています。このような場合、単語なのか複数の語なのかという論議は意味がありません。

わたくしは、一九三〇年代の千葉県津田沼海岸を思い描きながら、〈はまぐり〉は〈浜栗〉に違いないと考えますが、それは語形から直接に喚起される〈意味〉ではありません。観智院本『類聚名義抄』では、「浜」も「栗」も［低低］型ですが「ハマグリ」は［低低低高］型になっています。［カタツブリ］の場合と違い、末尾音節が［低］から［高］に変化することによって四音節語のアクセントに再構成された結果、語構成が隠れています。したがって、当時の人たちも、［ハマグリ］から、いちいち「栗」を連想することはなかったはずです。このような変化は個別的に絶えず生じています。また、一語化への過渡期があるはずだということも計算に入れなければなりません。

この時期には［カタツブリ］の［カタ］の部分に〈堅い〉という意味が露出していたことを確認することによって、歌謡の解釈が大きく変わってしまうことに注目しなければなりません。この場合には、カタツムリを踏みつぶすぐらいのことに「馬の子や牛の子」を呼んでくるとは大袈裟すぎないだろうか、という小さな疑問を日本語のアクセントの特質に結びつけることによって解釈の扉を開くことができました。このように考えるなら、強い味方として引き合いに出されているのが、大きくてこわい「馬や牛」ではなく、親しい遊び友だちの「馬の子や牛の子」である理由も、よくわかります。

素材になっている言語をよく知らなければ文学作品の表現が作者の意図どおりに理解できないことは確かであるにしても、アクセントまでは気にしていられないというのが多くの読者の反応でしょう。

日常の言語行動においてアクセントを意識することは、ほとんどありませんから、型の区別がある方言の話し手でも、［ヤマ］とか［サクラ］とかいう語の、どの音節が高くてどの音節が低いかなどと聞かれたら判断に迷うのがふつうです。［カタツブリ］を囃し立てていたこどもたちにしても同じことだったでしょう。しかし、反省的にとらえにくいことは、それが日本語を運用するうえで機能していないことを――あるいは、その機能が無視できるほど小さかったことを――意味するものではありません。

日本語のアクセントには二つの機能があります。一つは語句のまとまりを示す機能であり、もう一つは語句の同定を助ける機能であって、しだいに前者の機能が主になる傾向を示しています。現代では、〈雨〉と〈飴〉、〈箸〉と〈橋〉などを区別しない方言も多く、また、それらの方言でも、文脈――context――が与えられれば語句の同定にさほどの支障を来たしませんが、中世以前には現代に比して後者の機能がはるかに大きかったと考えられています。そういう事柄についての知識を動員することによって、いっそう正確な解釈に到達できる場合があることを、右の例とともに銘記しておくべきでしょう[**]。

この章で考察の対象にしようとする第六二段も、やはり、一読しただけで、あどけない幼女の姿がまぶたに浮かんでくるような、簡潔で明快にみえる文章です。注釈書は、そういう第一印象だけで、「快い微笑を誘う」というたぐいの批評をしています。しかし、われわれは、ここでもゆっくり文章を読みなおし、わいてきた疑問を文献学的解釈の方法を用いて解決することにより、ちょうど「かたつぶり」の歌謡と同じように、かわいらしさには違いなくても、どういうかわいらしさに誘われて微笑するのが兼好の意図にそうことになるかを明らかにしてみましょう。ただし、ナントカの一つ覚えでいつでもアクセントに着目すればよいわけではありません。それぞれの文章に応じた解釈の鍵を見つけるのも楽しみの一つです。

＊　小松英雄『日本語の世界・7』（中央公論社・一九八一年）第八章

＊＊　小松英雄「アクセントの変遷」（『岩波講座・日本語』5・一九七七年）

1　謎を解いたのはだれか

延政門院。いときなくおはしましける時。院へまいる人に御ことつてとて申させ給ける御歌
ふたつもじ牛の角もじすぐなもじゆがみもじとぞ君はおぼゆる。こいしくおもひまいらせ給ふと也

○いときなく――いとけなく（正）　○御ことつてとて――御ことつけとて（正）
○御歌――ナシ（正）　○こいしく――こひしく（正）
○まいらせ給ふ――まいらせさせ給（正）

はじめに

延政門院は、後嵯峨院の皇女、悦子内親王。文永九年（一二七二）に十四歳。没年は七十四歳ですから、十三世紀がこの挿話の舞台です。

この女性についてほかにも明らかにされている事実がありますが、解釈に必要なのは、この文章を理解するうえで有関的――relevant――な事柄だけですから、記録を根拠にして、「この段の事実は～、大体、文永年間、すなわち、元年（一二六四）から九年に至る期間のことと推定される。門院の六歳

から一四歳までの間である」と結論してみても意味がありません。

数え年ですから二歳や三歳ではないでしょうし、上限が十四歳であることを確実に証明したところで、実際の上限がそれよりずっと低いことは内容からみて明白だからです。兼好が「いときなくおはしましける時」と規定しており、この挿話の理解にとって、それが必要にして十分な情報ですから、記録に基づく右のような証明は注釈から積極的に排除されるべきノイズです。それよりも、『徒然草』が執筆された時期にこの女性が六十歳前後で存命していたという事実を指摘した方が役に立つでしょう。当時の読者はその事実を前提にして読んだはずだからです。すなわち、あの延政門院が幼いころ、ということです。注釈がどのようにあるべきかについての基本的な問題なので、あえて小見を記しておきます。

北村季吟は『徒然草文段抄』（一六六七年刊）で、「いとけなくおはします姫宮のあそばせる奇妙（キメウ）の御事なるべし」という解説を加えていますが、そのことばに、すべてが尽くされているようにみえます。あどけなく、しかも機知にあふれたほほえましい話ということです。したがって、ことさらに詮議だてをしなければならないことは、なにもなさそうでもありますが、一読しただけでよくわかったはずの内容が、再読し、また三読してみると、だんだんわからなくなってきます。

ふたつ文字 ⇨ こ
牛の角文字 ⇨ い
すぐな文字 ⇨ し
ゆがみ文字 ⇨ く

この謎は解けるか

この和歌だけを読んでも、われわれにはその意味がすぐには理解できませんが、そのあとに「こいしく思ひ参らせ給ふとなり」という説明が付けられていますから、そのつもりで対照してみると、まさに前頁の図に示すとおりになります。答えが示されているので読者には謎ときの負担がかからず、幼い少女による見たてのおもしろさが、そして、父親を恋しく思う心のいじらしさが、強い印象として残ります。一読しただけでよくわかる、と言ったのはそういうことです。注釈書も、それ以上に深入りしていません。

しかし、ここで注意を喚起したいのは、この和歌のあとに、「こいしく思ひ参らせ給ふとなり」という説明が添えられていなかったとしても、われわれは、この和歌の意味するところをただちに理解して、同じように微笑することができただろうか、ということです。この和歌が、読みさえすればだれにでもわかる謎でしかないと判断したとすれば、兼好は、この解説を加えずに、読者のがわに謎ときをゆだねたに相違ありません。

われわれは、「こいしく」という解答をすでに知ってしまいましたから、いまさら白紙にもどって、この和歌の謎を解くことができなくなっています。「ゆがみ文字」とは、はたしてどういう文字なのだろう、などと言ってみても、「く」の仮名であることがわかっているので、自由な頭の働かせようがありません。しかし、その解答を知らなかったら、はたして、「く」の仮名にたどりつけるかどうか、だれしも確信を持つことはできないでしょう。たしかに「く」の仮名はゆがんでいるようにみえますが、それは先入観があるからであって、こういう曲りかたを、ごくふつうに、ゆがむと言うでしょうか。たとえば、「折れたる文字」とでも表現した方が、いっそう適切だったのではないかとわたくしには思われます。さらに言うならば、ゆがんでいない仮名など、いくつあるというのでしょうか。

同じように、「こ」の仮名は二筆で書かれる文字の一つですから、その限りにおいて、「ふたつ文字」とよぶことに支障がなさそうです。しかし、「ふたつ文字」とはどの仮名をさすのか、ということで探したなら、直線的に「こ」の仮名が選択されることにはなりそうもありません。まず、この表現からは、〈二箇の仮名〉という解釈が、はじめに出てきてよいでしょうし、また、〈二筆で書かれる仮名〉、という線から探してみても、いくつかの候補があげられます。たとえば、そのあとに、「牛の角文字」とよばれている「い」の仮名も、やはり「ふたつ文字」としての条件をそなえています。「り」の仮名もそうでしょうし、「う」の仮名や「と」の仮名なども「ふたつ文字」とよぶのが不都合だとは言いきれません。ほかにもまだあります。

問題はそれだけにとどまりません。この当時は、四十七種の仮名のそれぞれに、複数の字母から発達した字体が併用されていた、という事実を無視することは許されないからです。頻度の高い異体仮名だけでも、その数は相当なものになるでしょう。さらに大切なのは、「文字」と呼ばれるのが仮名だけとは限らないことです。漢字もあれば片仮名もあります。これでは、五里霧中ということになりそうです。

ここにさりげなく示されている「こいしく」という解釈は、はたして、だれによって、また、どのような筋道をたどって、導き出されたのでしょうか。いちおう考えられるのは、つぎの三つの場合です。

a　延政門院の「ことつて」の一部として、「こいしく」という種あかしが含まれていた。
b　後嵯峨院、ないしその側近の人たちによって解き明かされた。
c　兼好によって解き明かされた。

ここに示されているところの「こいしく」という解読結果が、はたして、正しいかどうか、ということも疑ってかかる必要がありそうですが、議論の都合上、その問題はあとにまわして、さしあたり、それが正しいという前提で考えを進めてみることにします。

誰が謎を解いたか

この和歌をだれが「こいしく」と解き明かしたのかを、これまでの注釈書ではまともに問題にしていないようです。

「兼好は、歌の謎を解くとともに、御父の上皇を慕われた幼い門院の気持をも汲んで、末尾の一行を書き付けたと思われる」という解説を加えた注釈書があります。この注釈書の「歌の謎を解く」という表現は、どうやら、「こいしく」を兼好による解読とみなしているようでもありますが、あるいは、『徒然草』の読者のために和歌の意味を説明したというつもりかもしれません。

このことがあったのは兼好が生まれるよりもずっと以前のことですから、謎を解いたのが兼好であるとしたら、それまでは、不可解な和歌として語り伝えられていたと考えざるをえないでしょう。しかし、そのような想定はいかにも不自然です。それよりも、逸話として耳にした事柄を、兼好がこのような形に書きとどめたものであって、「こ」「い」「し」「く」の四字を詠みこんだ和歌だということも、そのときに同時に聞いたものとみるべきでしょう。

もう一つの場合として、だれにでも解ける謎を兼好も独自に解いて、それをここに書き添えたということが考えられないでもありませんが、あとで述べるように、そういう想定は成り立ちませんから、前条のcの可能性は消去することにします。

延政門院からの「ことつて」の内容に、この和歌が、「こ」「い」「し」「く」という四つの仮名を詠みこんだものだという説明も含まれていたのではないか、というのが前条のaの可能性ですが、これは、理屈のうえで否定できません。それならそれで、この話は十分に成り立つからです。ただし、もしそうであったとしたら、そうでなかった場合に比べて、ずっとおもしろくない話になってしまうでしょう。

なお、光広本には「申させ給ひける御歌」となっていますが、正徹本は、「申させ給ひける」で終わっていて、その下に「御歌」がありません。そうなると、光広本によった場合、「ことつて」の内容は和歌だけになり、正徹本によった場合には、あとに続く説明までも含むことが可能になるのか、という疑問も出てきそうですが、そういうことはありません。「御歌」とあっても、それに添えられたことばまで含みうることは、多くの例によって保証されていますから、どちらとみるかは、結局、それぞれの場面の解釈の問題です。

知恵の発達が盛んな時期の幼児は、謎を出しておとなが困惑するのを見ては喜ぶものです。こういうことは古今をつうじて変わりがないはずです。こどものそういう心理と結び付けて理解してこそ、この和歌は、はじめて生命を持つと言えるでしょう。

林羅山（はやしらざん）は『徒然草野槌（つれづれぐさのづち）』（一六二一年成立）で、これを「延政門院（エンセイモンイン）の御歌も、和歌のなぞなぞなるべし」と規定し、また、高階楊順は『徒然草句解』（一六六五年刊）でそれを支持して、「延政門院の御歌も和歌のなぞなぞなるべしと書けるもげにとぞ覚ゆる」と言っています。そして、この解釈がいまに至るまで基本的に変わっていないのは、そういう受け取りかたが、いちばんすなおだからでしょう。

いちばんおもしろい読みかたがいちばん正しい読みかただ、という保証はありませんが、もし、これが父親に対する謎として作られた和歌とみなして解釈がつくものなら、その方がずっと自然であることは確かです。それは、前条にあげた三つの可能性のうちのbの線です。

この謎を出された父親は衆知を集めてもついに解くことができず、娘に解答を尋ねた、というような場合がありうるかもしれませんが、ともかく「ことつて」の内容に、和歌の説明は含まれていなかったという前提で考えてみることにします。

「ことつて」というのは口頭で伝えられるのが原則でしょうが、この程度の簡単な内容であれば、書面によるものが排除されるとは限らないかもしれません。この和歌の場合、仮名で書かれた形で渡されたとすると、清濁の書き分けがないことなどから、解釈上のさまざまの問題を生じたはずなので、口頭でも書面でも同じことだという考えかたは許されませんが、「申させ給ひける」となっていますので、口頭による伝言とみなすことにします。この解釈は、あとで、ほかの根拠からも支持されることになるでしょう。

漢字としての解釈

さきに指摘したとおり、「文字」が、もっぱら仮名をさすと決まったものではありません。正統の文字として漢字があり、また、片仮名もあります。

「ふたつ文字」が、〈二つ〉という意味を表わす漢字〉というつもりの表現であるとしたら、その候補は「二」になります。「牛の角文字」に相当する漢字は、「八」になるでしょう。「すぐな文字」としては漢字の「一」があります。しかし、「歪み文字」とよぶにふさわしい漢字は簡単に見つかりそうもありませんし、「二八一 x」という語を無理に考え出しても、「二八一 xとぞ君はおぼゆる」ということにはなりそうもありません。したがって、漢字の文字列としてこの和歌の謎を解くのは絶望的です。

片仮名としての解釈

それぞれの「文字」を片仮名とみなして謎を解いたら答えが出せるでしょうか。

「ふたつ文字」を〈二筆の片仮名〉という意味に理解するとしたら、仮名よりもいっそう候補がたくさんあって、どれをとってよいかわかりません。もし、〈「二つ」という意味の漢字「二」に近い字体の片仮名〉ということなら、「二」だけになるでしょうが、そうとも決めかねます。

「牛の角文字」に相当する片仮名としては「ハ」が唯一の候補でしょう。

「すぐな文字」が「直ぐな（る）文字」――〈直線状の文字〉――だとしたら、それに相当する片仮名を見いだすのは困難です。無理に当てはめれば「ノ」があるし、また、それと逆方向、すなわち、左上から右下に書く「キ」の常用字体がありますが、いずれも斜めなので、「直ぐな文字」とよぶことに疑問が残ります。

「ゆがみ文字」という表現が当てはまりそうな片仮名は、片仮名が文字として十分に発達したこの時期には存在しません。

こうなると、片仮名という線での解釈にも見きりをつけたくなりますが、つぎの節に述べるような事情があるので、簡単に捨ててしまうことはできません。文献学的解釈という立場からは重要な問題なので、いささか回り道になりますが、足場を固めておくことにします。

2　文字習得の過程

片仮名の和歌

『堤中納言物語』の一篇「虫めづる姫君」のなかで、物語のヒロインである姫君のもとに恋文が届けられます。帯を蛇の形に作り、動くしかけまでしたものに、つぎの和歌が結びつけてあります。ちなみに、この当時、蛇は「虫」の一類であり、したがって、「虫めづる姫君」とは〈昆虫が大好きなお姫様〉ではありません。

はふはふも君があたりにしたがはむ　長き心の限りなき身は

この恋歌に姫君が返歌をするという場面が、つぎのように記されています。

いとこはくすくよかなる紙に書き給ふ　仮名はまだ書き給はざれば　かたかんなに
　契りあらばよき極楽にゆきあはむ　まつ我にくし　虫の姿は
福地の園に　とある

「仮名はまだ書き給はざれば片仮名に」、すなわち、姫君は、まだ仮名を書かないので片仮名で返歌を書いたということですが、このことについて伴信友の『仮名本末』（一八五〇年刊）に、つぎのような解釈が示されています。

堤中納言ノ物語の　虫めづる姫君の巻に　仮字(かな)はまだ書給はざりければ　かたかんなにて

云々　とある　その下文に　同じ姫君の事にかけて　白き扇の墨ぐろに　まなの手ならひしたるを　さしいでて云々　とあるを思へば　そのかみ大かた手習のはじめには　まづ片仮字をかき　此片仮字書く由は。下巻に論（あげつら）ふべし　つぎに真字を一わたりものして　さて草仮字にもうつりて書くならひにて　かの難波津浅香山は　その草仮字をはじめてならふときに　かくためしなりしなるべし　〔上巻之上〕

さて片仮字にてもの書たる事の古書どもに見えたるは　堤中納言物語（略）いとこはくすくよかなる紙に書給ふ　かなはまだかき給はざりければ　かたかんなに（略）此作者堤中納言の卿は　延喜の始の頃　世ざかりにおはし丶人なり　そのかみ女子すら手習の始にはまづ片仮字を書き　後に草仮字を書くならひなりしと知られたり　男子はさらなるべし（略）

さて其片仮字を習ふには　五十音をぞ書たりけむ　〔下巻〕

平安時代には、まず片仮名を練習し、そのあと、漢字をひととおり書けるようになったうえで仮名を書くのが社会的な習慣だったということです。この物語の成立時期を伴信友は十世紀の初頭とみていますが、実際にはそれよりずっと遅く、延政門院による「ふたつ文字」の和歌が作られた文永年間よりも、おおよそ百年ほど以前というぐらいに考えておいてよいでしょう。その百年ほどの間に、仮名と片仮名との学習の順序が逆になったということは想定しにくいので、もし、右の解釈が正しいとしたら、延政門院もまた、片仮名の方を先におぼえたはずだと考えるべきでしょう。

「虫めづる姫君」の年齢は物語に明記されていませんが、つぎの叙述から判断すれば、もはや幼女ではありません。恋心を寄せる男性が出現したのは初めてのようですから、そろそろ成人女性の仲間いりをする歳ごろと考えてよいでしょう。

眉　さらに抜き給はず　歯ぐろめ　さらに　うるさし　きたなしとて　付け給はず
化粧したらば　清げにありぬべし　心憂くもあるかな

この姫君が、年ごろになっても仮名に習熟していなかったのですから、まして、「いときなくおはしましける」延政門院は、仮名どころか片仮名さえも満足に知らなかっただろう、ということになりそうです。

伴信友によって想定された学習過程が社会一般のありかたであったとすれば、後嵯峨院は娘の年齢を知っていたばかりに「ふたつ文字」以下の見たてを片仮名に当てはめようとして、その結果、正解に到達できなかったという蓋然性――probability――が高いと考えざるをえませんが、はたして、それでよいでしょうか。

仮名はまだ書き給はざりければ

「虫めづる姫君」のヒロインに寄せられた恋文は仮名で書かれていたはずであり、彼女は、それを自分自身で読んでいるようです。したがって、「仮名はまだ書き給はざりければ」という表現は、仮名をまったく知らなかったのではなく、読むだけは読めても、それを書く段階にまで到達していなかったという意味に理解すべきことになります。

仮名をまだ書かなかったとは、まったく書けなかったことではなく、流麗な筆致で書きこなせるまでに熟達していなかった、というつもりの表現として読み取るべきでしょう。ことばづかいにこだわりすぎて、杓子定規に解釈することは避けなければなりませんが、ここが、「仮名はまだえ書き給はざりければ」というような可能表現になっていないことにも、いちおうは注意して読むべきでしょう。

恋文は、その内容が相手にわかりさえすればよいというものではなく、洗練された文字で書かれていることが要件でした。換言するなら、仮名の生命は美しさにあったので、相当に熟達しなければ使いものにならなかったということです。

大納言の娘として育ちながら、年ごろになっても仮名を書きこなせなかったのは、どうしてでしょうか。それは、明けても暮れても虫の観察だけにうつつを抜かしていて、机に向かうことがなかったからではありません。彼女は、たとえば、

> 人はまことあり　本地たづねたるこそ　心ばへをかしけれ
> 思ひとけば　ものなむ恥づかしからぬ　人は夢まぼろしのやうなる世に　誰かとまりて悪しき事をも見　よきをも見思ふべき

というように、仏教語を交えたりして四角ばった言いかたをしていますし、また、片仮名で書いた和

歌のあとに「福地の園に」などと書きそえたりしているところからみても、教養が高く、仏典についてかなりの知識を持っていたことが知られます。虫をこわがる侍女たちを、「けしからず、ばうぞくなり」と言ってにらみつけたりしているあたりは、『源氏物語』の帚木(ははきぎ)の巻の「雨夜の品定め」に話題として登場する博士の娘のことばづかいを思い起こさせます。

伴信友は、「白き扇の墨ぐろに真名の手習したる」というのを、文字習得の順序として、片仮名のあとで、ひととおり漢字を練習したものと解釈していますが、ここに「手習」といっているのは、字をおぼえるためのものではなく、『源氏物語』の手習の巻に出てくるいくつかの例がまさにそうであるように、手なぐさみに筆をとって紙に書き付けることをさしているとみるべきです。ただし、『源氏物語』の場合には女性が手習に和歌を書いていますが、この姫君は墨痕あざやかに扇に漢詩などを書いたということでしょう。扇に漢字の練習をしたというのは不自然ですし、また、この場合には、漢字を一つとか二つとかいうよりも、漢字による文章とみた方がよさそうです。

「真名の手習」という表現を、漢字の練習とみるか、あるいは手なぐさみに書いた漢詩とみるかでは、姫君の人間像のとらえかたが相当に違ってきます。「仮名はまだ書き給はざりければ」の「まだ」をあまりに単純に理解しすぎたために、伴信友はそれを仮名の学習の順序を示すものとして考えてしまったのでしょう。「虫めづる姫君」を根拠とする片仮名学習先行説は、今日の国語学界でも依然として有力です。

要するに、この姫君は、社会的な通念として女性にふさわしいとされていた和歌や物語の世界に興味を持たずに、漢籍や仏典に親しんでいたということです。これは、眉を抜かず歯ぐろめを嫌い、そして化粧をしないことなどとすべて共通する生活態度だと言ってよいでしょう。作者はそういうきわだって個性的な女性像をここに描き出そうとしています。

良家に育った、いかにも女性らしい女性であれば——すなわち、隣に住む「蝶めづる姫君」のようなしとやかな女性であれば——、その年齢に達するまでに仮名を十分に書きこなせるようになっていたはずなのに、この姫君の教養の内容は、それとまったく違っていたことがわかります。

片仮名と仮名

細かいことを言い出せば、いろいろの断りが必要になりますが、枝葉末節を切り捨てて大づかみにとらえるなら、仮名と片仮名とは、もともと、つぎのように使い分けられていたと言ってよいでしょう。

片仮名——美的な内容を積極的には含まない文体。日常的な文書や漢文訓読など。

仮名——美的な内容を含む洗練された文体。和歌・物語・仮名書状など。

仮名は美的な内容を盛るための器として発達したものですから、用語も洗練され、また、文字そのものも美的であることが要求されます。

料紙についてもそれと同じ観点から吟味されます。美しい内容を美しいことばで表現し、美しい文字で美しい料紙に書くということです。われわれは、その典型を、元永本『古今和歌集』や西本願寺本三十六人集、あるいは多くの古筆切(こひつぎれ)などに見ることができます。ここにはそのおもかげを示すために、西本願寺本三十六人集のうち『伊勢集』の写真を一枚あげておきます。絢爛豪華な色彩は想像で補ってください。

それに対して片仮名は、実用的な内容を、日常のことばで、実用的な紙に書くためのものですから、文字の巧拙などは問題にされません。

「虫めづる姫君」のヒロインが、片仮名がきの和歌を、「いとこはく、すくよかなる紙に」、すなわち、ごわごわした不粋な紙に書いたというのは、その意味で見すごすことができません。繊細な感覚の欠如したがさつな女性だったので、あるいは、優美な料紙の用意がなかったために、ありあわせの紙でまにあわせて、ということではなく、この和歌の内容にふさわしい料紙を積極的に選んだものとみなすべきであり、それはそれで心にくい調和的感覚と言うべきでしょう。作者は、そういうつもりで料紙のことにも言及していると考えられます。そして、この和

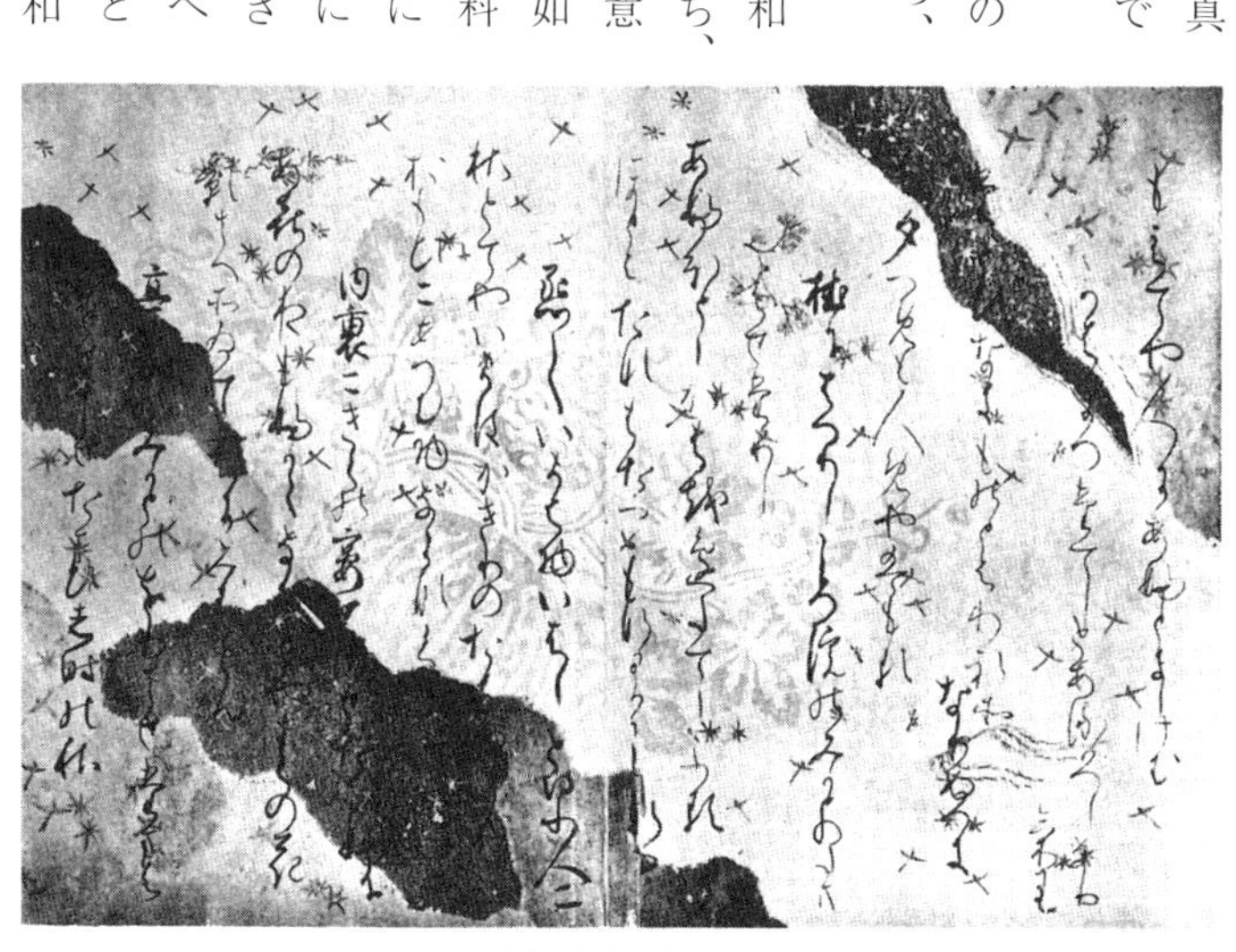

西本願寺本『伊勢集』

歌には、仮名がきなら語彙的に排除されるはずの漢語「極楽」が出てくるのですから、すべてが一貫しており、しかも、ストレートな拒否ではなく、相手の下品なユーモアに、もっと上品なユーモアで答えるだけの余裕をみせています。

姫君がまじめに返歌をしようと考えたなら、自分でうまく書けなくても、側近の人物に代筆を頼むという手段がありました。当時はふつうに行なわれていたことです。それなのに、わざわざ不風流な料紙を選んで、一風かわった内容の和歌を片仮名で書いて返したということは、最初からまともにとりあう気持がなかったことを意味しています。姫君の意志は、返歌の内容だけでなく、これらの諸条件の総合として、相手の男性に正しく了解されたはずです。

この姫君の強烈な個性を考慮することなしに――あるいは、ヒロインを個性的に描こうとした作者の意図を斟酌することなしに――、「仮名はまだ書き給はざりければ」という表現を皮相に理解して、当時における文字習得の一般的なありかたを論じたりすることは明らかに誤りです。このような立論は文学に背を向けることであり、文学作品から引き出された言語的事実あるいは言語史的事実もゆがめてしまうのは必定です。資料として処理するまえに、まず、作品との対話が必要だという文献学的解釈の基本姿勢は、まさに、こういうところに生かされなければなりません。

姫君の和歌については、ほかにも触れたいことがありますが、論述の停滞を避けて、この章の最後に補説します。

仮名習得の過程

『源氏物語』の若紫の巻では、幼い少女であった紫の上――これは、「延政門院」と同じく、あとになってからの呼び名の先取りですが――に思いを寄せる光源氏への手紙のなかで、保護者の立場にある尼が、彼女の状態をつぎのように説明しています。

まだ　なにはづをだに　はかばかしう続けはべらざめれば　かひなくなむ

「なにはづ」とは、古くから手習の最初に使われていたつぎの和歌をさしています。

なにはづに　咲くやこの花　冬ごもり　今は春べと　咲くやこの花

尼が言いたかったのは、この少女は、まだ、「なにはづ」の歌さえまともに続け書きができないほどのこどもだから、女性として相手にするにはあまりに早すぎるということです。おそらく、この一節は、当時における上流子女の典型的な学習過程を反映しているとみなしてよいでしょう。時期は異なりますが、延政門院もまた、そういう育てられかたをしたはずですから、「ふたつ文字」の和歌を作った「いときなくおはしましける時」は、仮名の習い始めに当たっていたと考えられます。

仮名の学習が、具体的にどういう手順を踏んで進められたかを、文献資料に基づいて細かく証明するのは難しそうですが、ある程度までなら常識を働かせて推測することが可能です。

『古今和歌集』の仮名序には、つぎのように述べられています。

なにはづの歌は帝(みかど)のおほん始めなり　あさか山のことばは　采女(うねめ)のたはぶれより詠みて　このふた歌は　歌の父母(ちちはは)のやうにてぞ　手習ふ人のはじめにもしける

ここにいう「あさか山のことば」とは、『万葉集』にみえるつぎの和歌をさしています。

あさかやま　かげさへみゆる　やまのゐの　あさきこころを　わがおもはなくに
〔巻一六・三八〇七〕

『源氏物語』若紫の巻からの引用部分には「なにはづ」の和歌がでてきましたし、また、そのあとには、いずれも「あさかやま」の和歌をもじって作った、光源氏と尼との和歌のやりとりがありますから、平安時代にこれら二つの和歌が手習歌として広く用いられていたことは確かです。延政門院のころには、ほかに「いろはうた」も同じ目的で使われていたかもしれません。

紫の上があまりに幼く、まだ「なにはづ」の和歌さえも続け書きできないほどのこどもだといって、婉曲にその意図をさえぎられた光源氏は、

かの御放ち書きなむ　なほ見給へまほしき

と執拗に迫っています。続け書きの練習を始めるまえに、「はなちがき」、すなわち、一つ一つの仮名を切り離して書く段階があったのは当然です。

手習のはじめ

ここからは常識的な想像になってしまいますが、手習といっても、いきなり手習歌の「はなちがき」から始められたわけではなく、そのまえに、もう一つの準備的な段階があったとみるのが自然ではないでしょうか。

書道のうえでは、さまざまの異体仮名が使われていましたが、紀貫之自筆の『土佐日記』（九三五年）に用いられていた仮名の字体が、現行のものとさほど違っていないことが指摘されていますし、*藤原定家によって整定された諸作品の本文にも同様の現象が認められますから、**はじめの段階でおぼえたのは、現行の字体に近いものが多かったと考えてよさそうです。要するに、複雑な字体や凝った字体は、あとまわしにされただろうということです。

しかし、現行の字体に近いといっても、きわめて簡単なものから、すぐには書きにくいものまで、幼児にとって習得の難易度はさまざまです。幼い子どもの手に筆を持たせて、これから字を教えこもうという場合、まず、書きやすい仮名から始めるのも一つの方法でしょう。

そのつもりで見なおしてみると、延政門院の和歌に出ている「こ」「い」「し」「く」という四つの仮名は、いずれも、そういうもっとも書きやすい仮名の一群に属していることがわかります。このほかに同じ程度の単純な仮名をあげるとしたら、せいぜい「つ」「へ」「り」ぐらいのものでしょうか。これは、どうやら偶然ではなさそうです。

＊　池田亀鑑『古典の批判的処置に関する研究』
＊＊　小松英雄『いろはうた』第七章

3　「こいしく」の必然性

見たての動機

「ふたつ文字」「牛の角文字」「すぐな文字」「ゆがみ文字」という見たては、これまで、北村季吟の言うように、幼少の姫君によるものと考えられてきました。たしかに独創的と言えば独創的に相違ありませんが、まだ抽象的な把握のしかたになれていないこどもたちは、ともすると、こういうとらえかたをしがちなものです。

こどもにはじめて字を教えようとするときには、そういう傾向をうまく利用して、いわば絵画的に、なになにのようだと印象づけるのが効果的だと言ってよいでしょう。そうだとすると、「ふたつ文字」以下のおもしろい見たては、ことによると、延政門院に手習の手ほどきをした人物の口から出たものではないだろうか、とも考えられます。すなわち、その人物は、幼女の持った筆に自分の手を添えながら、あるいは、模範を書き示しながら、たとえば「こ」の仮名の場合なら、こういうふうにちょんちょんと二つ書いてみましょう、とか、「い」の仮名の場合なら、牛の角になったでしょう、とかいった調子で指導したのではないかということです。すくなくとも、そういうなにげない思いつきとして口から出たことばがもとになっている可能性はありそうです。

だれかに教えてもらったことばをもとにしているにせよ、あるいは、自分でまったく独自に考えついたにせよ、ともかく、四十七種の仮名のなかで、こういうたぐいの命名が可能なものは、いくつもなかったことは確かでしょう。

なお、その当時、こういうよびかたが社会的に通用しており、幼い姫君はそれらを組み合わせて和歌を作った可能性も考えられますが、そうだとしたら、この和歌は謎ではなく、したがって、「こいしく思ひ参らせ給ふとなり」という説明が浮きあがってしまいますので、そういう事実はなかったとみなすことにします。

作歌の動機

手習を始めるということで、まず手はじめに教えられたいくつかの仮名を組み合わせると「こいしく」ということばができあがることに、幼い少女は、ふと気がついたのでしょう。それらの仮名の呼び名を順に並べていって和歌の形に仕立てたのだろうと考えられます。「こいしく」ということなら、恋文にもなりそうですが、幼女としては、そのように思う対象が父親でしかありえなかったので、さっそく、院に出むく人に「ことつて」を頼んだ、ということなのでしょう。ほんのいくつかの仮名をおぼえたばかりの段階ですから、和歌の形に作ってみたものの、それを書くことまではできなかったので、当然、口頭による「ことつて」になったものと思われます。おそらく、「ふたつ文字」の「ふ」の仮名さえもうまく書けない、という状態だったのでしょう。

皇族の子女は親と離れて生活するのが慣行になっており、父親と顔を合わせる機会が少ないので、恋しくてたまらず、その心を和歌に託して「ことつて」にした、というのが、これまでの説明ですが、右のように考えるなら、作歌の動機は違った色に染め変えられることになるでしょう。

文字はおとなの世界のものですから、はじめて文字が読めたり書けたりしたことは、こどもにとって画期的な体験です。嬉しくてたまらない気持ちを誰かに早く伝えて自慢したい。その相手に選ばれたのが父親であったと考えれば、この和歌のあじわいがよくわかります。いじらしさとかあどけなさとかいうだけでは、幼児に対する陳腐なほめことばにすぎません。おとなの世界に第一歩を踏み出したつもりになっている少女の、はちきれそうな嬉しさを汲み取らなければ、この挿話を理解したことにならないでしょう。

親しみをこめた、あるいは、甘えたことばづかいとしては、あらたまった「こいしく」よりも、くだけた「こいしう」の方が、この当時としていっそう適切だったはずです。したがって、伝言が「こいしく」になっていることには理由があると考えるべきでしょう。皇族は、親子の間柄でも四角ばった言いかたをするようにしつけられていたからだ、とみるのが一つの解釈かもしれません。しかし、「く」の仮名なら「ゆがみ文字」とよべたのに対して、「う」の仮名の字形は、それと同じレヴェルで「なになに文字」と命名できなかったからだ、と考えた方が、ここまでの解釈の線にそった説明になるでしょう。

父親を恋い慕う気持をすなおに表わすことばを自由に選ぶとしたら、ほかにいくつかの適切な候補があったはずです。しかし、この場合、「こいしく」以外にありえなかったことが、以上の検討の結果から明らかになりました。端的に言うならば、たまたま構成されたのが「こいしく」だったので、そのあとに「とぞ君はおぼゆる」を補って和歌の形に整え、文字をおぼえた喜びを父親に伝えたということでしょう。

4　牛の角文字

「こいしく」か「こひしく」か

「牛の角文字」は「い」の仮名に当たると古くから考えられてきましたが、それは「ひ」の仮名でもありうるとか、あるいは、「ひ」の仮名の方がいっそうよく牛の角を思わせるとかいう見解もないではありません。古写本では、しばしば「い」の仮名と「ひ」の仮名とが紛らわしい、という事実がありますから、まともに論じはじめたら問題がいろいろと出てきますが、模式的な字体で考えるなら――そして、いまの場合にはそういう形で考えるのが正しいはずですから――、「ひ」の仮名は、牛の角というより、むしろその顔を連想させるようでもあります。また、正徹本などでは、「こひしく」

となっていますが、光広本において、この部分が、後述のように、ハ行活用動詞からの派生語として例外的な表記になっている事実を重視するならば、やはり、「い」の仮名をさしていると認めるのが妥当と思われます。ただし、ここを「い」の仮名と認めている注釈書でも、その結論を導く過程に問題を含むものがあります。

「〝こひしく〟を〝こいしく〟としているのは、御幼少のために発音通り書かれたとも見られるが、あるいはこの時代に行なわれた定家仮名遣いによられたのかも知れない」と甲の注釈書は説明しています。

また、「〝い〟とも〝ひ〟ともいう。正しく書けば後者になるが、当時の仮名遣いの実情からして〝い〟でもよく、底本の次行冒頭も〝こいしく〟となっている。字形からしても〝い〟の方がよいと思われる」と乙の注釈書は言っています。

しかし、どちらも「い」を合法化する根拠において誤りをおかしています。

音韻変化と仮名表記との関係

序章に簡単に触れたように、十世紀の後半ごろから語頭以外のハ行子音［ɸ］はワ行子音［w］に合流しました。この変化を国語史ではハ行転呼（音）とよんでいます。しかし、ハ行転呼（音）というのは、〈ハ行の仮名をワ行に読む〉という意味ですから、音韻変化をさす用語としては《接近音化》の方が適切です。摩擦音の［ɸ］が接近音の［w］——approximative、すなわち、両唇を接近させて発音する子音［w］――に変化したというとらえかたです。

接近音化によって、［koɸi］は［kowi］になり、引き続いて、語頭以外の［wi］が［i］に変化したために、延政門院の時代に「恋」は［koi］という発音になっています。前項に引用した甲の注釈書にいう「発音通り」とはこのことをさしています。

音韻変化が生じれば、多くの場合、その結果は表記のうえになんらかの形で反映されますから、いつごろ、どのような音韻変化が生じたかを推知するための主たる手がかりは表記の変動です。しかし、音韻変化が生じれば、それが忠実に、あるいは自動的に、表記の変化として表われるわけではない、ということを強調しておかなければなりません。一般に仮名は表音文字――phonogram――だと考えられていますが、その表語機能に注目することが必要です。

同じことばが人によっていくとおりにも書かれるような状態になってしまったのでは、文字による円滑な相互伝達に支障をきたしますので、それぞれの語は視覚的に安定した形で書かれなければなりません。したがって、音韻変化が生じても表記はそのまま連動せず、社会的に固定される傾向が認められます。

四つ以上の仮名で表わされる長い語形なら、一つの仮名が動揺しても文脈のなかで同定に重大な支障をきたすことはありません。しかし、二つの仮名で表わされる短い語形で一方の仮名が動揺したのではどうにもなりません。基本的な語はそういう語形に集中していますから、頻用される語の表記は高い安定度を示しています。三つの仮名で表記される語も、傾向としては後者の側に属します。

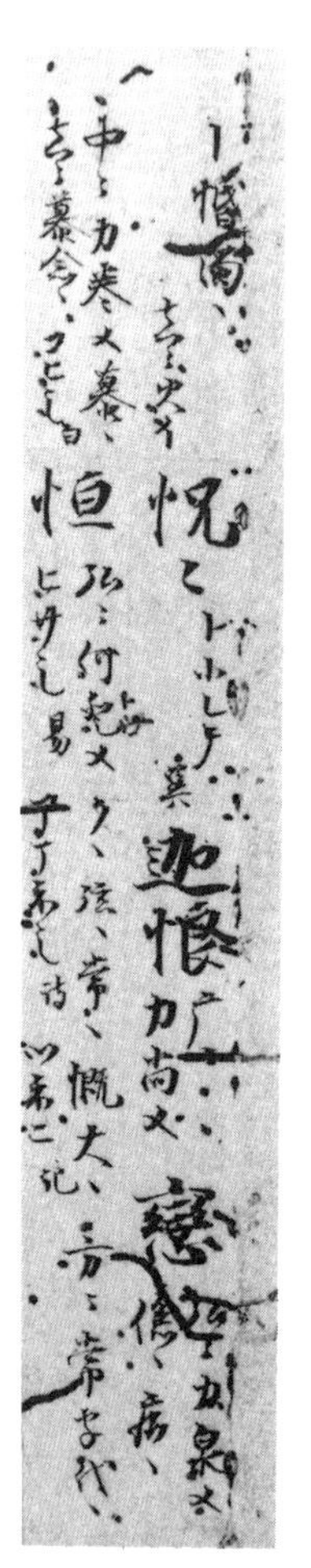
図書寮本『類聚名義抄』

「恋」という語について言えば、右に述べた再度にわたる音韻変化をくぐり抜けているにもかかわらず、仮名表記は「こひ」で一貫されており、「こゐ」とか「こい」とか書かれた例を文献のうえに見いだすことはきわめて困難です。そのことは、動詞「恋ふ」からの派生語、および「恋」を含む複合語についても当てはまります。

一般的には、仮名文献よりも片仮名文献の方が、はるかに高い表音性を示す傾向があり、したがって、音韻変化を反映しやすいのですが、三巻本『色葉字類抄』（前田家本）や、『類聚名義抄』の諸本、あるいは世尊寺本『字鏡』など、平安時代末期から鎌倉時代にかけての辞書類でも、「恋」は、やはり「コヒ」となっていて、「コヰ」とか「コイ」とかいう表記は見いだすことができません。

定家仮名遣の拠りどころとされた行阿の『仮名文字遣』でも、「恋」は「こひ」だけですが、それと同じ語形の「鯉」には「こひ」「こゐ」「こい」という三種類の表記が示されています。これでは、事実上、規範がないのと同じことです。かたよった文献にしか使用されないので、軌範を設定しなくても同定が容易だったからでしょうか。こういう事実からみても、定家仮名遣は実用のための規範であったことがわかります。音韻変化は規則的ですが、表記への反映は不規則です。

定家による仮名遣と定家仮名遣

さきに引用した二つの注釈書のうち、甲の方では、定家仮名遣で「こいしく」と書かれる、という趣旨の表現になっていましたが、序章に述べたとおり、藤原定家はすでに習慣として固定していた表記をそのまま踏襲する方針をとっていますから、定家自身が仮名遣の基準を記した『下官集』に「恋」は「こひ」となっていますし、定家自筆の諸本でもやはりその形になっています。ちなみに、定家仮名遣というのは、藤原定家によって創始された仮名遣そのものではなく、十四世紀に源知行（行阿）によって編纂された『仮名文字遣』以後のものをさすならわしになっていますので、この和歌の作られた十三世紀の中葉には、まだ成立していませんでした。

乙の注釈書の方には、当時の仮名遣の事情からして「い」の仮名でもよいのだ、と説明されていますが、そこに言うところの「仮名遣」が、特定の軌範をさすにしても、あるいは、仮名の実際の使われかたをさすにしても、こういう表現が事実に反していることは、すでに明らかです。

蛇足を加えておくならば、わたくしは、思弁――speculation――を排斥する立場をとりません。それは、議論の理論的な構成のうえで――あるいは、論理的な構成のうえで――、不可欠だと考えています。この小冊の内容は、思弁を基調にしていると言ってよいでしょう。

正統の論理的思弁と低次元のあて推量とは峻別されなければなりません。「こいしく」は定家仮名遣による表記かもしれないとか、当時の仮名遣の事情からすると「こいしく」でもよいとか、そういうことで安易に片づけてしまうまえに、せめて『下官集』なり『仮名文字遣』なりに示されている表記を確かめてみたなら、「こいしく」という表記が当時の軌範に合わないことに気づいたはずであり、その事実をもとに、この問題を新たな角度からとらえなおすことができたかもしれません。

安易な思弁の矛盾

一つ一つの仮名の書きかたをおぼえたからといって、すぐに文章が綴れるものではありません。表記上のさまざまの約束事を身につけなければならないからです。そのためには相当の訓練が必要なことは言うまでもありません。したがって、もし、延政門院が、当時の慣用に合致した書きかたをしているとしたら、筆を持ちはじめてからすでに相当の時日を経過していたとみなさざるをえないでしょう。そうだとしたら、「ことつて」などをせずに、その和歌をみずから紙にしたためて人に託した方が、はるかに自然だったと考えられます。

しかし、「いときなくおはしましける」少女が、そこまで書道に熟達していたとみてよいかどうかに疑問が残ります。紫の上の例もありますから、天才少女ということで説明してしまったら、ごまかしにしかならないでしょう。また、そこまで書道に習熟していたとしたら、当然、和歌にも十分に親しんでいたはずですから、はたして、このように素朴なみそひと文字を作ったかどうか――あるいは、そういうものが作れるだけの素朴な感性を持ちつづけていられたかどうか――、ということも問題です。

延政門院が、この和歌を、定家仮名遣とか当時の仮名遣とかに従って書いたとみなすとしたら、このように、動きがとれなくなってしまうことは明らかですが、それに対して、この少女が、ようやくやさしい仮名をおぼえはじめた段階にあって、ことばを綴る約束事があることさえも知らず、仮名を単純な表音文字として理解していた、とみるならば、右のような疑問はすべて氷解し、矛盾のない説明が可能になります。

5　すぐな文字

「すぐな」という語形

「すくなもし」を「すぐな文字」、すなわち、〈まっすぐな文字〉という意味にとることが許されるとしたら、仮名では「し」が唯一の候補です。注釈書も、すべてこの解釈をとっています。

『梁塵秘抄』の、つぎの歌謡には、よくわからない部分がありますが、内容は「すぐなるもの」の列挙であり、その一つに「かんなのし文字」――「し」の仮名――が含まれています。

すぐなるものは　ただ　からさを　矢の竹　かんなのし文字　今年生えたる梅すはへ　はた
　鉾　刺い鳥　竹とかや　〔雑・四三五〕*

ここで問題になるのは、形容動詞「すぐなり」を認めるとしても、その連体形として「すぐな」という語形がこの時期にありえたかどうかということです。もっとあとの時期には、これが普通の形になるわけですが、十三世紀のなかばのこととなると、ちょっと早すぎないだろうかという不安がありますが。これが当時の口頭言語だったという意味の注釈を付けたものもありますが、証拠はどこにあるのかとなると、同時期の文献に類例を指摘するのが難しそうです。

形容動詞連体形の活用語尾が「＝なる」から「＝な」に変化したのは、外形だけを見ると、末尾音節「る」の単純な脱落のような様相を呈していますが、そのように説明してしまったのでは、事の本質をとらえたことになりません。事の本質とは、その変化をもたらした直接の動因――motivation――のことです。その音節が語末にあるというだけの理由で簡単に脱落したりするはずはありません。動詞の場合には、「来(く)」「為(す)」「落つ」「流る」などの終止形が、そのあとに「る」の続いた形を持つ連体形の「来る」「する」「落つる」「流るる」などに合流しているという事実があるのに対し、形容動詞の連体形語尾が、逆に、「る」を脱落させているのは一種の跛行(はこう)現象であって、なにか理由がなければなりません。

活用語のほとんどがそうであるように、形容動詞の場合にも、いちばん頻用度の高いのは、たいてい連用形であり、その活用語尾は「＝に」になっています。したがって、連用形が中軸になって活用が再編成されれば、他の活用形も「に」に合わせてナ行の一音節の形をとることになります。実際には、形容動詞の場合、連用形はそれだけ大きな変化を起こす力を発揮していませんが、さしあたり、連用形とそろった形をとることが要求されたのは、やはり頻用度の高い連体形です。その場合、いちばんの近道は「＝なる」の「る」を脱落させて「＝な」の形をとることでした。比喩的に言うならば、「る」の音節は、末尾にあって落伍したわけではなく、機構改革に伴って整理されたということです。

連用形の優勢はすべての時期をつうじて一貫していますから、連体形語尾の「なる」を連用形語尾の「に」と調和する形に――すなわち、ナ行の一音節の形に――整えようとする力は、以前から恒常的に作用しつづけていたと考えてよいでしょう。

言語の習得は類推に大きく依存していますから、幼児期には、「静かに」「黄に」から類推された「静かな」「黄な」というたぐいの言いかたが珍しくなかったと考えられます。英語などでも、不規則動詞の過去や過去分詞を規則動詞の類型にならって使い、親に直されて規範的な活用を身につけるのは、ふつうの過程だということです。そのような現象は、英語にかぎらず、どの時期のどの言語にも遍在的にみられるはずです。もとより、現代日本語にそういう例がないはずはありません。類推で作り出された言いかたは、軌範に合わないだけで相互伝達に支障をきたすことはありません。幼児が使えば、舌足らずのかわいらしさもあります。「すぐな文字」は、そういう言い誤りだったのでしょう。

このように考えるなら、こどもたちが類推で作り出した言いかたが支配的になって定着する、という典型的な変化のコースをたどった例の一つが形容詞連体形語尾の「＝な」であったとみてよさそうです。

＊　山内洋一郎（書評）「小松英雄著『徒然草抜書　解釈の原点』」（『国語と国文学』一九八四年六月）

姫君の「いときなさ」

「すぐなる」でなしに「すぐな」と言うのは当時の口頭言語であり、和歌の語法から排除されていたが、延政門院はまだそういう選択ができなかったので、ここにそれを使ってしまったのだと考えたり、あるいは、これを「＝な」の語尾をとった形容動詞連体形のはしりの例とみなすことができる、というような近視眼的言語史の立場からとらえてしまったのでは、この和歌が正確に理解できないでしょう。これは、こどもがよくやる言い誤りの型であって、そこに、この少女のいときなさを読み取るべきだからです。

日本語の歴史の常識から言って、こういう語形が出てくるには早すぎるのではないかという危惧があることをさきに述べましたが、それは、この例を変化のはしりと見ようとするからであって、連用形からの牽引力は、ずっと以前から継続的に作用しつづけていたはずですから、言い誤りの例として、かりにもう百年、あるいは、もっと以前の文献に見いだされたとしても驚くには及びません。こどもに多い言い誤りなどは文献のうえにめったに顔を出さないために、事実としてはそういう例が指摘できない、というだけのことです。そういう意味で、幼い少女によって作られたこの和歌は、言語史に貴重な資料を提供しています。同じ時期の文献に類例が求めにくい理由も、これで説明がついたことになります。

正統の言いかたに従って「すぐなる文字」としたのでは字余りになってしまいますから、音数律の制約が「すぐな」という舌たらずの語形を要求したのだろう、ということは、当然、考えられますが、もし作者がおとなであれば、それだからといって「すぐな」にすることはなかったはずです。

なお、兼好によって示された「こいしく」という解釈が、ことによると誤っているかもしれない、という問題をさきに提起しておきましたが、これまでの検討の結果から考えて、そのような疑問の余地は、もはやなくなったとみてよいでしょう。

6　謎ときの筋道

「ゆがむ」の意味の再規定

作ったがわの理屈は、ひとまずわかったことにして、「ことつて」を受け取った後嵯峨院の方は、はたして、この謎を解くことができたのでしょうか。

さきに述べたとおり、「ふたつ文字」とか「ゆがみ文字」とかいう表現から、「こ」の仮名や「く」の仮名を導き出すことは、容易でなかったと考えられます。子どものひとり合点とも違いますが、ともかく、そういう表現に当てはまる条件をそなえた仮名がいくつもありすぎたはずだからです。

この謎は、「二角直歪」の、それぞれに適切な仮名を代入することによって、求める語が得られるしくみですが、「牛の角文字」が「い」の仮名で「すぐな文字」が「し」の仮名だということが確定できれば、「二いし歪」まで漕ぎつけたことになります。しかし、このあたりで一頓挫というところでしょう。あとは、なにかほかの条件を加えて考えてみるほかに方法がありません。

一つの重要な鍵は「（とぞ）君はおぼゆる」というところにあります。わたくしにとってあなたは「xいしy」思われます、ということなら、それに当たることばはシク活用の連用形以外になさそうです。したがってyに当てはまるのは「く」の仮名か「う」の仮名か、そのどちらかということになりますが、「ゆがみ文字」という表現にいっそう即しているのは、ゆがみを含む「う」の仮名よりも、いわば、それ自体がゆがみを形成している「く」の仮名の方だ、ということになるでしょう。この場合、「ゆがむ」という動詞のあらわす概念は、一般的な規定を離れて、「く」の仮名か「う」の仮名かという形で択一的に選択を迫られることによって、再規定されたものと考えられます。

「xいしく」まで解いてしまえば、xに当てはまる「二つ文字」は、「こ」の仮名以外にありえません。

「牛の角文字」を「い」でなしに「ひ」の仮名とみなしたとしても——あるいは、どちらの仮名か同定に迷ったとしても——、導き出されるのは「コイシク」という同一の語形であって、残るのは、規範的ないし慣習的な仮名表記の違いだけです。ただし、綴りが確定されれば、四つの仮名のうちの一つの仮名がこの程度のゆれを示しても、「恋しく」という意味をとるうえで支障にならなかったはずであることは、平安時代初期の音便化が四音節語を中心にして始まっており、その変化を忠実に反映した表記が容易に同定可能であった事実からも明らかです。

仮名のレヴェルでは「ひ」の仮名が［ヒ］でも［ビ］でもありえますから、「ひ」という解釈を採った場合、意味のうえで、「きびしく」「さびしく」「わびしく」など心情的なシク活用形容詞も検討の対象になりうるでしょうが、いずれも、「二つ文字」という条件によって排除されます。

「い」の仮名でも「ひ」の仮名でも、結果は［コイシク］という語形に帰一すると言いましたが、それは仮名表記と語形の対応関係を確認しただけであって、「ひ」の仮名として容易に同定されうる可能性までを復活させたつもりはありません。幼女が「い」の仮名を選択した理由は依然として生きていますし、これが「こいしく」でなければならない理由は、つぎの節において、いっそう明確になるはずです。

なぞときの条件

すでに述べたとおり、その当時、口頭言語の語形は［koitsiku］であっても、仮名表記のレヴェルで「こいしく」と書かれる語は存在しませんでしたから、この謎は、読み書きに習熟しているおとなたちにとって、とまどいを感じさせたに違いありません。個々の仮名は表音文字であっても、それらを組み合わせて語を綴れば表語性を発揮して、もっぱら視覚的に弁別されるからです。したがって、この謎を解くがわには、この和歌の作者がまだ仮名を習い始めたばかりで、仮名を表音的にしか把握できていないという予備知識がなければなりません。父親である後嵯峨院は、直接に会う機会がさほど多くなかったにしても、その事実を十分に承知していたので、迷わずにすんだだろうと思われます。「文字」というのは、すなわち仮名のことであり、しかも、もっとも基本的な字母の範囲で考えればよいということも、後嵯峨院には最初からわかっていたはずです。

7　かわいらしさの抹殺

こいしく思ひ参らせ給ふと也

以上のことから明らかなように、この和歌の意図は、作者について熟知していなければ十分に理解することができず、したがって、それは、世間一般にそのまま通用するなぞなぞではなかった、と考えなければなりません。

この章における検討の結果を踏まえて読みなおしてみると、これだけの簡潔な文章のなかに、兼好は、個人的な色彩のきわめて強いこの和歌を当事者でない読者が理解するための、必要にして十分な情報を、一語のあそびもなしに盛りこんでいることがわかります。

それに関して、最後にもう一つ付け加えておきましょう。

「こいしく思ひ参らせ給ふとなり」という兼好の添え書きは、これまで、謎ときのための解説としてしか理解されてきませんでした。しかし、それは、「恋しく」が「こひしく」でしかありえないと反射的に考えるほど読み書きに熟達してしまった人たちのために――すなわち、初心を忘れてしまった人たちのために――、解読の鍵を与えるのが目的だったのではないかと考えられます。しかし、それ以上に大切なことは、「こいしく」という表記から受けるいかにも幼い印象が、現代語になぞらえてとらえるなら、〈こいちく〉というようなものだったのではないか、ということです。「すぐな文字」という舌たらずの幼児語は――すなわち、〈まっちゅぐな文字〉に当たるような言いかたは――、その印象をいっそう鮮烈なものにしたと思われます。

注釈書の多くは「牛の角文字」に「い」の仮名を引き当てたうえで、「こいしく」という仮名ちがいを容認する立場をとっています。しかし、〈仮名がきの語に漢字を当てる〉〈底本の表記を歴史的仮名遣に書き改める〉という、古典文学作品一般に適用されている校訂方針をこの場合にも無差別に、そして無批判に適用し、光広本の「こいしく」という表記を「こひしく」ないし「恋しく」と書き改めて、この挿話の生命を完全に抹殺しています。このような機械的で硬直した処理によって、せっかく兼好が明示しておいた「こいちく」のかわいらしさを無惨にも消し去ってしまったことになりますから、まことに心ないわざと言わなければなりません。光広本では、動詞「恋ふ」の各活用形、およびその派生語の表記がハ行の仮名で統一的に表記されているにもかかわらず、どうしてここ一箇所だけが「こいしく」になっているのかということに不安や疑問を持ったなら、そのような処理は避けられたはずですし、もし、体系への配慮があったなら、「こいしく思ひまいらせ給ふと也」という部分にも、その鍵を見いだすことができたはずです。

なお、有力とみなされている諸伝本のなかで、常縁本がここを「恋しく」と表記している事実は、本文批判——Textkritik——の立場から伝本の質を論じるうえで見のがせません。そういう事柄については、第三章および第四章において、具体的に考えてみることにします。

正しい本文解釈を前提にしてこそ、はじめて正しい本文校訂が可能であり、そのためには、細心な読みが必要であることを、われわれは再認識しなければなりません。そして、その姿勢は、本書がめざすところの文献学的解釈のこころそのものにほかなりません。

付　かたかんなの和歌

片仮名の和歌の再吟味

第2節に触れた虫めづる姫君による片仮名がきの返歌については、議論を多岐にわたらせないために、『徒然草』の第六二段の解釈との関連において必要とされる範囲に叙述をとどめておきましたが、この和歌に関しては、まだ、いくつかの問題が残されています。そもそも、「かたかんなに」という断りがそこにあるにもかかわらず、この和歌が、諸伝本をつうじて、どうして片仮名ではなく仮名で記されているのだろうか、という素朴な疑問さえも、わたくしの知るかぎりでは、提出されていないようです。また、この和歌の意味も、特に異論のないままに、わかったことになっていますが、文献学的解釈の立場からみれば、納得できる説明がついているとは思えません。

この小冊の立脚する理念から言って、そのような未解決の事柄に目をつぶったまま、この例を他の事例の説明のために援用することに躊躇を感じざるをえません。たとえ、だれもそこに問題の存在を指摘していないとしても、わたくし自身がそのことに気づいているからには放置すべきでないと考えますので、以下の事柄を補足しておきます。

まつ我にくし

第2節には、この和歌をつぎのような形で引用しておきました。

契りあらばよき極楽にゆきあはむ　まつ我にくし　虫の姿は

広島大学本『堤中納言物語』

この作品の写本はたくさんありますが、この和歌の第四句を「まつ我にくし」としているものが目立ちますし、また、「まつわれにくし」という形になっているものもあります。ここには前者の例の一つとして、広島大学蔵本の当該部分を写真で示しておきます。

「まつ我にくし」の解釈としては、いちおう、ふたとおりの可能性が考えられます。その一つは「待つ我憎し」ということですが、もしそのようにとるとしたら、この文脈では、自分の方がひとあし先に極楽に行ってあなたを待っています、という意味になるでしょうから、これは成り立ちそうもありません。「契りあらば」という表現は、事実上、契りはないだろうが、という否定的な含みで理解すべきでしょうし、また、自分の方が先に死ぬという仮定も不自然だと思われるからです。

第二の可能性は、「先づ我憎し」という解釈ですが、その下に「虫の姿は」とありますから、これでは、ほかならぬ「虫めづる姫君」が虫を憎むことになってしまいます。ちょっと考えると不都合のように思われますが、しかし、ここは、おどすためににせものの蛇を作り、それにいやらしい恋文を付けてよこしたという場面ですから、恋どころではなく、なによりもまずこの虫の姿がにくにくしいと姫君が言ったところで、不思議はないでしょう。

伴信友の『仮字本末』（下巻）には、「まづわれにくし」という形で引用されていますが、現行の注釈書では、ほとんどすべて、「まつはれにくし」と訂正されています。作り物の蛇に結び付けた和歌に、「はふはふ」とか「長き」とか、蛇に縁のあることばが使われていますから、それに対する返歌にも、「纏はれにくし」がふさわしいという考えかたによっているのでしょう。底本とした写本の表記が「まつ我にくし」となっていることについて一言のことわりもなしに「まつはれにくし」となおしてしまい、そのうえで解釈が加えられていますから、読者の多くはそのまま読みすごしてしまうでしょう。

掛詞の可能性

伝本の表記を重んじれば「まづ我憎し」ということで矛盾を生じませんが、蛇の縁語というところから「纏はれにくし」という解釈にも十分の根拠がありそうです。そういうことなら、いっそ両方を認めて、ここに掛詞を考えれば問題は解消しそうですが、その場合、最大の障害は、「まつわれにくし」と「まつはれにくし」との仮名ちがいです。掛詞というのは、仮名表記の一致を条件に成立する修辞法なので、これでは都合が悪いからです。したがって、ここは、どうしても二者択一にならざるをえないようです。そうだとしたら、やはり、「はふはふ」と「長き」とのかかわりにおいて、「纏はれにくし」の方に天秤が大きく傾くことになるでしょう。「まづ我にくし」でも十分に意味がとおりますから釈然としないところが残りますが、これは偶然のみせかけであって、作者によって意図されたものではないと考えざるをえないようにみえます。要するに、和歌の約束事として、これらの解釈は両立できないということです。

伝本にみえる「まつ我にくし」とか「まつわれにくし」とかいう表記は、天秤を逆に傾けて解釈したか、さもなければ、修辞上のそういう基本的な約束事をわきまえない後世の人物が、中途半端な解釈力で、この部分に掛詞の存在を考えて表記に手を加えたか、そのどちらかということになりそうです。

「まつはれにくしは、親しみにくい、交はりにくい等の意。まつはれは、まづ我、交はれとの懸詞」という、大胆な注釈が目にとまりました。ただし、この場合にも写本に「まつ我」とあることについては言及されていません。念のために付け加えておくならば、「まじはりにくし」ならともかく、「まじはれにくし」では意味が通じませんし、「づ」と「じ」とでは仮名ちがいも度を越しすぎています。日本語音韻史についての初歩的な常識があれば、このような新解釈が出てくるはずはありません。

音韻史的説明の限界

書写したり校訂したりした人物が、特定の解釈に基づいて、伝本の仮名表記に漢字を当ててしまうと、もとの表記に戻して考えなおすことが難しくなります。その部分に解釈上の問題が含まれていない場合には、読み慣れない人たちにとって親切な処置ですが、その解釈が誤っている場合や、二つの語の重ね合わせがあるのを無視して——あるいは、その事実に気がつかずに——、どちらか一方の意味だけで漢字が当てられている場合には、復元不能な歪曲になってしまいます。多くの注釈書において、それが万に一つというほどの低率ではありませんから、たいへん深刻な状況です。第三章では、そういう典型的な例を取り上げて検討します。

「まつ我にくし」が、読みの浅さに基づく書き換えであるとしたら、もとの形が「まつはれにくし」であったことは確実に推知できます。すなわち、接近音化（第二章第4節）によって発音が［マツハレ］から［マツワレ］に移行したために、「まつ我」と異分析されたのだろうということです。ただし、そういう理解のしかたが、当時の水準において極端に幼稚な誤りであれば、このままの形で写し継がれることはなかったはずですから、この解釈がなされ、それが受け入れられるための条件が接近音化の定着によって整えられていたと考えるべきでしょう。

たとえば、『今昔物語集』などに頻用されている「糸惜シ」は、副詞の「いと」と形容詞の「惜し」との結合という認識を反映した表記です。これは、形容詞の［イトホシ］が［イトヲシ］に移行したことに起因して社会的に定着した異分析の例ですが、この「まつ我」は、解釈が行き届かなかったことによる個人的な異分析ということになります。

わたくしが初めてこの物語を読んだのは、かなり以前のことですが、そのときには右のように考えていましたので、「まつ我にくし」という表記に音韻史の公式を当てはめ、その意味でたいへんおもしろい例だと思いました。しかし、そういう理解のしかたは、音韻と表記との関係のありかたについての教条的な理解の所産であり、書記の本質を履き違えていたことに、あとになって気がつきました。

われわれは、まず、既成の理論に拘束されずに事実を直視することから始めなければなりません。一つの現象が一つの視点だけから説明できるとは限らないからです。この場合、音韻変化は現象の背景を形成しており、軽視すべきではありませんが、さりとて、その一次的な要因とみなすべきでもありません。

すでに指摘したとおり、音韻変化が生じさえすれば、仮名表記がそれに連動して変化するというものではありません。平安時代の初期に仮名は表音文字として成立しましたが、しだいに表語性が発達して、音韻変化に対する抵抗力を持つようになったからです。「まつはる」という表記は、事実として、右の音韻変化に抵抗して、その後も同じ形で存続しています。

一般に、片仮名文献は、仮名遣の軌範から自由であるにもかかわらず、この語は、観智院本『類聚名義抄』や三巻本『色葉字類抄』などにおいても、「マツハル」と表記されていることが注意されます。それは、「とらふ」が「とらはる」を、そして、「くはふ」が「くははる」を支えたのとちょうど同じように、「まつふ」「まとふ」が「まつはる」の表記を支えていたからです。仮名文献の方にも、その意識が同様に働いていますから、「まつわる」には簡単に移行していません。そして、定家仮名遣は、そういう自然な意識にひびを入らせない形の軌範になっているので、この表記が後世まで継承されています。

「まつ我にくし」への書き換え

『堤中納言物語』の伝本はたくさん知られていますが、いずれも江戸時代の写しばかりであり、信頼性の高いものがないとされています。しかし、わたくしの見るところ、本文の乱れは、主として、文章の意味がよくわからずに転写したことと、それによって通じなくなった部分の取り繕いとに起因しており、「まつはれにくし」を「まつ我にくし」と積極的に書き換えるようなことは、おそらく行なわれていないと考えられます。いずれにせよ、確たる証拠の求められない性質の推定ですから、すべては蓋然性――probability――の評価のいかんにかかっているわけですが、総合的な判断として、そのような書き換えが後世になってなされていることはない、という作業仮説——working hypothesis——を設定して考えを進めてみることにします。

この作業仮説に基づけば、この和歌の第四句は、物語が創作された段階から「まつわれにくし」、または、「マツワレニクシ」と表記されていたものとして解釈を試みるべきことになります。ただし、そういう想定が成り立つためには、特別の条件が加わらなければなりません。右に述べたように、この動詞の活用語尾は接近音化に抵抗してハ行の仮名で定着しており、したがって、「まつわれにくし」という綴りは、ふつうなら許容されず、したがって、期待されない状況にあったからです。

マツワレニクシ

音韻変化と結びつけて「まつわれにくし」という表記を合法化する可能性は、もはや、ふさがれていますから、ここには、それ以外の説明が考えられなければなりません。

この和歌の直前に、わざわざ、「かたかんなに」ということばが添えられているにもかかわらず、その意図、ないし、その意義については、これまで看過されてきたようです。

ここで確認しておきたいのは、「マツワレニクシ」(纒)を仮名で「まつわれにくし」と表記することはありえなくても、片仮名で「マツワレニクシ」と表記することは許容されていた、という事実です。

この部分が片仮名で「マツワレニクシ」と表記されていた可能性を想定することは、前述の説明に

——すなわち、活用の把握の反映として「まつはる」が定着しており、「まつわる」と表記されることはなかった、ということに——矛盾しません。片仮名には、本来的に二つの使い方があったからです。一つは、片仮名文献において習慣的に定着していた表記であり、もう一つは、そのような社会的制約——convention——にとらわれない表音的な表記です。

その点が、運用の面からみた、仮名と片仮名との最大の違いであり、「マツワレニクシ」は第二の用法として許容された、ということです。

こういう片仮名の用法は現在でも確実に尾を引いています。外国の地名や人名を片仮名で表記する理由の一つは、片仮名なら発音を模して自由に書いても不自然にならないからです。フランス語の喫茶店名を平仮名で表記したりするのは、その基本原則を意図的に破ることによって新鮮な印象づけをねらったものであり、それによって〈アメリカ〉と〈ふらんす〉との感触の違いを匂わせたというところでしょうか。

姫君が、もし、ここを「マツワレニクシ」と書いたのだとしたら、それにはどういう理由が想定できるでしょうか。第六二段の延政門院の場合とは年齢も違いますし、この和歌のことばづかいからみても、姫君が「マツハル」という表記の習慣を知らないほど無学だったとか、あるいは、無学をよそおったということはないはずです。

考えられるのは、「纏はれにくし」と「先づ我憎し」との掛詞を意図したということです。習慣的な仮名表記の枠のなかでは許容されないこういう掛詞を、片仮名表記に移して成立させようとしたのだとしたら、これは、巧みな技法として評価すべきでしょう。この和歌が、そういう読み取りを誘う形に作られてしまったために「先づ我憎し」という誤った解釈が出てきたわけではなく、これは、意図された掛詞の、一方の意味だったことになります。逆から言うならば、その意味を加えて読み取らないかぎり、この和歌を正しく理解したことにならない、ということです。二者択一を迫られてこれを捨てるときに、われわれが釈然としない気持ちを味わったのは、それなりの理由があったからだということが――もし、この解釈が正しいとしたら――、証明されたことになります。

作品の内容に即して、右にはこの掛詞を姫君の技法としてとらえてみましたが、もちろん、それはこの物語の作者の手腕です。姫君に片仮名の和歌を作らせることによって、「蝶めづる姫君」との教養の質の違いをきわだたせ、しかも、この和歌のなかに、片仮名表記によってはじめて可能な修辞を織りこんだ、というところにみそがあるのだとしたら、「かたかんなに」ということばには、もう一つの重みが加わることになるでしょう。したがって、この和歌は、本来なら、仮名に書き換えてはならないものだったと考えられます。

まつわれにくし

この物語の主題や内容が仮名文学作品としてきわめて特異であることは、文学史や注釈書のひとしく認めるところです。『堤中納言物語』所収の諸作品のなかでも異質であると言ってよいでしょう。さりとて、書記様式を片仮名文になおして『今昔物語集』などに収めたとしても、自然にとけこむようなものではありません。

前項では、原作の段階において、この和歌が片仮名で表記されていたという前提で考えてみました。仮名文学作品の本文に片仮名表記の和歌が書き交えられていたら、それだけで異質性の象徴になりえたでしょう。しかし、仮名と片仮名とは水と油とのように相互排除の関係にあり、たとえ作者によって効果が計算された結果であるにしても、和文に挿入された片仮名表記の和歌は違和感が大きすぎますから、美的感覚を破壊しないために、それは回避されたはずです。そもそも、片仮名で表記されていたとすれば和歌を見ただけでわかるはずですから、この添え書きが浮き上がってしまいます。

「草にいとをかしく書き給へり」〔源氏物語・椎本〕というのは、和歌の「手」を想像させるための添え書きであって、現存する伝本がすべてそうであるように、物語の本文は最初からふつうの仮名で書かれていたと考えられます。それと同じように、「かたかんなに」という添え書きがあることは、この和歌が物語の本文では最初からふつうの仮名であったことを意味しているとみなすのが順当でしょう。すなわち、この和歌は、発音のレヴェルで作られ、軌範や習慣にとらわれない表音的な方式で表記されたものなので、読者は仮名を「かたかんな」に並行移動して理解するように、というのが「かたかんなに」という添え書きの意図である、ということになるでしょう。

本文の和歌が最初から仮名であったと考えることによって、片仮名であったと仮定して考えた解釈が一変するわけではありません。仮名から片仮名への置き換えの手順が一つ増えるだけで、原理的には同じことになります。

伝本の尊重

後世のいいかげんな伝本だから本文の細部はあてにならないと決めてかかり、その低い評価に乗じて、自分に解釈できないところがあれば、すぐに誤写とみなして、自分に理解できる形に本文を修正する、という読みかたをしていると、肝腎な事柄を見のがしてしまう恐れがあります。本文の信憑性が低いことを恣意的な修正の免罪符にすべきではありません。個別的な例の処理に際しては、誤写なら誤写であっても、その形として誤写を生じた理由について合理的な説明が必要です。「こいしく」や「まつ我にくし」の例は、そういう高慢な姿勢に対する警鐘になるでしょう。伝本をなめてかかることは、自分の目を自分でふさぐことにほかなりません。

第三章　土偏に候ふ

くすしあつしげ○故法皇の御前にさ」ぶらひて○供
御のまいりけるに○今まいり」侍る供御の色々を○
文字も功能も尋」下されて○そらに申侍らば○本草
に御」覧じあはせられ侍れかし○ひとつも」申あやま
り侍らじと申ける時し」も○六条故内府参り給て○
有房つゐ」でに物ならひ侍らんとて○まづしほと」
いふ文字はいづれの偏にか侍らんとゝ」はれたりける
に○土偏に候と申たり」ければ○才のほど既にあら
はれにたり○」いまはさばかりにて候へ床しきとこ
ろ」なし○と申されけるに○どよみに」成てまかり
出にけり

導言

学説や解釈などの確実性ないし信憑性の度あいを端的に示す尺度として、日本の学界では、定説・通説・俗説といった表現が普通に行なわれています。しかし、定説というのはたいへん奇妙なことばだということを、アメリカの東洋語学者 Roy Andrew Miller が指摘しています。英語の consensus――共通理解――に近いが、それと微妙に違う独得の含みを持っているというのです。Miller は、そこに日本の学界の好ましくない体質をみているようです*。

指摘されてみると、たしかに、定説ということばの使われかたにはかなり曖昧な一面のあることに気が付きます。毀誉褒貶と不可分な概念であることは、いかにも東洋的と言うべきかもしれません。しかし、定説よりもいっそう厄介なのは、通説として通用している解釈です。定説と目されている解釈は、たいてい、特定個人の学的権威と結び付いていますから、筋を通した批判がしやすい面もありますが、通説となると、これは伝統的な根づよい共通理解ですから、責任をとるべき特定個人がおらず、しかも、漫然と信じられているだけのようにみえながら、学界によく滲透していて、他の領域からの批判を容易に寄せ付けません。定説が established で、通説が received だと考えるとしたら、それは誤りであって、事実は、通説こそ *firmly* established であることがわかります。個人の学的権威を背景にしないでも十分に通用するだけの力を持っているという言いかたができるかもしれません。

文学的研究と語学的研究とが、東は東、西は西、という状態になってしまっていて、語学的研究の着実な成果をもってしても文学的研究における通説の牙城を切り崩すことができなかったという典型的な実例がここにあります。それは、この章に取り上げようとする第一三六段の解釈です。先学のあとを受けて、以下には、確乎たる通説に対する再批判と、新しい解釈の樹立とを試みたいと思います。それがはたして部分的にでも成功を収めるかどうかが、文献学的解釈の、方法としての有効性を確かめるための試金石になるかもしれません。

＊ Roy Andrew Miller : Origins of the Japanese Language. University of Washington Press, 1980. Chapter I.
ロイ・アンドリュー・ミラー『日本語の起源』（村山七郎他訳・筑摩書房・一九八二年）

1 文字史からの検討

くすしあつしげ○故法皇の御前にさぶらひて○供御のまいりけるに○今まいり侍る供御の色々を○文字も功能も尋下されて○そらに申侍らば○本草に御覧じあはせられ侍れかし○ひとつも申あやまり侍らじと申ける時しも○六条故内府参り給て○有房つゐでに物ならひ侍らんとて○まづしほといふ文字はいづれの偏にか侍らんと丶はれたりけるに○土偏に候と申たりければ○才のほど既にあらはれにたり○いまはさばかりにて候へ床しきところなし○と申されけるに○どよみに成てまかり出にけり

○今―今日（正）　○文字―学問（正）　○ひとつも―ひとへに（正）

○どよみに成て―とよみにて（正）

医師篤成（くすしあつしげ）　故法皇の御前に候（さぶら）ひて供御（くご）の参りけるに　いま参り侍る供御のいろいろを文字も功能（くのう）も尋ね下されて　そらに申し侍らば　本草（ほんざう）に御覧じ合はせられ侍れかし　一つも申し誤り侍らじと申しける時しも　六条故内府（だいふ）参り給ひて　有房　ついでに物習ひ侍らんとて　まづ　しほといふ文字は　何れの偏にか侍らんと問はれたりけるに　土偏（どへん）に

候ふと申したりければ　才(ざえ)のほどすでに露(あら)はれにたり　いまはさばかりにて候へ　ゆかしきところなしと申されけるに　どよみになりて罷り出(い)でにけり

従来の解釈

学殖の豊かさをひけらかそうとした和気篤成(わけのあつしげ)が、たまたまそこに来あわせた源有房(みなもとのありふさ)に、「しほ」という語に当たる漢字の「偏」、すなわち部首を尋ねられ、俗字の「塩」を念頭に置いて、「土偏に候ふ」と答えたために、正字が「鹽」だという程度の知識すらないのに大言壮語したことが露顕してしまい、一座の人びとの嘲笑をあびてすごすごと退出した、というのが、これまでの一致した解釈だったと言ってよいでしょう。ここには、この作品のいちばん古い注釈書である、宗巴(そうは)の『徒然草寿命院抄』（一六〇四年刊）の注によって、すべてを代表させておきます。

一　シホトイフ文字　塩ハ俗字也　鹽　正字也

なお、諸文献に実際に見いだされる字形・字体は、毛筆で書かれるという理由もあって、活字の「塩」とは多少とも相違している場合が多いのですが、論旨に直接の影響がありませんので、印刷の便宜上、すべて「塩」ということにしておきます。

通説の崩壊

山田俊雄は、文字史の立場から、右のような解釈に対して根本的な疑問を提出し、文献上に見いだされる諸事実に基づいて、そういう解釈の根拠を完全に否定しています[*]。緻密な議論構成を崩してしまうことを承知のうえで、あえて単純化するならば、そこに指摘されているのはつぎの四点です。

① 「鹽」が正字で「塩」が俗字であったとは簡単に決められないこと。
② 「鹽」にせよ「塩」にせよ、「いづれの偏」に属するかについて疑問のある文字であったこと。
③ 「しほ」に当たる文字として一般に通用していたのは「塩」であったこと。
④ 以上の事実からみて、「土偏に候ふ」という篤成の返答をいちがいに誤りとは言いきれないこと。

この論証によって、伝統的な解釈の基盤は完全に失われたといってよいでしょう。

参考のために、一一〇〇年前後の成立と推定されている図書寮本『類聚名義抄』（原撰本系）の「土」部から、問題の部分の写真を示しておきます。「塩」には『医心方』（九八四年・丹波康頼撰）巻第三十、

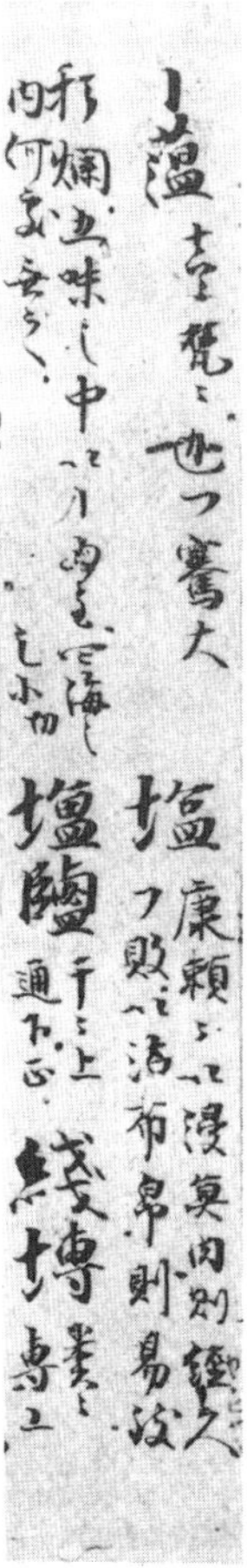

図書寮本『類聚名義抄』

「五穀」部、「塩」の項から抜粋された長い注記がありますから、これが本項目であり、そのあとに、「塩」に似た字体（「口」の部分が「田」）と「鹽」との二つがあげられています。その下の「干云上通下正」は、字体の範疇を規定した『干録字書』からの引用で、「鹽」は「正」となっていますが、これも「土」部ですから「土偏に候ふ」でよいことになります。なお、改編本系に属する観智院本『類聚名義抄』では、「鹽」が「鹵」「土」「皿」の三つの部首に収録されています。

三巻本『色葉字類抄』の「師」部「飲食」門には「塩」に近い字体があり「エム」という音注が添えられています。「シホ」という和訓がないのは、「師」部の「飲食」門で音が「エム」ならば「シホ」でしかありえないからです。この字体が一つ示されているだけで「鹽」はありません。

＊ 山田俊雄「しほといふ文字は何れの偏にか侍るらむ」（『国語と国文学』一九六六年九月）

根を張った通説

右の帰結を踏まえて、この挿話の解釈について山田俊雄は周到に論を進めていますが、ここには紹介を省略します。以下に述べるわたくしの帰結はその論考と一致しませんが、いずれにせよ、この挿話の解釈は白紙にもどさざるをえなくなりました。

すくなくとも、わたくしは再検討の必要を感じましたし、日本語史の研究者の多くも同じ考えをいだいたに相違ありません。しかし、国文学の専門家の反応は総じて消極的であり、事実上、山田俊雄による問題提起は拒否されたままになっています。一つの注釈書には、その趣旨を要約したあとに、つぎのように述べられています。

「有房を始めとして、後宇多法王の御前にいた人々、及び、この段を書き記した兼好までが、すべて「塩」と「鹽」との文字史上の意義と位置とをよく知っていたものとは思われない。本段執筆のよって来るところは、どこまでも、当時の人々の一般的、世間的文字知識にあったと言えるのではあるまいか。（略）」

もう一つの注釈書には、「文字史上はそのとおりであろうが、（略）ここは古来の通説によって単純に考えておこう」と述べられており、この表現が、現在の事態を端的に象徴しています。

このように、山田俊雄の論考は儀礼的に言及されているだけで、まともには取り合われていません。本格的な立論が注釈者の理解を超え、議論のための議論のように受け取られてしまったのでしょうか。さもなければ、右に紹介したような、理屈にならない理屈で敬遠されてしまうはずはないからです。

批判の姿勢

近代的な理論で考えるとそういう帰結になるかもしれないが、有房をはじめとして兼好に至るまで、そういう難しい理論を身につけていたわけではない、というのが注釈書の一致した立場のようですが、山田俊雄のいう〈文字史〉とは、〈過去における文字使用の実態〉という意味ですから、これは誤解というより未解とでもいうべきでしょう。この論考で証明しようとしているのは、まさに、そういう人たちの知識の実態なのですから、まったくのすれ違いです。ちなみに、わたくしは、それを文字史ではなく書記史の一部に含めて考えていますが、ここでは関係がありません。

特殊な研究領域と目されていることと、対象自体が特殊であることとは区別されなければなりませんが、論文の内容が専門的に過ぎて理解できないということなら、ある程度、やむをえないかもしれません。しかし、アカデミックな議論がどのようにあるべきかに関連して、つぎのことは指摘しておく必要があるでしょう。左に引用するのは、おもてに表われた一つの例にすぎず、実際には、伝統的な国文学や国語学に蔓延している風土病のようなものだからです。

「しかし、文字史の厳密さからするとまちがっているにせよ、「塩」は「鹽」の俗字で土偏に属するのだという理解による話としておくほうが、持って回った解釈よりも無難であろう。この段を複雑にとることは、『徒然草』の中でしばしば粗放さを見せている兼好を買いかぶりすぎることになろうし、それだけの複雑さがあればこの段の表現はもうすこし別のものになったはずだからである。山田氏の指摘は貴重だが、それに必要以上に拘束される必要はあるまい。」

持って回った複雑な解釈をするのは妥当でないと拒否しておきながら、その指摘を貴重であると評価するのは、明らかに矛盾しています。わたくしの理解が正しいなら、この注釈書にとって、山田俊雄の指摘は雑音にしかすぎないはずです。

この領域では、正面からの対決を回避することが社交儀礼として浸透しており、その習慣が研究の健全な進歩を妨げています。それは、当事者も第三者も——という表現が当てはまるように——、論争を人と人との対決としてとらえるからであって、論と論とのクールな対決として割り切ればすむことです。顔を立てたり潰したりという問題ではありませんから、論に対する挨拶や会釈は無用です。この小冊で、〈だれが、どこに〉を省略する理由については、「前言」の最後に述べておきました。

ほんとうは単純明快であるのに、持って回った議論をこねまわして、いたずらに複雑にしてしまった、という理解のしかたが不当であることは、繰り返すまでもありませんが、右の批評には大きな危惧をいだかせる表現が含まれています。それは、兼好がしばしば粗放であるという理由をもって、この一段をもそういう粗放さのあらわれと見なしていることです。もし、これをもって、さらに他の部分の粗放さを証明するための根拠にしたりすると、兼好の粗放さでなしに、解釈の粗放さが循環的に増幅されて、この作品の全体像をひずませてしまう危険性が大きい、ということです。

「塩」以外の「しほ」

以下には、山田俊雄の論考によって提起された問題を受けとめて、この挿話の内容を吟味しなおしてみることにしますが、いま、この問題について根本から問いなおそうということであれば、有房が「しほ」と言ったのは、「塩」でも「鹽」でもなく、それと別語の「しほ」だったのではないか、という可能性についても検討しておくことが必要でしょう。また、篤成が同音異義語の存在を考慮せずに、かってに「塩（鹽）」のことだと決めこんでしまった軽率さが、有房に「才のほどすでにあらはれにたり」と非難されたのではないか、という可能性も浮かびあがってきます。しかし、実際には、そういう「しほ」の存在は考えることができません。無理に「潮」などを引き出してみたところで、事実上、意味がありませんので、具体的な検討は省略します。ただし、厳密に議論を進めるうえでは、このような解釈の可能性を提示したうえで、それを明示的――explicit――に否定しておくことが、解釈を確実にするための手順として、ぜひ必要であることを指摘しておきます。

2　場面の理解

表現に即した理解

源有房という人物は、和漢の学にすぐれ、しかも、能書で歌人ということですから、当代きっての教養人として知られていたはずです。その有房が来あわせて、「ついでに物ならひ侍らむ」――すなわち、〈よい機会だから教えていただきましょう〉――と質問したということですから、表むきは丁寧なことばづかいをしていても、その裏に、高慢な篤成の鼻をあかしてやろうという下心があったことは可能性として否定しにくいでしょう。

ただし、そういう線で考えた場合、わからないのはその先です。すなわち、有房が、篤成の知識の弱点を暴露するために、どうして、よりによって「しほ」という文字の偏などを尋ねたのか、ということです。

この場面は、篤成が口述試問を受けているかのように理解されているようです。いわば二人の〈格〉

が違うために、おのずからそのような雰囲気になったかもしれません。と言うより、実質的にはそのとおりだったのでしょう。しかし、二人の態度や表情、あるいは口調などについて兼好はいっさい触れていませんから、そのような場面設定は想像にすぎず、また、この挿話の理解にとって有関的でもありません。兼好は、やりとりされたことばにすべてを語らせるつもりだったのでしょう。

「供御の参りけるに」「申しける時しも」などのように、「けり」で一貫されているところからみて、兼好自身もまたそこに同席して見聞したわけではないと考えられますから、「有房、ついでに物ならひ侍らん」というのは、有房が篤成に頼んでいるとみるべきですし、また、当時の読者たちも、この文章からは、そうとしか読み取れなかった——ないし、読み取らなかった——はずです。したがって、その場の雰囲気とか情況とかをかってに想定し、その想定に基づいて論を立てることは、さしひかえるべきでしょう。

会話文

「有房、ついでに物ならひ侍らん」という表現を、額面どおりに読み取るなら、高圧的な態度でなされた口述試問、といったものではありません。それどころか、多少とも丁寧な口のききかたをしているとみるべきです。もし、おまえの学才の程度を試してやるぞと、まともにひらきなおった、というとならば、ここの表現は、もっときつい形をとっていたはずです。すなわち、かりに、有房が居丈高な態度でこのとおりのことばを口にしたのであれば、その雰囲気がよく伝わるように、兼好は、有房のことばを適切に修正して記すか、あるいは、その旨の説明を添えたはずです。

一般に、話されたことばをそのまま文字にうつしてみても、相互伝達に関わる重要な諸要因が抜け落ちてしまい、とうてい、もとのことばと等価にはなりません。たとえば、あなたは、まさかそんな気味の悪いものをほんとうに食べるつもりではないでしょうね、わたくしにはとても信じられません、という内容を、口頭言語では、ただひとこと、「食べる」とか「食べるの」というだけで十分に表現することが可能です。現代語では、尻あがりの疑問文に疑問符を添えて、「食べる?」「食べるの?」と表記し、尻さがりの感嘆文に感嘆符を添えて「食べる!」「食べるの!」と表記することによって、いくらかは話し手の気持を出すことができますが、それぐらいのことでおさまるはずがありません。実際の発話には、声の高さとか、大きさとか、緩急とか、あるいは表情とか、書記に反映されない諸要因が、あまりにも多く参与しているからです。したがって、発話された内容の微妙な含みを忠実に伝えようとするならば、引用文の形式をとっても、「まさか、そんな気持ちの悪いものを……」と詳しく書き換えざるをえないことになります。

実際に文章を書く場合には、そういうことをいちいち意識せずに、いわば反射的に、右のような判断を働かせて書き換えています。古典文学作品の文章には、疑問符や感嘆符さえ使われていないにもかかわらず、会話体で記された文を作者の意図どおりに理解できるのは、そのような書き換えがなされているからです。必要に応じて、説明的なことばも添えられています。

物語や日記の文章について、地の文とか会話文とかいう用語が一般に用いられていますが、その場合の会話文が、話されたとおりに文字化されていると考えるのは誤りです。『徒然草』のこの場面でも、兼好としては、会話文の表現を自由に操作して、有房の態度をいろいろに表現できたはずですから、ここに表現されたことばだけで場面を理解しておけばそれで十分です。

玄人と素人

有房の真意がどうあろうと、ともかく、ここでは、よい機会だから専門家に教えていただきましょう、という言いかたをしているのですから、そのあとに続く質問の内容は、自分の知らない事柄、ないし、知らないだろうと他人から思われている事柄に関してでなければなりません。しかも、ここが重要なところですが、その事柄について、有房が知らないのは当然であって、知らないと公言しても、いっこうに恥にならなかったのに対し、篤成にとっては、知っているのが当然であって、その知識がないことが露顕したら完全に体面を失う、といった筋あいの事柄でなければなりません。

こういう条件を考えると、有房が、「しほ」という文字を選んで、その偏を尋ねたというのは、いかにも不可解と言わざるをえません。有房の脳裡に、「しほ」という文字の、いかなる字形・字体があったにせよ、ともかく、「物ならひ侍らん」という表現によって、そのことについて自分は無知であることを認めたうえで、あなたならそれをよく御存じのはずですから、と尋ねている理由が、このままでは、どうにもわかりません。

質問は陥穽だったのか

「鹽」という文字が、字書でどの部首に分類されているかを判断すること自体、厄介な問題ですが、「鹵」部「皿」部などのいずれをとるにせよ、それを偏と呼ぶのが適切でないことは明らかです。通説のように、有房が「鹽」という文字を念頭に置いて、「しほといふ文字」の偏を篤成に尋ねたのだとしたら、それは、正解を欠く質問なので、篤成がなんと答えようと、誤りにしかならないことが目に見えています。一方、偏傍冠脚の偏と呼びうる部首を持つ「しほといふ文字」ということなら、自然に思い浮かぶのは「塩」の方ですから、単純な篤成は、有房のしかけた巧妙な陥穽にむざむざと落ちこんで、一座の嘲笑を浴びた、ということになります。

山田俊雄は、こういう点を指摘したうえで、そもそも、「鹽」が正字で「塩」が俗字だったなどと簡単に言いきれないことを明らかにしています。

3　有房の意図

話の筋道

「偏」の意味を狭義に理解すると、たしかに「鹽」に偏はありません。しかし、漢字の部首一般という意味で偏傍冠脚と言い、さらにそれを「偏」で代表させたとみなすことが許されるなら、「しほといふ文字は、いづれの偏にか侍らん」という質問は、その文字がどの部首に分類されていますか、と尋ねたとみなすことも、理屈のうえでいちおう可能です。

そもそも、ある一つの漢字について、その部首が知りたいと考えるのは、どういう場合でしょうか。たとえば、「空」という文字が「穴」部に置かれていることを知らないでも、あるいは、それが「宀」部や「工」部に配されているだろうと、かってにきめこんでいても、読み書きに支障をきたすことはありません。困るのは、その文字を字書で検索しようとする場合だけです。したがって、ここで有房が、「しほといふ文字は、いづれの偏にか侍らん」と言っているのは、その文字の書きかたを教えてほしいと頼んでいるわけではなく、その文字を——というより、あの文字を——、字書で引こうとする場合、どの部首を探したらよいのですか、と尋ねたのと同じことになるはずです。しかし、こともあろうに、そのように初歩的な事柄について、しかも、こういう場面で、わざわざ他人に教えを乞うのは、教養人をもって自他ともに許す有房として恥ずかしくなかったでしょうか。

篤成は医師であって漢学者ではありませんから、「ついでに」、すなわち、よい機会なので、ということも意味をなしません。そして、その結果はと言えば、自分が知らないことを篤成もまた知らなかっただけのことなのに、「才のほどすでにあらはれにたり」などと決めつけているのは、いったい、どういうことなのでしょう。

このことばを、〈あなたの学才は、このわたくしとちょうど同じ程度に浅薄であることが、これで、はっきりしました〉、という意味だと考えるなら、いささか強引ながら、ひとまずとおりそうにみえないでもありませんが、そういうことでは、どうして篤成がすごすごと退出しなければならなかったのかが説明しにくくなります。ともあれ、「しほ」に当たる漢字が字書のどの部首に収められているかを有房が知らないのは当然であり、篤成の方は、知らないではすまされなかったというのは、納得できません。

篤成の発言意図

篤成のために弁護しておくなら、この発言は、どんな「文字」でも知っているからためしに聞いてみてくれ、という大言壮語ではありません。返答可能な範囲は、本草——植物・動物・鉱物など、広範にわたる中国渡来の薬学——の用語全般ではなく、「いま参り侍る供御のいろいろ」だけに限定されています。運ばれた食膳をひそかに点検して、これなら大丈夫だと確認したうえで、このように言ったのでしょう。専門知識の該博さを自慢するのに恰好な難しい漢字で書く食物があり、だれかがそれについて尋ねることを期待して、このような言いかたをしたのではないでしょうか。

成功するに決まっているのに、「うまくいきましたら御喝采を」という手品師と同じことで、「そらに申し侍らば」という、形式としては謙虚な仮定表現が、とりもなおさず自信の裏返しになっています。前章と違って、この場面は大人どうしの——しかも、いわば紳士どうしの——やりとりですから、そういう屈折を考慮に入れて、表現の裏側をも同時に読むべきだということです。

わたくしは、〈仮定表現〉という文法用語を字義どおりに理解したうえで、この場合には仮定表現を仮定として読み取るべきではないと主張しているわけではありません。表現されている内容と、その表現によって意図された内容とを等価とみなすべきでない場合があることを第一章で強調しましたが、篤成の発言についてそのことを再確認しておけば、これに続く有房の発言が理解しやすいので、いくらか誇張してその事実を指摘しておくだけです。

字書と本草書

右に述べたように、漢字の部首を知る必要が生じるのは字書を検索する場合ですが、当該の漢字を字書で検索して、「功能」、すなわち効能を知ろうとするのは最初から誤りです。たとえば、中国で編纂された正統の字書で、当時よく使われていた『大広益会玉篇』では「鹽」が独立した部首になっていますから、この文字の「偏」を尋ねること自体が意味をなさないだけでなく、「鹽」の項には「宿沙、煮海為也」という簡潔な解説があるだけで、その「功能」には一言も触れられていません。本草学の専門書に匹敵するだけの詳密で信頼性の高い情報を字書には期待できませんから、篤成が「本草に御覧じ合はせられ侍れかし」と言っているのは当然です。

医を本業とする篤成にとって、本草学ないし本草書の内容について無知をあばかれたら致命的ですが、本草に関係のある文字を字書で引きそこなったところで、沽券にかかわることでもありません。したがって、有房がそのようなことで篤成を窮地に追いこもうとしたとは考えられません。

有房の発言意図

篤成が本草書で確かめていただきたいと言っているにもかかわらず、有房がかってに土俵を字書に移して勝負をいどんだとしたら、それは筋ちがいであって、篤成の立場からすれば、言いがかりをつけてからまれたようなものです。それにしても、教えてくださいと辞を低くして頼んだ事柄について、相手が答えを教えてくれたとたん、「才のほどすでにあらはれにたり」と言い放ったというのはおかしなことです。

有房が、わざと知らないふりをしたという可能性は十分に考えられるでしょうが、「土偏に候ふ」という答えがよほど非常識でなかったなら――あるいは、有房が極度に傲慢な人物でなかったなら――、このように失礼な言いかたをするはずがありません。

この場面を、有房による口述試問としてとらえるなら、右のような疑問は生じる余地がありません。篤成の解答が、有房の用意していた正解に合致していなかったために不合格と判定された、というだけにすぎないからです。その正解が、正字とされている「鹽」だったと考えれば、すべてが無理なく説明できます。

試験官はどういう質問をしても自由ですから、本草学に直接にかかわりのない事柄であっても、いわば基礎学力の確認という意味で、文字の偏を尋ねたりすることも許されてよいはずだ、という暗黙の前提が注釈書にはあるようであり、山田俊雄の論考もまた、基本的には、それを否定しない形で構築されています。

ただし、その考えかたからすると、有房は、自分の熟知している事柄について、「ついでに物ならひ侍らん」などと、慇懃無礼な言いかたをしていることになりますから、一つの注釈書の表現をかりれば、かれは、「意地の悪い、老獪な、そして辛辣で皮肉な性格」の持ち主だったと見なさざるをえなくなります。しかし、右にあげたような疑問を回避できるという、ただそれだけの理由をもって、有房を陰険な悪玉に仕立てあげ、単細胞的な篤成が、まんまと手玉にとられたという筋としてこの挿話を理解してしまうことには、まだ問題がありそうです。

「文字」の意味

篤成が、「文字も功能も尋ね下されて」と言ったのを受けて、有房は、「しほ」という文字の所属する偏を尋ねた、というのが一般的な理解のしかたであり、われわれも、これまで、その線に沿って検討してきましたが、実のところ、この「文字」ということばに、解釈上の思わぬ陥穽がひそんでいたようにみえます。有房が、ここに「文字」とよんでいるのは、いわば文字どおりの文字、すなわち一つの漢字、ではなく、特定の和語に対応する漢字表記であったとみるのが正しいようです。「文字」ということばは、文献のうえで、しばしばそういう意味に使われています。

本草学の領域では、たとえば、「いたどり」は「虎杖」と書くとか、「独活」と書いて「うど」と読むとか、そういうたぐいの、二字以上の漢字で書かれる名詞がひしめいています。「しほ」に当たる文字は、たまたま一字だったに過ぎません。右に述べたように、篤成が待ちかまえていた質問は、そのような難しい「文字」と、それによってさされるものの「功能」についてだったのではないでしょうか。

現に目の前にある「供御のいろいろ」のなかにも、本草学に通じていない人たちなら、ことばを知っているだけで、どういう漢字が当たるかは見当もつかず、まして、その「功能」など考えたこともない、といったものがいくつかあったとみてよいでしょう。「しほ」などというのは、あまりに常識的で、まさかそれについて尋ねられようとは、予想もしていなかったでしょう。したがって、有房があえてこの「しほ」を問題にしたことには、なにか特別の意図があったとみなさなければなりません。

4 いづれのへんにか侍らん

「偏」以外の「へん」

光広本には、「いづれの偏にか侍らん」と表記されていますが、正徹本では「いつれのへんにか侍らん」となっています。「へ」に当たる仮名は「遍」の草体です。

このように、仮名で「へん」と記されている伝本はたくさんあり、また、一部には「篇」という文字が当てられているものもあります。第一章に述べたように、現行の注釈書は、ほとんどすべて光広本に基づいており、「偏」という表記を受け継いでいますが、「へん」や「篇」で考えることも許されるとしたら、解釈の可能性は、にわかに広くなります。「へん」という仮名表記に、あらためて漢字を当てるなら――すなわち、この「へん」がどういう語であるかを白紙に還元して考えなおすことが許されるなら――、「偏」だけが唯一の候補ではありえないからです。現に、その一つとして、伝本から「篇」が浮かびあがってきています。

質問の趣旨

「しほ」を表記する漢字として、「塩」の系統に属する字体が支配的であったことは、山田俊雄の論考によって証明されています。「塩」は日常的な漢字であり、その「功能」についても、生鮮食品の

光広本

正徹本

腐敗を防止するといった程度のことであれば、経験に裏付けられた常識として誰しも心得ていたはずです。したがって、「しほ」は、「いま参り侍る供御のいろいろ」のなかで、「文字」についても「功能」についても、いちばん問題になりにくいものの一つであったとみてよいでしょう。

篤成が「文字も功能も尋ね下されて」と言ったので、有房は「しほ」の「文字」について尋ねた、というのが注釈書の立場ですが、それは、有房のことばの前段に当たる「~尋ね下されて」の部分にとらわれすぎた読み違いのようです。有房が「物ならひ侍らむ」といったのは、後段の「そらに申し侍らば本草に御覧じあはせられ侍れかし」という部分であり、「へん」とは、字書の部立てとしての「偏」または「篇」ではなく、本草書の部立てとしての「篇」または「編」であったとみれば、話の筋がよくとおります。本草学こそ医師である篤成の専門領域だったからです。そうだとしたら、有房の発言の趣旨は、つぎのように敷衍されることになるでしょう。

「しほ」については、「文字」も「功能」も心得ていますから、お伺いする必要はありません。しかし、それを本草の書物で確認しろと言われたところで、しろうとのわたくしには無理なことです。あの膨大な本草書のどの部分に「塩」という項目があるのか見当がつきません。しかし、御専門のあなたなら、掌を指すように、あの部分だ、と教えてくださるはずです。その項目は本草書のどの部分に収められているのでしょうか——。

「辺」の可能性

有房の尋ねたのが、本草書のどの部分、ということだったとしたら、それに該当する「へん」としては、「篇」や「編」のほかに、「辺」も候補になるのではないか、あるいは、むしろその方が適切なのではないか、ということが問題になります。そこで、『徒然草』に用いられた「辺」の例を集めてみると、左のようになっています。

柳原の辺〔第四六段〕　安居院辺〔第五〇段〕　今出川の辺〔第五〇段〕
行願寺の辺〔第八九段〕　最勝光院の辺〔第二三八段〕

一見して知られるとおり、これらは、いずれも地名のあとに来ていますから、「しほといふ文字」の「へん」、とは使いかたが違うようです。可能性は残りますが、やはり、「篇」や「編」の方がいっそう適切のようです。

書籍の部立てとしての「篇」

「へん」を書籍の部立ての意味の「篇」と見なすとしたら、文献資料に、その解釈を支持する根拠が見いだされなければなりません。

『徒然草』には、一つだけですが、つぎの例が指摘できます。

文は文選のあはれなる巻々○白氏文集○老子のことば○南華の篇○〔第一三段〕

「南華（なんくわ）の篇」とは『荘子（そうじ）』のことで、その全体が内篇・外篇および雑篇の三つの篇から成っているのでそのようによばれていたようです。

平安時代末期の三巻本『色葉字類抄』（前田家本）の序文には「篇」という語がつぎのように使われています。原文は訓点を付した漢文ですが、ここにはそれを書き下して示します。平仮名は乎古止点を書き換えたもの、また、カッコ内は補読です。

> 今、色葉之一字を揚ゲ詞条之初言と為。凡テ四十七篇、分（かち）て両巻と為。篇ノ中に部を勒す。

「いろはうた」のそれぞれの仮名で始まる語を集めて、全部を四十七篇とする、全体を二巻に分ける、そして、各篇の中に部を立てる、というもので、これは、本草書の部立てをさして「篇」と呼んだ場合と同じ使いかたとみなしてよさそうです。

長慶天皇による『源氏物語』の注釈『仙源抄』（一三八一年）の跋文には、当時、権威をもって行なわれていた定家仮名遣に対する批判が述べられていますが、そのなかに、つぎのことばが見いだされます。

> 音にもあらず義にもあらず、いづれの篇につきて定めたるにか、おぼつかなし

定家仮名遣の基準は、発音でも意味でもないから、いったい、どういう典籍に拠ってそれを定めたのか不審だ、ということです。ここでは、「いづれの篇」という表現のしかたまで『徒然草』と一致

しています。

切支丹（きりしたん）文献にみえる、つぎの二つの記事も、参考に値するでしょう。

Iccu（一句）。（略）また、ある種の章の意にもなる。それで次のやうに言ふ。Jiuo casanete, Cu, Cuuo casanete, Xo, Xouo casanete, Fen, Fenuo casanete, Bu.（字を重ねて、句、句を重ねて、章、章を重ねて、篇、篇を重ねて、部。）Bu（部）は一著作全部の量。

〔ロドリゲス『日本大文典』土井忠生訳（数詞Ichi〈一〉に就いて）〕*

Fen. Amu. Capitulo, parte, ou paragraphe dalgũa eſcritura, liuro, &c.

〔日葡辞書〕

Fen. ヘン（編・篇）Amu.（編む）文書や書物などの章、部、または、節。

〔土井忠生他編訳『邦訳日葡辞書』〕**

Fenという同一の語に対して、『日本大文典』の訳文では「篇」が当てられ、『邦訳日葡辞書』では「編」「篇」の両字が当てられています。『日葡辞書』の原文で、見出し語のFenのあとに添えられているAmuは、Fenにどういう漢字が当てられるかを、その訓によって示唆したものです。漢字の活字がないので、この辞書では、こういう方法をとって漢字表記にかえています。このAmuは「編」のつもりかもしれませんが、「篇」の方も、やはり「あむ」という訓を持っていますから、どちらとも決定できません。

『日葡辞書』より一時期まえに当たる文明本『節用集』には、つぎの項目があります。

△編（アム/ヘン）（朱）次第也　〔安部（あ）・態芸門〕

ここでは、「篇」でなしに「編」の方をあげて、「次第也」、すなわち、〈順序を立てる〉という意味であることを注記しています。おそらく、どちらの字でも同じことだったのでしょう。

中国原音における「篇」と「偏」との関係をみると、同音ではありませんが、意味の分裂に応じて、一つの語形が二つの語形に分裂したものと推定されます。それらは中国字音の体系で区別されていても、日本語の音韻体系に馴化すると、同じく［ヘン］になってしまいます。また、中国字音では声調——すなわち、平・上・去・入の《四声》のアクセント——が、字音相互の識別に重要な機能を果たしており、「篇」も「編」も複数の声調をもっていますが、平声が両字に共通しています。したがって、日本語としては「篇」と「編」とが、しばしば画然たる区別なしに通用していても不自然ではありません。わずらわしいので、以下には「篇」で代表させることにします。なお、書籍の内容の下位区分として「篇」という語が用いられていることは、十六世紀の抄物文献の用例などからも裏づけられます。

＊　ジョアン・ロドリゲス『日本大文典』（土井忠生訳註・三省堂・一九五五年）「一著作全部の量」に対応する原文は、Volume de toda a obra.

＊＊　『邦訳日葡辞書』（土井忠生他編訳・岩波書店・一九八〇年）

本草書の「篇」

「本草に御覧じ合はせられ侍れかし」といえば、その当時、特定の本草書によることが暗黙の前提になっていたという可能性が考えられますが、書名を具体的に明らかにするのは困難です。当時の学問のありかたからみて、中国の本草書を下敷きにして作られたものに相違ないでしょうが、和名が記されていなければ、「御覧じ合はせられ侍れかし」と言われたところで、当否が確認できません。鎌倉時代中期に編纂された『本草色葉集』のような形式のものには和名が注記されていますが、〈いろは引き〉ですから「塩」は「シ」の部にきまっているので、「いづれの篇」に収録されているかは問題になりません。この挿話の筋道から推定するなら、有房の脳裏にあったのは、中国の本草書の流れを引いたもので、専門家しか引きこなせない分類になっていたものだったはずです。

当時の本草書で右の条件に適合しそうなものをいくつか調べてみましたが、その範囲では、「篇」や「編」という下位分類の名称は用いられていませんから、本草書の下位分類としてそれがふつうであったという事実はなさそうです。中国で編纂された本草書についても同様です。

『医心方』巻三十の「塩」の項には、「本草云」「拾遺云」として詳しい解説がありますが、「五穀部」の末尾に置かれていますから、素人がこの項目を捜し出すのはたいへんです。さきに写真を示した図書寮本『類聚名義抄』の「塩」の項には、「本草」「拾遺」の二つの出典からの解説が取捨されています。『医心方』の下位分類は「巻」になっています。

しかし、本草書の下位分類が実際に「篇」となっていなくても、それによって右の解釈に影響が及ぶことはありません。すでに指摘したとおり、有房は本草書の具体的な構成に精通していたわけではありません。すくなくとも無知をよそおっています。だからこそ、「塩」という項目がどこに分類されているのか教えてほしいといっているのであり、有房としては、そのような書籍の下位分類をさす一般的な名称として、ここに「篇」といっているにすぎないからです。

5　質問と解答とのすれ違い

挿話のキー・ポイント

有房としては、本草書で「塩」という項目がどの部門に収録されているかを尋ねたつもりなのに、篤成は字書の部首で「土偏に候ふ」という返答をしてしまいました。質問した立場からすれば、これは、まったくの見当はずれです。

同音異義の漢語がたくさんあるので紛らわしいということが、現代日本語の問題点としてよく指摘されます。たいていの場合、文脈が与えられれば正しい同定が可能ですから事実がかなり誇張されていますが、深刻な誤解を生じる場合もないわけではありません。そういう状況は中世においても基本的に変わりがなかったでしょう。漢語特有の現象ではなく、言語一般の問題です。兼好は、同音異義語によって引き起こされたそういう悲喜劇の例として、この挿話をここに記録したのでしょうか。

そのように考えれば、それは一つの解釈です。「しほ」の正字が「鹽」であることも知らずに大口をたたいたが、無学が露顕して恥をかいた、という従来の通説に比べれば、この方がいくらかは真実に近いといえそうです。しかし、これでは、まだ、「才のほどすでに顕はれにたり～」という有房のきついことばの理由がわかりません。

この挿話のキー・ポイントは、質問と回答とのすれ違いにあるに相違ない、というところまでは確実にこぎつけました。つぎの課題は、そういうすれ違いを生じた理由を解明することです。そのことについては、互いに両立しえない二つの可能性が考えられます。すなわち、誤解と曲解との二つの場合です。

誤解の可能性

一つの場合として――これは、つぎに比べると常識的な解釈になりますが――、有房が本草書の部立てを頭に置いて「篇」と言ったのに、篤成が、それを偏傍冠脚の「偏」と取り違えて理解した、ということが考えられます。

有房の尋ねたのが、もし、「いたどり（虎杖）」や「うど（独活）」のように二つの漢字で表記されることばであったなら、その「文字」の「偏」が篤成の脳裏をかすめることはなかったはずです。したがって、二字ではなく一字で表記される「しほ」について、その「文字」を尋ねられたのは、篤成にとってまことに不運な偶然でしたが、そのうえに、もう一つの不運が重なってしまいました。それは、

「塩」という「文字」にはストレートに「偏」があったということです。どの部首に属するのか即答できないような字形の「文字」であったとか、「偏」でなしに傍・冠・脚で分類される「文字」であったとかいうことなら、質問の意味を考えなおす機会があったかもしれませんが、字書でどのように扱われていようと、「塩」は土偏の文字としてとらえるのが自然な字形でした。そういう偶然の重なりが取り違えを決定的なものにしています。

この解釈に基づくなら、「才のほどすでにあらはれにたり」という有房のことばは、つぎのような意味あいとして理解されます。

「しほ」に当たる漢字の部首などを、医師のあなたに尋ねるはずはありません。「塩」という項目が本草書でどういう部門に分類されているのかを、専門家のあなたに教えてもらいたかったのです。あなたは自分から「本草に御覧じ合はせられ侍れかし」と言ったではありませんか。まともな医師が「しほのへんは」と尋ねられたら、反射的に本草書を思い浮かべるのが当然なのに、字書の部首で返答するとはあきれたものです。この一事だけで、本草学の専門家とよぶに値しないことがわかってしまいました。もはや、お伺いすることなどありません——。

有房の厳しいことばを聞いたとたん、学才に秀でた有房が自分をつかまえて「塩」の部首を教えてほしいなどと頼むはずはなかったのだと、篤成はただちに悟ったでしょうが、もはや手遅れでした。

この事態を比喩でとらえるなら、病院のエレベーターで、〈ＩＣＵはどこで降りたらよいのでしょう〉と丁重に尋ねられた医師が、四階の集中治療室ではなく、国際基督教大学を反射的に思い浮かべ、得々として近郊私鉄の駅名を教えてしまった、というようなものです。この病院の先生とはとても思えない、と相手に変な顔をされるし、周囲も大笑いになり、つぎの階で降りてしまった。

このように事態をとらえるのが第一の可能性です。その比喩を延長するならば、JRが正式で私鉄は便宜的であることぐらい常識なのに、この医師は私鉄の駅名を教えてしまった、という乱暴な説明をしているのが通説です。

曲解の可能性

質問と回答とに大きなすれ違いを生じた理由として考えられる第二の可能性は――この方が、いささかひねった解釈になりますが――、篤成による曲解です。すなわち、質問の趣旨は正しく理解したものの、「塩」が本草書のどの部門に収録されていたのかが思い出せず、苦しまぎれに質問の意味を故意に曲解し、「篇」と「偏」とが同音であることをさいわいに、後者にすり換えて「土偏に候ふ」と答えたのではないか、ということです。劇的に潤色するならば、狼狽の色を隠せず、ひたいからあぶら汗を流しながら、やや間を置いて、「土偏に候ふ」と、小声でぽつりとつぶやいた、といったところでしょうか。あるいは、精神的な動揺を表面に出さず、落ち着きはらって「土偏に候ふ」と言ってのけ、その場を切り抜けようとしたが、有房にしっぽをつかまれた、ということでもよいでしょう。有房がこの曲解を見抜いたなら、やはり、「才のほどすでにあらはれにたり」と言ったはずです。

目の前に並んだ「供御のいろいろ」を、あらかじめ点検したときに、はたして、塩が形を持って存在していたかどうかさえわかりません。あったにしたところで、「塩」などというやさしい「文字」や、だれでも知っているその効能などを尋ねたりする人はいない、と篤成は考えたに違いありません。そのために、かれは有房に完全に虚を突かれてあわててしまいました。冷静に思い出せば、本草書で「塩」が収録されているのは「石鹵篇（せきろへん）」であることを思い出したでしょうが、頭が働かなくなり、とっさの逃げ道として「偏」の方で答えた、ということです。しかし、そういうごまかしがとおるはずはありません。「へん」を尋ねられたから「土偏」と答えたのだと、開きなおって正当化したら、かえって立場が悪くなることぐらい、すぐにわかったはずです。

篤成自身が、「本草に御覧じ合はせられ侍れかし」と言っていること、また、「文字も功能も」と言ったときに、その「文字」とは〈漢字表記〉というつもりだったであろうこと、そして、有房が「ついでに物ならひ侍らん」と口を切ったときに篤成が期待した質問の内容は、当然、自分の誘導した本草関係の事柄だったはずであること——、そういういくつかの条件を勘案するならば、ここは、とっさの勘ちがいとみるよりも、とっさのすり換えとして考えた方が、いっそう自然だと言ってよさそうです。

二つの可能性の共通点

右の二つの場合を比較してみると、話として、あとの方がずっとおもしろいことは確かです。そして、その想定を支持すべき根拠があることも、すでに述べたとおりです。しかし兼好の簡潔な叙述からだけでは、決定的にどちらだとは断言できません。ともあれ、はっきりしているのは、誤解であろうと曲解であろうと、これによって篤成の面目が丸つぶれになってしまったことです。

「才」の意味

有房が、「才のほどすでにあらはれにたり」と言っているその「才」について、注釈書では、「学識」「学問」「学問的教養」などという説明を付けているだけですが、ここにいうところの「才」とは、つぎの例にみられるように、専門領域における知識や才能を意味しています。

年老いたる人の　一事すぐれたる才のありて　この人の後には誰にか問はむなど言はるゝは　老いのかたうどにて　生けるもいたづらならず　〔第一六八段〕

医師として篤成に期待された「一事すぐれたる才」が本草学であり、有房は本草学について門外漢ですから、専門家に対して、「ついでに物ならひ侍らん」ということは、不自然でもなければ恥になることでもありません。「塩」という項目が本草書のどの部門に置かれているかということは、医師である篤成のがわにだけ、必須の知識として要求されるものだったからです。かりに、有房がたまたまその程度の知識をそなえていたとしても、ここで問題にする必要はありません。

誹謗は不当だったか

専門家にとっては、知識の豊富さもさることながら、どの書籍のどの部分を調べたら確実な知識が得られるかを知っていることが、それ以上に大切なことです。したがって、本草書の組織さえもさだかでないようでは医師として失格だと言われても抗弁の余地はないでしょう。第一四四段には、馬に「あし」と声をかけているのを「阿字」と聞いたという明恵上人の話がありますが、ここはその逆で、本草学について尋ねられているのに、ほかならぬ医師が、それを字書の方に持っていってしまったということでは、なおさらです。

このように考えるなら、「才のほどすでにあらはれにたり」という有房のことばが、不当な誹謗だったとは言えないはずです。ちょうどよい機会だから、いろいろと教えていただきましょう、というつもりで、「まづ」と切り出した質問に対する回答がこの始末では、なにを尋ねても、まともな回答は期待できないので、打ち切りにせざるをえなかったのは当然です。「いま参り侍る供御のいろいろ」という範囲だけに限定して、しかも、「本草に御覧じ合はせられ侍れかし」と言っている医師が、たまたま、「文字」ということばを口にしたからといって、有房がそのことばじりをとらえて、どの部首に属するかもさだかでないような「鹽」などというひねくれた「文字」の「偏」を尋ね、回答が誤りとも言えないにもかかわらず、おまえは無学だ、と一方的に決めつけた、という従来の解釈の線で理解するとしたら、有房の言動は、高慢で理不尽だと言わざるをえません。しかし、右のような事情であったとしたら、かれを陰険で老獪な人物に仕立てあげる理由はなくなってしまいます。

「まづ」の意味

事のついでに、表現の解析という観点から重要だと思われる点を一つ指摘しておきましょう。それは、この文脈における、「まづ」ということばの含みをどのように理解するか、ということです。

注釈書の本文では、どこからどこまでが会話文であるかを明示してありますから、それに従って読んでしまいますが、会話文の範囲の認定は、しばしば厄介です。会話文がどこで終わっているかは、助詞「と」によって見分けが付きますが、どこから始まっているのか、はっきりしないことがありますし、また、どこからとみるかによって、解釈が変わってくることがありますから、注釈書にひきずられずに、自分で判断しながら読む心がけが必要です。

まづ　しほという文字は　いづれのへんにか侍らむと　とはれたりけるに　〔正徹本〕

この場合、つぎのふたとおりの解釈が可能です。

まづ、「しほといふ文字は、いづれのへんにか侍らむ」と問はれたりけるに……(1)
「まづ、しほといふ文字は、いづれのへんにか侍らむ」と問はれたりけるに……(2)

「まづ」は地の文で、「問はれたりけるに」を修飾しているとみなすのが(1)であり、有房のことばの、いわば前置きとみなすのが(2)ということです。この部分に関しては、すべての注釈書が検討の過程を経ずに(2)の立場をとっていますが、古典文法の立場からは、どちらでもよいというわけにいかないはずですから、それぞれの可能性について検討したうえで確定するのが筋道でしょう。「まづ」という副詞は、仮名遣が——ということは、発音が——変わっていますが、現代語の「まず」と置き換えるだけで十分にわかりますから、注釈書に説明がありません。たしかに、語の意味に問題はありません。しかし、もし、これが有房による発話の最初に置かれていたとすれば、有房が複数の質問を用意していたことになりますから、いまの場合、大切な意味をもっています。表現に即してすなおに理解するかぎり、いろいろの事柄について尋ねたかったのだとみるべきです。

しぶとい篤成のことだから、第一弾がだめなら、第二弾、そして第三弾、と攻撃するつもりだったのだろう、という、ひねくれた解釈もありうるでしょうが、ふたたび、すなおに理解するならば、本草学についていだいていた疑問をこの際に確かめてみたい、という気持ちがあって、「まづ」ということばが出た、とみてよいのではないでしょうか。なにかの興味から「塩」という項目を探してみたが、うまくいかなかった、という経験があって、まず、それを聞いてみた、という事情があったかもしれません。もちろん、そこまで来れば解釈というよりも想像ですが、ともかく、複数の質問を、漠然とした形であったにしても用意していたことは、鎧袖一触（がいしゅういっしょく）という単純な理解のしかたに再考を要求するものと言わなければなりません。

この「まづ」があるからこそ、「いまはさばかりにて候へ。ゆかしきところなし」というそのあとのことばが生きてきます。そうでなければ、せっかくいろいろ教えてもらおうと期待したのに、という含みは消えてしまいます。注釈書は、この文脈における「まづ」のもつ重みに注目していないために、いわば、吹けば飛ぶような片々たる語として扱われています。したがって、⑵の形で引用符が付けられていても、実質的には⑴と変わりがありません。

つなぎ

すでに結論は⑵と出ているような感じでもありますが、「まづ」が会話引用の外にあるとみなす⑴の立場をとった場合、解釈がどのように違ってくるかを考えてみましょう。

「まづ」が地の文であるとしたらそれは兼好のことばですが、この文脈では、右に述べたような有房の心理を兼好が代弁していることになるでしょう。有房がそのように言ったのか、あるいは、有房の意図を兼好が察して代弁したのかによって、「まづ」の重みに影響が及ぶことはありません。したがって、どちらでもよいというのが結論です。いずれにせよ、この一語があるかないかによって、全体の解釈が大きく左右されますから、兼好が「粗放」だなどと簡単には言いきれないはずです。

仮名文が呼吸段落――breath group――を手がかりにして読むように書かれていることについては序段を例にして第一章に述べました。序段と違ってこの第一三六段の文章は仮名文というより仮名文系というべきでしょうが、基本的にその原理は共通しています。いまの場合、「有房ついでに物ならひ侍らむとて」の後には必ずポーズが置かれますが、「まづ」の後にポーズを置くかどうかは可択的――optional――であり、どちらに読むかによって⑴と⑵との区別が生じるわけではありません。

このように、地の文と会話引用との境界にあって、どちらの側に属するのか確定しにくいようにみえる語句は、地の文から会話引用に自然に移行するための《つなぎ》です。これは仮名文に特有の表現類型ですから、どちらかに無理に決めようとするのは仮名文の特質を無視することになります。

仮名文の特質といったのは、それが日本語の書記文体の一般的な特質ではなく、実用的な書記文体にはそれにふさわしい引用形式が発達しているからです。漢字文なら「云」などの文字で、また、片仮名文なら、必要に応じて、「(~ノ) イフヤウ……トイフ」などの語法で会話引用が明示されていますから、これと同じ問題は生じません。そのかわり無味乾燥な幅のない表現になりがちです。仮名文は優雅な内容の文学作品のために発達した柔軟な文体であることを忘れてはなりません。引用符を「まづ」の前に付けても後に付けても、事実上、同じになることに注目すべきです。文法的解釈と称してこのようなところに頭を悩ますのは徒労というべきでしょう。

6　自筆原本の表記

作者自筆本の表記

有房の質問の趣旨は明らかになりましたが、問題の「へん」という語が、『徒然草』の原本でどのように表記されていたのか、ということが、まだ残されています。

すでに述べたとおり、有房の言ったことばがそのまま記されているという保証はありません。というより、伝聞した事柄の内容を、兼好がこういう表現にまとめたとみる方が真実に近いでしょう。ただ、いちいちの細かい言いまわしについてはともかくとして、この挿話の筋だてからみて、有房が口にしたのは「ヘン」という語形だったはずですから、いちばんの問題は、筆録者である兼好が、それをどういう語と理解したうえで書き記したのか、というところにあります。

兼好が、「ヘン」を「偏」と理解してこの一段を書いたということは、まず、考えられませんが、その可能性についても吟味してみなければなりません。

作者が、これを「偏」だと考えていたとしたら、かれは、当然、「しほ」という文字が土偏の所属ではなく、正しくはどの偏に分類されているのかを知っていたはずだ、とみなさなければなりません。また、予想される読者たちにとっても、そのことは常識になっている、という前提がなければならないはずです。「しほ」という文字がどの「偏」に所属しているかについて、ここには説明されていないのですから、そういう前提がなかったとしたら、これがいったいどういう話であるのか、読者に見当がつかなかったはずだからです。

山田俊雄の論考によって明らかにされたように、その当時、「しほ」という文字の所属が土偏であったかなかったかということは、さほど簡単な問題ではありません。したがって、『徒然草』の作者、およびその予想される読者たちにとって、部首が自明であったとは、とうてい考えられません。有房の質問の趣旨を、「いづれの偏にか」と兼好が理解し、ここをそのように表記したという可能性は、その点からみても成立しないでしょう。これは念のためのだめおしです。

兼好自筆の本文に「偏」と表記されていた可能性は完全に否定されましたが、「へん」か「篇」かとなると推定は微妙です。有房が知りたかったのは本草書の「篇」でした。それが本文に漢字で表記されていれば文字どおりに理解できるので、考える負担は著しく軽減されますが、考える楽しみも与えられないので、おもしろくもおかしくもない話になってしまいます。また、次項で述べるように、「篇」には両義性がありましたから、「篇」という表記は避けられたと考えられます。そうなれば、残るのは仮名だけです。

［ヘン］にはいくつかの同音異義語がありますから、同定を確実にするためには、発話でも書記でも文脈による支えが必要です。『徒然草』のような書記様式なら漢字で表記しておくことによって混乱を回避することができます。第一三段の「南華の篇」は正徹本で「なんくわのへん」と表記されていますが、この場合には、「なんくわの」という修飾語が先行しています。逆にいえば、そういう条件を踏まえて「へん」という仮名表記が許容されているということです。しかし、「しほといふ文字は〜」という文脈では、どういう「へん」をさしているかが自明ではありませんから、読者は疑問をかかえたまま――あるいは、疑問をかかえさせられたまま――、その先を読まなければなりません。その意味において、この質問は、篤成だけでなしに、その場に居あわせた人たちをも、そして、この作品の読者までをも、巻きこんでいます。

有房の発話において、［ヘン］という語が卓立して発音されたという事実はなかったと考えてよいでしょう。すくなくとも、理解のために不可欠な鍵として兼好はそれを読者に与えていません。もし、有房によってそういう鍵が与えられていたならば、「土偏に候ふ」という篤成の回答に対する評価が違ってきますから、兼好による表現も、ここに見える形と同じではありえなかったはずです。有房の発話を直接に耳にした人たちと違って、この作品の読者は、筆録者による表記や表現の選択によって大きく振り回されます。

ここに、「へん」という仮名表記がとられていることによって、有房の質問がことばどおりに読者に伝わり、読者も篤成といっしょに考えざるをえない立場に追いこまれて、回答のすれ違いを実感することが可能になっています。もし、兼好が「篇」という漢字表記を選択していたなら、この挿話を読むおもしろさは完全に消滅して平凡な教訓譚に終わってしまったでしょう。したがって、自筆本によって確かめることはできなくても——あるいは、もっと思い切った言いかたをするなら、自筆本によって確かめるまでもなく——、ここは、最初から仮名表記になっていたはずだと考えたいところです。しかし、次項のような問題が残されていますので、慎重な立場をとるなら、この段階では、いちおうの帰結という程度にとどめておくべきでしょう。

「篇」の両義性

大部な書籍の下位分類の「篇」をさす「へん」というところに帰結が確定しかけたところに来て、いちおうの、という歯切れの悪い言いかたを選ばなければならないのは、つぎのような事実があるからです。すなわち、このような文脈において、「偏」という漢字は、もっぱら字書の部首だけを意味しますが、一方、字書の部首もまた書籍の下位分類の一つに相違ないので、部首を「篇」とよぶ用法も古くからあったためです。したがって、「いづれの篇にか侍らん」という表記は、すくなくとも理屈のうえで、二つの意味を同時に表わすことができたはずです。

次頁に示す写真は、図書寮本『類聚名義抄』の最初の部分で、「類聚名義抄篇目頌」と記されています。列挙された二十項の「篇目」の左端の行のいちばん上に「土」があります。文字の左下の、横に並んだ三角の符号は、この「土」という文字が、低いアクセントで読まれることを表わしています。三角の符号が二つありますから濁音です。したがって、文字の右側に記された「ト」の仮名は「ド」を表わしますから、この篇目は「どへん」です。

ただし、「篇」という漢字に二つの意味をこめることができたとしても、その意図を読者がすなおに理解できたかどうかは、おのずから別の問題です。仮名で「へん」と書いておけば、読者はそこで立ち止まって考えるのに、「篇」という漢字を当ててしまうと、たいていは、かってにどちらかの意味に理解して先に進んでしまいます。篤成と同じ軽率な理解をした読者は、あとで有房におこられて恥をかけばよい、という考えかたは成り立ちません。読者のほとんどは、本草学の専門家ではないからです。

江戸時代の版本に、「いづれの篇にか侍らん」という表記がみえることをさきに指摘しましたが、これは、兼好自筆本の表記を継承した形ではなく、あとになってからその漢字が当てられたものとみなしてよいでしょう。ただ、ここでも、「篇」が「偏」と同義に用いられていることは、そのような用法の伝統が続いていることを物語っています。

どういう事実を重視するかによって立場が変わってきますが、右のように考えるなら、いちおう、ということわりは、はずしてよいかもしれません。

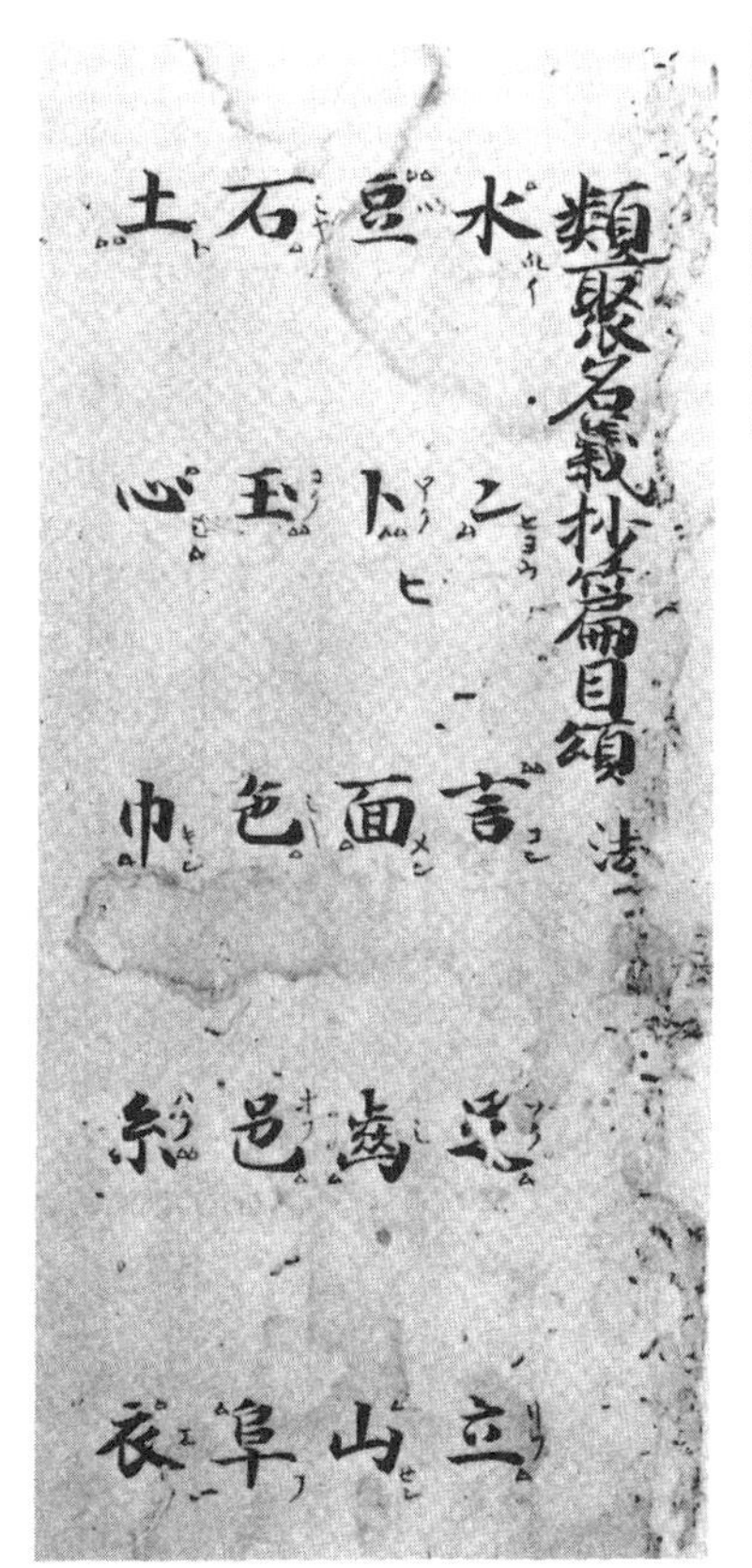

図書寮本『類聚名義抄』

7　中間のまとめ

底本の表記による拘束

従来、この部分は、「いづれの偏にか侍らん」ということで、一貫して解釈されてきました。それは『徒然草寿命院抄』以来の伝統ですが、もし、仮名で「へん」と記されている伝本によって考えたら、この章に述べたような解釈が、もっと早く、どこかで生まれていたかもしれません。しかし、「偏」という漢字を当てた光広本が、事実上、唯一の信頼できる伝本として評価されるようになり、注釈者たちの思考がそれによって束縛されて硬直してしまったことは、否定できない事実のようです。

篤成の回答が誤りであることは――すなわち、有房によって期待された正解が土偏以外の別の偏であったことは――、そのあとのかれのことばから明らかであるにしても、ともかく、「土偏に候ふ」という回答を引き出したその質問は、「しほ」という文字の部首を尋ねたものだったに相違ない、という単純な論理から出た解釈だったのですが、その解釈を表記のうえに定着させた光広本の権威に盲従しすぎたばかりに、その解釈をとることによって生じる多くの矛盾に気づかずにきた、ということのようです。

おもしろいことに――という表現は妥当でないかもしれませんが――、従来の解釈は、「へん」という語の理解のしかたにおいて、ちょうど篤成と同じ取り違えをしていたことがわかります。と言っても、もちろん、苦しまぎれの曲解ということではなく、勘ちがいの方で考えた場合のことですが――。

誤解の誘因

このような誤解から、どうしていつまでも抜け出すことができなかったのか。その理由を明らかにすることは、古典の文章の解釈がどのようにあるべきかという方法論上の問題として大きな意義を持つと思われます。

この文章は、そのような誤解を誘う書きかたになっているのではないか――すなわち、この文章はそういう読み取りかたになりやすい形で、あるいは、そのようにしか読み取れない形で、書かれているのではないか――、ということを、はじめに考えてみなければならないでしょう。誤導的――misleading――な表現が誤読――misreading――を誘ったのではないか、ということです。兼好ほどの名文家がそういう文章を書くはずはない、などと考えることは許されません。兼好の文章の論理的整合性など、客観的に証明されていないからです。しかし、結果的に言うと、この挿話の文章に関して、誤解の責任を兼好に負わせることはできそうもありません。その当時の読者は、「鹽」と「塩」とを正俗の関係としてとらえておらず、したがって、そのような誤解の生じる余地はなかったからです。山田俊雄の論考は、そういう事実を確実に証明したのですが、既成観念に拘束された注釈者には理解されませんでした。他の諸作品の場合と同じく、『徒然草』もまた同時期の人たちを対象に書かれたものですから、社会的な常識の変化に起因する後世の誤解は兼好のあずかり知らないところです。

この章における考察は、山田俊雄の論考で外堀が埋められたことによって可能になりました。ここに導かれた帰結の当否にかかわりなく、文章を理解するためには背後にある文化についての配慮を忘れてはならないという教訓を、ここに学ぶべきでしょう。

ひとまず従来のような解釈をしたとしても、注意ぶかく読みかえしてみれば、それでは説明のつきにくい事柄がいくつも目に付いたはずです。ただ一つのことばをもおろそかにしないという文献学的解釈の基本を守らないと、作者ではなく時間のしかけた陥穽に陥って正しい解釈に到達できない場合がある、という実例としてこのつまずきを記憶すべきでしょう。

漢字と仮名との互換性の限界

ついでに、この文章で得られたもう一つの教訓をも確認しておきましょう。

複数の伝本について、対応する部分を比較してみると、漢字と仮名との配合は、しばしば一致していませんが、底本として選ばれた伝本に漢字で表記されている語が他の伝本で仮名表記になっていても、あるいは、その逆になっている場合でも、実質的には等価とみなされて無視されるのが普通です。校合(きょうごう)の方針によっては、そういう差異まで採録されていることもありますが、たいていは、機械的な作業結果の提示にすぎず、その差異がどういう意味を持っているかというところまでは、問題にされることがありません。

たしかに、「やま」「山」、あるいは、「さくらはな」「さくら花」「桜花」というたぐいの相互関係においては、表記の相違に応じて解釈も相違することは少ないと言ってよさそうです。しかし、この章で取り上げた「へん」と「篇」との場合には、「篇」は「へん」としか読みようがなくても、その「へん」に当てられる漢字はいくつもある、という関係になっており、文脈によって意味が限定されてもなお、漢字が一つに絞りきれないので、「やま」と「山」との場合とは質的に違っています。こういうまぎらわしい仮名表記は避けられるのが普通ですが、この挿話の場合には、まさにそこに鍵があるので、必然的に仮名表記が要求されています。めったにないことですが、それを見のがしたら命とりです。文字の方は、その場その場に応じて柔軟に使い分けられているのですから、それを読むがわが一般的なありかただけを考えて硬直した読み取りかたをしたのでは、大切なところを見すごしてしまうおそれがあります。「いづれのへん」は、まさにその典型的な例の一つと言ってよいでしょう。

8　どよみになりて

皮相な解釈

この挿話の結びは、「どよみになりて罷り出でにけり」となっていますが、挿話自体の解釈を根本的に変えてしまった以上、どうして「どよみ」になったのかについても、あらためて考えなおしてみなければなりません。

「どよみ」とは、あたりに鳴り響くような音声や音響を発することで、大笑いをする、大笑いになる、という場合にも用いられています。この場面は、大きな口をたたいたくせに無学もはなはだしいということで、どっと大笑いになったと理解されていますが、かりに有房の尋ねたのが漢字の部首であったとしても、篤成が答えたとたんに大笑いになるはずはありません。その点に気づいていれば、従来の解釈は自然に崩れて新しい解釈への道が開けていたはずです。

有房が質問するのを聞いて、その場に居あわせた人たちのすべてが正字の「鹽」を脳裏に描き、また「鹽」の部首が特定できたのに、篤成ひとりが俗字の「塩」を正字だと思いこんでいたということなら、大笑いになって当然でしょうが、現実の問題として、そのような設定は成り立ちそうもありません。だれでも知っている事柄について、わざわざ教えてほしいと頼むことは不自然ですし、典薬頭(てんやくのかみ)までつとめた篤成が、同席していた人たちよりも、とび離れて漢字を知らなかったとも考えられないからです。

「どよみになりて」という表現からみれば、その場に居あわせたのは二人や三人ではなかったでしょう。かりに十人とすれば、五人や六人は篤成と同じ理解をして、「塩」の字を反射的に思い浮かべ、「土偏」という回答を期待したでしょう。まして、一部の注釈書のいうように、この質問が有房のしかけた陥穽、ないし、意地悪な誘導質問であったとしたら、ほかの人たちも篤成といっしょにその陥穽に落ちてしまったはずですから、有房の厳しいことばを耳にしても、狐につままれたような顔をした人たちが少なくなかったはずです。篤成の浅学もさることながら、自分自身の浅学にも見えない火の粉が飛んできて、しかも、依然として正答はわからないからです。「塩」ではなく「鹽」だったのかと考えなおしてみても、「偏」の特定には自信がもてません。あれかこれかと一生懸命に考えたり、同類はいないのかと周囲をひそかにうかがったり、という場面になるのは必定です。したがって、「どよみ」になったとしたら、それは、なぜ土偏ではいけないのか、「鹽」に「偏」などあるのか、といった議論で侃々諤々（かんかんがくがく）という以外にありえないでしょうが、まさか、有房の面前でみずからの無学をすすんで暴露するわけにもいかず、みんなおし黙っていた、という方がはるかに自然でしょう。換言するなら、「どよみ」になりようがなかったということです。

付け加えておくなら、《俗字》とは中国で設定された漢字の範疇の一つであって、たとえば、「佛」は正字で「仏」は俗字と規定されています。相対的に低く位置づけられているだけで、公認された文字ですから誤字ではありません。正統の字書に採録されている文字なのに、その方で答えるとどうして無条件に無学と決めつけられてしまうのか。従来の解釈では、そういう基本的な点さえも問題にされてきていなかったことになります。

こういうことを考えずに、高慢な篤成が化けの皮をはがれて大恥をかいたのだから、ざまを見ろということで嘲笑・哄笑・爆笑になったのだと、あっさり片づけてしまうのは短絡であり、これでは解釈の拒否になります。さりとて、侃々諤々という場面を想定したのでは、「まかり出でにけり」にすなおには続かないでしょう。一座の人たちにも有房の発言の真意が理解できなかったとしたら、篤成が体面を失うことにはならなかったはずなのに、この文脈からは、〈すごすごと〉とか、〈こっそりと〉とかいう含みが明らかに読み取れるからです。しかし、つぎのように考えれば、そのような撞着に陥ることはありません。嘲笑という解釈はそれとまったく違う理由で確実に復活します。

新しい説明

この章で得られた帰結のように、有房の質問を、「いづれの篇にか侍らん」として理解するならば、「どよみ」の解釈はつぎのようになります。

篤成が、自分はその道の専門家だと自慢しておきながら、「塩」という項目が本草書のどの部分に分類されているかと尋ねられたのに、それを漢字の部首についての質問と取り違えて——あるいは、苦しまぎれにそれにすりかえて——答えたので、心のなかでみんながあきれかえったところ、有房がまさにその気持を的確に代弁してくれたので、もはや隠す必要がなくなり、どっと嘲笑した。

こういうことであれば、篤成は面目を失って、当然、「まかり出でにけり」ということになるでしょう。ＩＣＵのたとえでいえば病院の医師の立場です。大笑いとか嘲笑とか言ってしまえば同じことのようですが、従来の説明とはその含みにたいへんな違いがあることを確認しておきます。

「どよみ」か「とよみ」か

「どよみ」という語形についても簡単に触れておきましょう。

光広本では濁点を加えて「どよみ」と読ませています。『日葡辞書』には名詞形がみえませんが、つぎの三つの動詞が、それぞれ独立した項目としてあげられています。

Doyomi, u, ôda.　Naqidoyomi, mu, ôda.　Naridoyomi, mu, ôda.

この辞書では、動詞の見出しを連用形であげ、そのあとに、終止形と過去形との語尾を添える、という方式がとられています。したがって Doyomi, u, ôda. は、「どよみ・どよむ・どようだ」ということです。これらに対応する、「とよみ」「なきとよみ」「なりとよみ」という語形は収録されておらず、また、言及もありませんが、動詞に準じて考えてよいはずです。ところが、光広本の清濁表記を信頼し、また、『日葡辞書』のそれを重視する、という立場を明確にしている注釈書が、特別の断りもなしに、ここを「とよみ」に訂正したりしています。光広本に依拠する旨を明記した多くの注釈書のなかで、この部分を「どよみ」にしているものは、むしろ少ないようです。「とよみ」に改めた理由が説明されていないのは、そのように処理するのが当然だという根拠があるのかもしれません。考えられるのはつぎの二点です。

a　古い日本語に濁音を語頭にもつ和語がなかったこと。

b　［ドヨミ］では下品な印象になり、こういう文体にふさわしくないこと。

擬声語・擬態語を除いて、和語には、〈語頭に濁音が立たない〉という特徴的な語音配列則がありました。「とよみ」は「とよむ」から派生した動名詞ですから、この法則が当てはまります。たとえば、つぎの和歌の「とよみ」は［ドヨミ］ではありえません。

秋萩にうらびれをれば　あしひきの山下とよみ鹿の鳴くらむ　〔古今和歌集・秋上〕

しかし、『徒然草』の執筆された十四世紀には、すでに、この法則に合わない語形が、少なからず生じていました。それは、擬声語や擬態語における、語頭の濁音のもつ特有の表現効果、すなわち、強さとか汚らしさとかが、一般の語彙でも生かされるようになったからです。* その語の意味に、強さとか汚らしさをともなう場合には——あるいはともなわせたい場合には——、語頭を濁音化することによって、そういう語感を語形のうえに顕現させるのが、造語の一つの類型として定着しています。「とよむ」について言えば、やかましい声や音を立てる、というのが、この動詞の本来の意味ですから、その声や音の大きさを強調するために語頭を濁音化して「どよむ」という語形が作り出されるのは自然な過程ですし、また、いったんその語形が成立してしまうと、日常語としては、そちらの方が優勢になることが期待されます。『日葡辞書』にも、歌語や文章語の類が排除されているわけではありませんが、やはり日常語が中心ですから、「とよむ」がみえないのは、編纂作業上の不用意な漏れや落ちではない、と考えてよいでしょう。

『徒然草』が執筆された当時の大部分の文献には清濁の書き分けがなされていませんから、〔トヨミ〕がまだ命脈を保ちつづけていたかどうかを直接に知るための手がかりはありません。しかし、右にあげた、a・bの理由をもって〔ドヨミ〕を演繹的に、ないし教条的に排除してしまうのは時代錯誤であり、明らかに不当です。〔トヨミ〕が生き残っていたとしてもそれは雅語だったはずであり、この文脈は雅語が使用される環境ではありません。どっと大笑いになったということなら、［ドヨミ］である蓋然性がきわめて高いと考えるべきであり、烏丸光広も、そういうつもりで濁点を加えているのでしょう。

＊　小松英雄『日本語の世界・7』第三章。

9　兼好の意図

挿話のモラール

兼好は、どういう意図のもとに、この挿話を、この作品のこの位置に——すなわち、上巻の末尾に——置いたのでしょうか。これと位置的に対応する下巻の末尾には、作者が幼時から非凡であったことを暗示する挿話が置かれていることをも勘案するならば、恣意的な配置ではなく、なんらかの配慮がはたらいていることは確実です。

『古今和歌集』二十巻は、十巻ずつの二部構成になっており、前半の末尾に当たる第一〇巻は「物名歌」です。これは、一言にしていうなら、ことばの遊びであり、一種の息抜きになっているといってよいでしょう。第一一巻からは、この歌集の核の一つである「恋歌」で、がらりと雰囲気が変わっています。『徒然草』でも、つぎの第一三七段は下巻の冒頭に当たる「花は盛りに」で始まる練りあげられた文章ですから、構成原理がよく似ているようにみえます。そのような目でみるなら、この挿話も軽い息抜きとみることができますが、しかし、ただの笑い話として読むには、いかにも意味ありげな叙述であることが気になります。

『古今和歌集』は、いわば総体が硬い勅撰集ですから、つぎの〈山〉に移るまえに、上巻の末尾を息抜きにしていますが、『徒然草』の場合には、作品の余韻を残すという意味で、それがたいへん重要な位置になっているようです。おそらく、この排列も作者自身によるものとみなしてよいでしょう。機会をみては専門家に物を尋ねる有房の旺盛な知識欲を紹介して、こうありたいという気持を示唆している、などと考えたら、穿ちすぎになるでしょうから、つぎのように理解しておくのが妥当のようです。

専門領域についての知識をもっているのは専門家として当然であって誇るに値しない。それをひけらかすのは半可通のすることで、必ず無学がばれるものだ。能ある鷹は爪を隠す。これこそ、専門家にふさわしい奥ゆかしい態度である――。

教訓的ではありますが、他の部分にもみられるように、そういう大切なモラールがユーモアに包んで提示されているところにこの作品の本領があり、巻末に置かれることによって、まさに、それが個性的な余韻になっています。

自信はありませんが、わたくしは、右のように理解します。これは、つぎの引用にみられる評価とは非常に違っています。

「本段が漢字についての知識を中心に展開しているために、前段と同じく、知的興味を立場とした、極めて浅い事件の記述に終っているといえよう。篤成と有房の問答は、例によって活躍しているのを認めるが、表現そのものは淡々としていて、この程度では、兼好の深い人間把握も豊かな主体的感動も認め難いと思われる。」

この注釈書は前段との関連においてこういう評価を下しています。そして、わたくしもまた、この挿話がこの位置に置かれている事実を考慮に入れて右の解釈を示しました。両者の相違が、前段との関連性の把握の相違に起因していることは、次項で明らかになるでしょう。

前段との関連

この挿話の内容は、先行する第一三五段のそれとよく似かよっています。資季(すけすえ)の大納言入道が具氏(ともうじ)の宰相中将に向かって、お前が聞くことぐらいなんでも答えてみせる、と大言壮語したあげく、対決の場で、わけのわからない俗言の意味を尋ねられて立往生した、という筋です。この作品の段の区切りは便宜的なもので、これら二つの挿話は、一対として読むべきものですから、相互の関連をどのようにとらえるかが問題です。

どちらも、知識をひけらかして大きく出たあげくに虚を突かれたという話ですが、実は両者の間に本質的な違いのあることを見のがしてはなりません。すなわち、第一三五段の方は、ただ大きなほらを吹いただけですから、「むまのきつりやう云々」という俗言の意味を知らなかったとしても、資季の存在理由にまでは関わりません。むしろ、それを尋ねた具氏の機知が評価され、資季は頭を掻いて、「所課いかめしうせられたりけるとぞ」ということで、めでたしめでたしになりました。しかし、それに続く第一三六段の方は、篤成の専門に関する事柄ですから、それについて正しく答えられなければ、ただではすみません。「才のほどすでにあらはれにたり」と言われて返すことばもなく、そそくさと退散するほかありませんでした。藤原資季は、しばらくの間、ばつの悪い思いをしただけですんだでしょうが、和気篤成には、いつまでもこの一件が傷跡として残ったに違いありません。ただのほらなら笑ってすまされるが、専門的な事柄についてほらを吹いたりすると命とりになりかねない、ということです。

これら両段を逆に配置すると、専門的な事柄についてほらを吹けば命とりになりかねないが、ただのほらなら笑ってすませられる、となって、しまりがなくなってしまいます。したがって、似たような二つの挿話が並べられているだけだとみなすのは誤りであって、排列順序にも大きな意味があると考えなければなりません。第一三五段は、そのつぎの第一三六段のための枕の役割を果たしているという見かたが可能でしょう。章段の排列を異にする常縁本系統についても同じような検討が必要ですが、これが上巻の末尾に置かれているという事実は、『徒然草』を文学の立場から解析するうえで重要な意味を持つと考えられます。

既発表論文についての峰岸明氏の指摘により、『色葉字類抄』の序文の例を加えることができました。

〔礎稿〕「しほという文字はいつれのへんにか侍らん」（『中田祝夫博士功績記念国語学論集』勉誠社・一九七九年）

補　「イヅレヘン」

『節用集』に注目すべき項目があることを山田俊雄氏に教えていただきました。それについての解釈は、考えているところだ、とのことでした。犀利な論考を期待します。

調べてみたら、ほんとうにありました。しかも、『節用集』の特定の本とか、特定の系統とかいうことでなしに、たくさんの本にでています。ここに、黒本本（くろもとぼん）（印度本系）と易林本（乾（いぬい）本系）との当該項目の写真を示しておきます。

漢字表記は「何篇」で、振り仮名のある場合には「イヅレヘン」「イツレヘン」であり、助詞「の」を介した形になっていません。「伊」部の「言語」門にある項目ですから、最初から読んでいけばすぐに気がついたはずなのに、不覚でした。

たいていの場合、黒本本のように「何篇（イヅレヘン）」のすぐあとに「何邊（イヅレヘン）」がありますが、易林本にはその項目がありません。

この章では、『徒然草』における「辺」という語の用例の

黒本本『節用集』

易林本『節用集』

かたよりから帰納して、「いづれの辺にか侍らん」という解釈を排除しましたが、そういう処理の正当性にも不安がわいてきます。

困ったのは、これがどういう場合に使うことばなのか、はっきりしない、ということです。この章での課題と無関係とは思えないのですが、さりとて、どう結び付けてよいのか思案に迷います。要するに、もっと周辺をよく調べてみないと確実なことはなにも言えない、ということです。

字書などを引く場合の「なに偏」に相当する言いかたが、『徒然草』の時期に「いづれ偏」であったとすれば、有房の言った「いづれのへん」は、それとたいへん紛らわしかったことになりますが、一方には第4節に触れた『仙源抄』跋文のような例もありますから、「の」の有無で二つの異なる言いかたがあったということなのでしょうか。想像だけが広がっていきます。

【追記】

学術文庫版の校正刷で右の最後の一節を読み、解釈の不備に気がつきました。どの部分をどのように訂正すべきかは、以下の叙述によって明らかになるはずです。

『仙源抄』跋文の「いづれの篇につきてか」を、〈どういう典籍に拠って〉という意味に理解しておきながら、書籍の下位分類をさした例の一つに入れてしまったのは不用意でした。この「篇」が典籍という意味ならば、求められているのは特定の書名です。「南華の篇」も『荘子』の全体をさした名称です（第4節）。

「いづれの篇」が、不特定の書名や、特定の典籍の不特定の下位分類をさす慣用句であったなら、それは、学問に携わる人たちの職業語――shoptalk――ですから、情況を客観的に把握していれば、なにが具体的に問われているのか容易に判断できたはずです。したがって、このような誤解や曲解が、専門家としての存在理由に関わるのは当然です。

「へん」が書名でも下位分類でも、質問と回答とのすれ違いかたは同じことになりますから、この章で試みた解釈の根幹は動きません。この場面では、篤成が「本草に御覧じ合はせられ侍れかし」と言っていますから、「本草」と言えば特定の本草書をさすという条件がないかぎり、有房は「塩」という項目が収録されている本草書の書名を尋ねたとみなすべきでしょう。ともあれ、用例の処理を誤ったために、有力な可能性の一つを見のがしていたことは、ことに小冊の趣旨からいって大きな黒星です。

「イヅレヘン」が「いづれの篇」に相当するとしたら、『節用集』の項目として収録されている理由がわかります。仮名表記から脱落した「ノ」は軽い鼻音として残っており、[イヅレンヘン]と発音されていたと推定されます。ぞんざいな発音――slurring――でひとまとめに縮約された語形が、あとの時期になって定着し、それが『節用集』に採録されたということです。慣用句から慣用語への移行という表現が可能でしょう。

『類聚名義抄』の図書寮本に、「莫惜」の和訓として、「サマラバレ」があります。観智院本には、そのほか、「遮莫」にも同じ和訓があります。「さもあらばあれ」が間投詞としてひとまとめに縮約され、書記に定着したものです。三巻本『色葉字類抄』の「佐」部「畳字」門には「遮莫」「任他」の二語をあげて、「サマアラハレ」「サモアラハレ」と注記されています。仮名表記は動揺していますが、どれも発音は同じでしょう。東京語の「ダレンチ」（＝誰の家）や「ソコントコ」（＝そこの所）のたぐいは書記言語として認知されていませんが、それらと同列に属する現象です。

字書の篇目もまた「篇」の一つです（第6節）。あとの時期になると、「イヅレヘン」の用法が、もっぱら、〈どの部首〉、すなわち、〈何偏〉という意味だけに使用されるようになり、その用法が通説の根拠になっているとみれば、『徒然草寿命院抄』以来の誤解にも、それなりの理由があったことになります。その筋道を追うなら、漢字表記が「何偏」でなしに「何篇」になっているのは、用法が広かった時期からの伝統として説明できますが、さしあたり、試行的な解釈の一つにとどめておくべきでしょう。

第四章　蜷といふ貝

みなむすびといふは○糸を結びかさねたる」
が○蜷といふ貝に似たればいふとあるやん」
事なき人おほせられき○になといふは」あや
まりなり

導言

『徒然草』がよく読まれているといっても、実際には、多くの章段がないがしろに扱われてきているようです。有名な章段についても、まだ解釈のゆきとどいていない部分が目に付きますが、まして、日のあたらない章段の場合にはなおさらです。

この章で考えてみようとする第一五九段は、『徒然草』をよく読んだことのある人でさえあまり記憶に残っていないほどの、短く、そして、内容的にも影の薄い感じの文章です。よく似た二つの語形のどちらが正しいかということが主題ですが、どちらに転んだところで、だからどうだというほどのことでもなさそうにみえます。ところが、光広本と正徹本とを比較してみると、言っていることが、まるで逆になっているのです。

いったい、作者が書いたのはどちらの形だったのか、どうしてそれが逆転してしまったのか、そういう疑問から出発して、伝本における異文処理の方法、漢字と仮名との互換性の限界、言語軌範のありかた、そして、散発的——sporadic——な語形変化の動因など、さまざまな問題について考えてみることにします。これもまた、文献学的解釈の典型的な見本の一つになるでしょう。

1　極端な異文

みなむすびといふは○糸を結びかさねたるが○蜷といふ貝に似たればいふとあるやん事なき人おほせられき○になといふはあやまりなり

二つの系統

右の文章を読んだかぎりでは、どうでもよいような瑣末な一つのことばに関するあげつらい、という程度の印象しか受けません。しかし、これに対応する正徹本の本文をみると、そこには、まったく逆のことが記されています。

になむすびといふは　いとをむすびかさねたるが　になといふかひに丶たればいふと　あるやんごとなき人仰られき　みなといふはあやまり也

古典文学作品の本文には、多かれ少なかれ、異文が付きものだとはいうものの、これほどまでに極端な食い違いの例は、ほかにないと言ってよいでしょう。これには、なにか特別の事情がなければなりません。

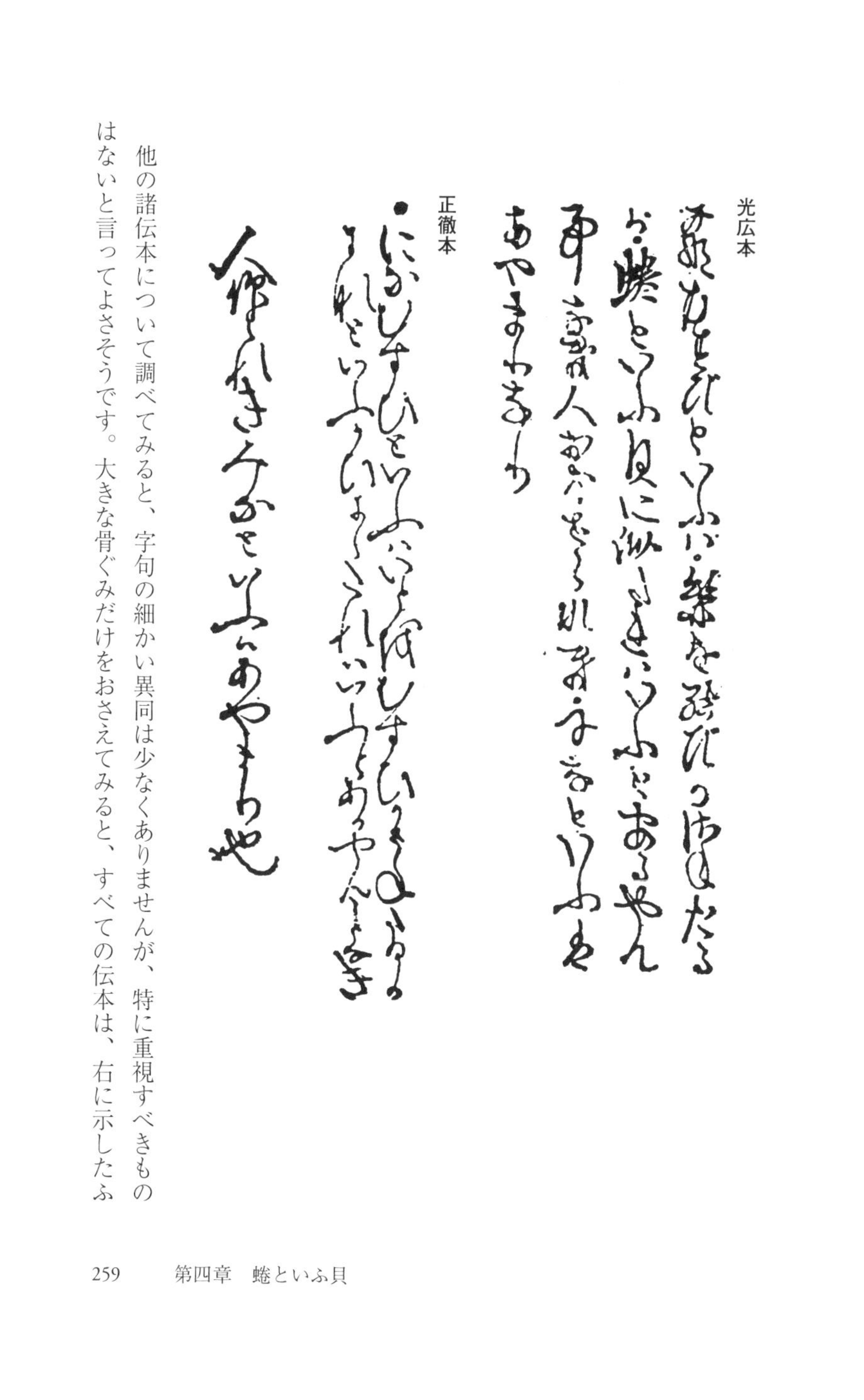

光広本

正徹本

他の諸伝本について調べてみると、字句の細かい異同は少なくありませんが、特に重視すべきものはないと言ってよさそうです。大きな骨ぐみだけをおさえてみると、すべての伝本は、右に示したふたとおりのうち、どちらかの形をとっています。いま、わかりやすくそれらを対比してみると、つぎのようになります。

［甲系統］みなむすびといふは、……になといふはあやまりなり。

［乙系統］になむすびといふは、……みなといふはあやまりなり。

述べられている内容はちょうど逆になっていますが、どちらも、それ自体として、つじつまのあう文章になっていることがわかります。したがって、これは、転写される過程において単純な写し誤りが生じ、それがもとになって大きく二つの系統に分かれてしまった、というようなものではありえないと考えられます。すなわち、これら二つの系統のうち、どちらか一方が兼好自身によって書かれた趣旨に沿ったものであり、他方は、その趣旨を意図的に逆転させて、それなりにつじつまを合わせたものとみなさざるをえない、ということです。

なお、この場合、第三の可能性として、兼好によって書かれた原型は甲系統でも乙系統でもなく、これら二つの系統は、その原型から分出したものではないか、ということを想定してみる必要まではありません。この文章についてはそのような叙述のしかたが、ありえないからです。

作者自筆本の形を伝えているのは、はたして、どちらの系統の本文なのでしょうか。また、どうして、これほどまでに大胆な改竄（かいざん）が加えられてしまったのでしょうか。

こういう問題を解決するためには、いろいろの接近のしかたがあるでしょうが、ここでは、文献学的解釈の立場から考えてどうなるかを検討してみることにします。それによって得られた結果は、この作品の、そして、もっと広く、古典文学作品一般の、本文批判のありかたにも、直接の関連を持つことになるでしょう。

蜷むすび

現在、「蜷」という漢字は「にな」と読まれるのが普通です。「にな」とは、主として淡水産の巻貝、カワニナをさし、また、それに似た海産の細長い巻貝をもさすようです。糸を結び重ねたその形状が「にな」に似ているということですから、漠然とした想像はつかないでもありませんが、「結び重ねたる」というのが、具体的にどのようになっているのかは、よくわかりません。後世になってから、これがそうだと引き当てられたものはありますが、そのとおりのものだったという保証はなさそうです。

宗巴の『徒然草寿命院抄』（一六〇四年刊）には、「になむすび」について、つぎのように解説されています。

公家ノ上ノ袴　或　聖道ノケサナドノカザリニ　糸ヲ以　結ビサグルナリ　ソレヲ云也

これによれば、高貴な男性が正式な衣服の飾りとして下げるものだと考えられますが、あるいは、「糸を結び重ねたるが、蜷といふ貝に似たればいふ」と表現されているのだから、これに相違ないだろうとか、これのほかにはないだろう、というだけのことかもしれません。その当否はともかくとして、こういう注釈がわざわざ加えられていること自体、十七世紀の初頭に、この語がどういう事物をさすのか、すでにわからなくなっていたことを意味する、とみなすべきでしょう。そもそも、それが一般によく知られているものだったとしたら、ここに問題にしているような異文を生じることにはならなかったはずだからです。

この章では、考察の対象を語形だけに限定し、「蜷結び」の実体がどういうものであったかについての考証は、有職故実の専門家にゆだねることにします。

従来の解釈

ことばの正誤についての言及は、この作品のところどころに見うけられます。この第一五九段の前後にも、そういう主題が取り扱われています。それらのすべてをひとまとめにして、兼好の尚古主義とか懐古趣味、あるいは、伝統への強い志向とか保守主義とかいったもののあらわれとして性格づけてしまうなら、作品論や作家論のためには、それで十分のようにみえます。そういう方面の議論にとっては、どういう事柄が取り上げられ、どのように結論づけられているか、ということだけが重要であって、どちらの語形が正しかろうと結局はどうでもよいことですから、これほど極端な異文が対立していても、どうしてここにみられるような逆転が生じてしまったのか、あるいは、どちらが正統の本文なのか、といったことについては、まったく注意が向けられてこなかったのが実情です。端的に言って、そのように面倒な手間をかけるだけの価値はない、ということなのでしょう。

「みな」と「にな」

注釈書の主たる関心の対象は、もっと深い内容を持った部分の方にありますから、この一段は、選釈のたぐいに、まったく取り上げられていません。しかし、全巻を扱う注釈書では、この一段を無視することが許されないので、いわばお義理のつきあいとして、ひととおりの説明だけは、たいてい加えられています。そういうたぐいの注釈書にそろって指摘されているのは、古い文献に、たとえば、つぎのような［ミ＝］と［ニ＝］との交替例がいくつも見いだされる、という事実です。

ミホ—ニホ（鳰）　ミノ—ニノ（蓑）　ミラ—ニラ（韮）　ニブ—ミブ（壬生）

これらの諸例から音韻交替の法則を帰納し、「みな」と「にな」との関係もまた、その法則で説明できるから、言語面での問題は残らない、ということでかたづけられています。

このたぐいの現象が文献上に見いだされることは事実ですが、どういう条件があれば交替し、どういう条件があれば交替しないのか、その条件がわかりません。すなわち、予知可能性——predictability——がないので、説明原理にならないということです。

たとえば、同じく［ミナ］でありながら、「蜷」は［ニナ］になり、「皆」は［ミナ］のままであるのは、現在の研究水準では恣意的としかいえません。

文献資料のうえに［ミナ］と［ニナ］との両形がみえるという事実を、語頭の［ミ＝］と［ニ＝］との間にみられる規則的な交替現象の一つとみなすにしても、どうしてこれほどまでに内容のくい違う本文が対立することになったのか、という肝腎な点を、それによって説明することはできません。

要するに、この文章についてはまじめに考えられてきていないということです。

2　蜷といふ貝

蜷といふ貝

光広本の本文では、七箇所に漢字が当てられていますが、それらのうち、つぎの六箇所については、特に問題にすべきこともありません。読みやすさをたすけるために当てられたものとみなしてよいでしょう。

糸　結び　貝　似たれば　やん事なき　人

いずれも平易な漢字ばかりであり、また、この文脈において複数の読みかたに分かれてしまうものも含まれていません。しかし、残るもう一つの漢字「蜷」のあてかたについては、かなり大きな問題がありそうです。

一読して知られるとおり、「になといふは誤りなり」という大切な結論は、この巻貝の呼び名の、その具体的な語形を根拠にして導かれています。したがって、ここはぜひ仮名で表記してほしいところであって――という以上に、仮名で表記されていなければならないところであって――、「蜷といふ貝」という表記は、いかにも無神経のように思われます。「蜷」が平易な漢字だとは言えそうもありませんし、文脈が文脈であるだけに、これでは、「みな」のつもりなのか、「にな」のつもりなのか判断に迷ってしまいます。

この文脈において、「蜷」という漢字の読みを、「みな」か「にな」かということで択一するとしたら、「みな」でしかありえないことは明らかです。そう読まなければ、そのあとに続く「になといふは誤りなり」という結論との論理的関係が整合しないからです。したがって、ここに漢字を当てたことは適切を欠くけれども、それによって文意が曖昧になったり不明になったりするような致命的結果は招かずにすんでいる、と言ってよさそうにみえます。

現行の注釈書の多くは、「蜷」という漢字をそのまま残し、「みな」と振り仮名を添えています。根拠は明示されていませんが、右のような理由づけによる確実な推定ということでしょうか。

甲系統に属する光広本の場合には、「蜷」という漢字を「みな」と読む以外になく、また、そう読むことによって文章の趣旨はよくわかりますから、なんの障害も残りません。しかし、乙系統の本文を考慮に入れると、問題はそれほど簡単でなくなってきます。

光広本の「蜷といふ貝」に対応する箇所が、正徹本では、「になといふかひ」となっています。乙系統の本文では、そのあとの結論が「みなといふは誤りなり」ということですから、それで筋がとおります。あるいは、そうでなければ筋がとおりません。

しかし、乙系統の本文で、ここの部分がすべて仮名がきになっているわけではなく、多くの場合「蜷」という漢字が当てられています。次に示す常縁本もその一つです。

常縁本「徒然草」

光広本の本文に当てられた「蜷」という漢字について、われわれは、そのあとの結論との論理的整合性ということから、「みな」と読んでおくことにしました。そうなると、常縁本の本文では、それとまったく同じ理由に基づいて、「にな」と読まなければならないことになります。現に、「にな」と振り仮名を添えた常縁本の注釈書もありますが、このように安易な論理は、あらためて再検討してみなければなりません。

読み分けはありえたか

一つの仮定として、この文章の結びが、「蜷といふは誤りなり」と表記されていたとしたら、いったい、われわれはこの漢字を「みな」と「にな」とのどちらに読んだらよいのでしょうか。事実として、そのような伝本は一つも存在しないようですし、また、存在しないのが当然でもありますが、ともかく、もしそうなっていたとしたら、それぞれ論理的に推定して、甲系統では「にな」と読み、乙系統では「みな」と読むべきことになるはずです。そして、そこに与えられるはずの読みは、「蜷といふ貝」の「蜷」の読みと、どちらも逆になる、という事実に注目しなければなりません。

一つの漢字が複数の和訓を持つことは、ごく普通にみられる現象です。また、たとえば、「カマビスシ」と「カマミスシ」、「ネムゴロニ」と「ネモゴロニ」、というように、同一の語の二つの変異形が存在する場合、「喧」とか「懇」とかいう漢字を読む際に、どちらか一方が任意に選択されていた、という事実もあります。どちらに読ませようとしたのか、書き手の意図が明確でないかわりに、どちらに読もうと文意の理解に影響が及ばない、ということです。文脈をよく吟味したうえで、二つの変異形の一方を排他的に選択しなければならないという事態は、事実上、起こりえないと言ってよいでしょう。したがって、「蜷」という同一の漢字を、同一作品の異本の対応箇所で二つに読み分けなければならないということは、日本における漢字の用法一般からみて認めがたいと考えられます。

解釈の枝わかれ

わずかこれだけの短い文章ですが、解釈の分かれる可能性をもつ表現が含まれていますので、右に指摘した問題の解明に取りかかるまえに、その点を固めておくことにしましょう。「になといふは誤りなり」を、「ついでに蜷を〈にな〉というのは誤りである」と現代語訳している注釈書があります。「〜おほせられし」までが主文であり、そのあとは添え書きだということです。しかし、この文脈は、当然、〈ついでに〉ではなく、〈だから〉という続きかたとして理解すべきところでしょう。特別に注意されるまでもなく、文章の流れとしてそのことは自明であるのに、この注釈書では、原文にないことばを挿入して読者を誤導しています。いろいろの読みかたをしてみることは大切ですが、正常な言語感覚の範囲で、という前提が必要です。

そういう逸脱は論外として、この文章には、解釈上、微妙なところがあります。以下には甲系統の本文に基づいてその問題を考えてみますが、文章の構成は乙系統もまったく同じですから、必要な変更を加えて——すなわち、「みな」を「にな」に置き換え、そして「みなむすび」を「になむすび」に置き換えれば——乙系統の本文についても同様の検討を加えたことになります。

問題は、「になといふは誤りなり」という結論の、その「にな」を、字義どおりに巻貝の名称とみなしてよいのか、あるいは、それを「になむすび」の省略とみなすべきか、ということです。どちらをとるかによって、この文章の趣旨は、つぎのように大きく違ってきます。

(a)「ミナむすび」という語の命名の由来は忘れられているが、本来、これは、「蜷結び」という意味である。したがって、あの巻貝の正しい名称は［ミナ］であって、現在、それを［ニナ］と呼んでいるのは誤りである。

(b)「ミナむすび」という語の命名の由来は忘れられているが、本来、これは、「蜷」、すなわち、［ミナ］と呼ばれる巻貝にその形状が似ているところからの命名であるから、「ミナむすび」が正しく、「ニナむすび」は誤りである。

(c)「ミナむすび」という語の命名の由来は忘れられているが、本来、これは、「蜷結び」という意味である。あの巻貝の正しい名称は［ミナ］であり、したがって、「ニナむすび」というよびかたも、また、巻貝を［ニナ］とよぶのも誤りである。

最後の(c)は、省略形を考える点で実質的に(b)の系——corollary——ですから、それに含めて考えればよいでしょう。

右の二つの異なる解釈を反映するものとして、二種類の英語訳を引用しておきましょう。

1) It is quite wrong, therefore to call it '*nina*.'*

2) It is a mistake to say *ninamusubi*.**

乙系統の本文による『徒然草寿命院抄』には、「兼好、ミナムスビワルシト云」とありますから、(b)の立場でこの表現を理解していることを意味しています。(a)の解釈を排除するために、わざわざ、このように注意したものと推測されます。現今の注釈書には、たいてい、「になというのは誤りである」といった逐語訳が与えられているだけです。これでは、(a)の立場で考えているのか、あるいは、こういう問題の存在をまったく意識していないのかわかりません。なかには、(b)の解釈をとったものもありますが、そのようにみなすべき根拠が示されていません。

* William N. Porter : The Miscellany of a Japanese Priest. London, 1914.

** Donald Keene : Essays in Idleness. New York, 1967.

正しい解釈

有職故実に関する正統の知識を重視する兼好にとって、「みなむすび」「になむすび」という二つのうちどちらが由緒ただしい語形なのかは関心の対象になったに相違ないが、巻貝の呼び名として、「みな」と「にな」とのどちらが正しいかということは、どうでもよかったはずであり、そういう些細な事柄について、わざわざ、このような一文を草するわけがない、と考えるとしたら、(b)の解釈が選択されることになります。しかし、兼好の基本姿勢がそのようなものであったと教条的に規定し、その規定のしかたのうえに立って判断を下したりすることはたいへん危険であって、しばしば、事の本質を見うしなう結果になりやすいことを認識しておかなければなりません。

もし、兼好の言いたかったのが(b)の方であったとしたら、この巻貝の名称をよりどころにして、糸を結び重ねて作ったものの正しい名称を決定しようとしていることになりますが、この文章の書き出しは、「みなむすびといふは…」となっているのですから、それは、最初から動かしがたい語形として前提されている、と考えるべきでしょう。そうだとしたら、巻貝の正しい名称は、当然、「みな」でなければなりません。すなわち、ほかの時期にはどうであろうと、糸を結び重ねた物が「みなむすび」と命名された時期において、巻貝の名称が「みな」でなかったとしたら、この文章は、まったく意味をなしません。逆に乙系統の本文で考えるなら、もちろん、「にな」が正しい語形だったことになります。

3　文献資料にみえる「蜷」Ⅰ

「みなむすび」ないし「になむすび」という名称の成立した時期がいつごろであったかを明らかにする方途は見いだせませんので、巻貝がどのようによばれてきたかを、文献資料によって跡づけてみることにします。

「蜷」の語形の跡づけ

上代の語形

この生物は、それ自体として和歌の題材になっていませんが、その腸が——あるいは、腸と見なされる部分が——、漆黒であるところから、『万葉集』では、つぎにみられるように、「みなのわた」という形で、「か黒き髪」「か黒し髪」を引き出す枕詞になっています。

美奈乃和多　迦具漏伎可美尓（かぐろきかみに）　いつの間（ま）か　霜の降りけむ　〔巻五・八〇四〕

三名之綿　蚊黒為髪尾（かぐろしかみを）　ま櫛（くし）持ち　ここにかき垂れ　〔巻一六・三七九一〕

ほかに、「弥那綿」〔巻七・一二七七〕、「美奈能和多」〔巻一五・三六四九〕などという表記も見られますが、いずれも「みなのわた」と訓ずることに疑問の余地がありません。「蜷腸」〔巻一三・三二九五〕も「みなのわた」と読まれています。

厳密に言うならば――これは上代語を取り扱う場合に、つねに付きまとう厄介な問題ですが――、右に得られたのがすべて和歌の用例ばかりだという点に、一抹の不安が残ります。同じ事物をさす二つの語がある場合、たとえば、和歌には「たづ」「かはづ」が用いられ、「つる」「かへる」は用いられない、というように、用語上の選択のみられることがありますから、ここでも、ことによると、「みな」が歌語で「にな」が日常語だったかもしれない、という可能性が想定できなくはないからです。したがって、『万葉集』に「みな」という語形しか見いだせないからといって、その時期の日本語に「にな」が存在しなかったとは、ただちに断定できません。

ただし、これは慎重に言えば、ということであって、巻貝の名称などに歌語と日常語との分化を生じていたということは、たとえ、それが枕詞として定着していたにしても、ほとんど考えられないことだ、と言ってよいでしょう。

平安時代の語形

この巻貝は、さきに述べたとおり、それ自体として和歌の題材にされるようなものではありませんし、また、「みなのわた」という枕詞も、平安時代以降は使用されなくなってしまいました。物語や日記の類にも顔を出しません。したがって、仮名文学作品から、この語の動静を知ることはできませんが、辞書の類には採録されています。

「新撰字鏡」の和訓

いちばん古い例として指摘できるのは、十世紀初頭に成立した『新撰字鏡』（天治本）にみえるもので、二つの項目に「美奈」という和訓が添えられています。そのうちの一つは「蜷」であり、もう一つは、二つの漢字をひとまとめにした熟字で、上の字が虫偏に「細」、下の字が虫偏に「金」となっています。

後世に簡略化された享和本『新撰字鏡』では、「蜷」の字に対する和訓が「尓奈」となっています。狩谷棭斎は、『箋注和名類聚抄』（巻八）の「河貝子」の項に対する注でこの事実に言及し、「尓奈」を「介奈」と読んだうえで、それが、「美奈之壊」だと言っています。もとは「美奈」とあったものを、「美」と「介」との字体が似ているために「介奈」と写し誤ったという解釈ですが、いささか強引にすぎるでしょう。これは、享和本のもとになった伝本に「美奈」とあったものを、後世の語形に合わせて「尓奈」と書き改めた、と考えるのが正しいようです。享和本が成立する以前に、［ミナ］から［ニナ］へという語形変化が生じていることは、以下に述べるところから明らかです。

ちなみに、享和本のもう一つの項目の方は、和訓が「美奈」になっています。ここに「美奈」があり、そして一方に「尓奈」があるのは不都合だと考えて——すなわち、十世紀の初頭に［ニナ］という語形が成立しているわけがないという判断から——、狩谷棭斎は、右のような処理によってそれを消去しようとしたのでしょう。享和本では、二箇所にあらわれる同一の和訓の、その一つを当代の語形に書き改め、他の一つをもとのままに残していることになりますが、改編された形にその程度の不統一があるのは自然なありかただ、と言ってよいでしょう。

『和名類聚抄』の和訓

『新撰字鏡』より三十数年あとに編纂された源順撰の『和名類聚抄』には、この巻貝について、つぎのように記されています。

河貝子　雀禹錫食経云、河貝子（和名美奈、俗用蜷字非也、音拳、連蜷、虫屈貌也）殻上黒小狭長、似人身者也

〔那波道円本・一九・亀貝類〕

すでにみたとおり、「蜷」という漢字は、『万葉集』において、この巻貝の名称に当てられており、『新撰字鏡』でも同様でした。しかし、右の説明によると、この漢字の本来の用法は、虫が体をくねらせるという意味であって、中国の典籍によると、巻貝を表わす語としては、「河貝子」がそれに当たる、ということです。このことは、あとで問題になりますが、さしあたり、『和名類聚抄』にみえる和名は「みな」だということを確認しておきます。

『色葉字類抄』の和訓

十二世紀末に完成された橘忠兼撰の『色葉字類抄』（三巻本）には、左の二つの項目が見いだされます。引用文中の「—」は「蜷」の字の省略です。前田家本の方が信頼性の高い伝本ですが、中巻が欠けていますので、その部分は黒川本から引用します。

河貝子ニナ又ミナ 蜷同 俗用二—字一非也　〔前田家本・黒川本・仁部・動物門〕

河貝子ミナ 蜷同 俗用レ之　〔黒川本・美部・動物門〕

『色葉字類抄』の、もっとも重要な典拠の一つは『和名類聚抄』であり、右の両項目も、そこから引用されていることは一目瞭然です。しかし、さきに見たとおり、『和名類聚抄』では和名が「美奈」となっていますから、「河貝子」という項目が二つに分裂して、「美」部だけでなしに「仁」部にも立項されていることについては、なんらかの説明が与えられなければなりません。なお、前田家本には「美」部を含む中巻が欠落しています。

「河貝子」が「仁」部にも置かれていることは、この巻貝の名に当てるべき漢字表記が「ミナ」だけでなしに「ニナ」という語形からも検索されるであろうことを、編纂者が計算に入れていた証拠です。なお、これら二つの項目は、鎌倉時代になって大きく改訂された十巻本『伊呂波字類抄』に、ほとんどそのまま受け継がれています。

一方「美」部の方にあげられた「河貝子」の項目には、ただ「ミナ」とあるだけで、「ニナ」という語形があることは示されていません。これでは、「仁」部の方の「ニナ、又ミナ」というあげかたと平衡がとれておらず、片手おちのようにみえないでもありませんが、ここはこの形でかまわないし、むしろ、このようにしておくのが適切であったというべきです。その理由は、以下の検討の過程において明らかになるでしょう。

改編本『類聚名義抄』の和訓

『類聚名義抄』は、『色葉字類抄』が編纂されたのと同じころに徹底的に改編され、原撰本とは異質の字書として生まれ変わりました。つぎに引用するのは観智院本ですが、その直接の祖形も、右の時期に成立したものと推定されます。

河貝子ミナ（平平）　〔法下・一三七〕

蜷（漢字注略）ニナ（ニの右傍にミ）　カウナ　マク（上平）　マガル（上上平）　〔僧下・三四〕

「河貝子」という項目には、「ミナ」という和訓だけが付されています。一方、「蜷」という項目の方には、「ニナ」という和訓を付したうえで、「ニ」の仮名の右傍に、「ミ」の仮名を書き添えて、「ミナ」という語形もあることを示しています。前者に「ニナ」を併記せず、後者に「ミナ」を併記している点において、『色葉字類抄』の場合と共通しています。

観智院本『類聚名義抄』

声点の機能

「河貝子」の和訓「ミナ」には、朱で《平平》という声点（しょうてん）が加えられています。仮名の左下の点は《平》で低い音節を、また左上の点は《上》で高い音節を表わします。したがって、これは、「みな」が、［○○］という低平型のアクセントで発音されることを示したものですが（五二頁参照）、ただそれだけではありません。この字書の凡例をみると、朱点の加えられている和訓と加えられていない和訓との違いについて、つぎのとおり説明されています。

片仮名有㆓朱点㆒者、皆有㆓証拠㆒亦有㆓師説㆒、無㆑点者、雑々書中、随㆓見得㆒注㆓付之㆒、不㆑知所追々可㆑決㆑之

片仮名ノ朱点有ルハ、皆証拠有リ、又師説有リ、点無キハ、雑々ノ書中、見得ルニ随ヒテ之ヲ注付ス。知ラザル所ハ追々之ヲ決スベシ

求める文字を検索しても、字書の和訓は文脈から切り離されているので、片仮名表記だけでは、語の同定が困難な場合が少なくありません。「コロス」という和訓が、〈殺す〉なのか〈懲らしめる〉なのかわからないということです。しかし、アクセントは、前者が［●●○］型、後者が［○○●］型ですから、それを標示すれば確実な同定が保証されます。また、「落つ」と「怖づ」とは、片仮名表記が同じで、アクセントも同じく［●○］型ですが、清濁を標示すれば同定に混乱を生じません。こ

の字書では、そのために、アクセントと清濁とを示す朱点を加えていますが、無条件ではありません。すなわち、その漢字をそのように訓読することについて確実な典拠がある場合には朱点を付し、信頼度の低い諸書から引用された和訓には朱点を付さないということです。

この基準によって、この字書のすべての和訓は信頼性の高いものと低いものとの二群に分けられています。伝承の明らかな和訓は積極的に同定しておくことができますが、素性のわからない文献から収集された和訓は、同じ仮名表記の他の語かもしれないし、誤写や誤記の可能性などもあるので不用意に同定するのは危険である、ということが背景にあってこのような基準が設定されたのでしょう。編纂者の学殖をもってすれば、二次的な文献から引用された和訓についても確実な同定が可能な場合が多かったでしょうが、このような機械主義をあえて採用することによって、朱点に〈御墨付〉としての役割を担わせています。換言するならば朱点の有無は和訓の品質――quality――の差を示しているということです。

「河貝子」を「ミナ」と訓ずることについては、権威の裏づけがあったことになりますが、この場合の「証拠」に当たるのは、『類聚名義抄』の基本的な編纂方針から考えて、中核的典拠の一つとされた『和名類聚抄』であったに相違ありません。

それに対して、「蜷」という項目の方では、併記された和訓「マク（巻く）」「マガル（曲がる）」に朱点が加えられているにもかかわらず、「ニナ（ミナ）」にはそれが加えられていません。『和名類聚抄』の「河貝子」という項目には、さきに引用したように、「蜷」という漢字を「みな」に当てて用いるのは誤用だ、という旨の注記がありますから、そのこととも符合しています。「連蜷、虫屈貌也」というのがこの漢字の本来の意味であれば、これを「マク」や「マガル」と訓ずることについての典拠があったことも理解できます。

4　文献資料にみえる「蜷」Ⅱ

経尊によって編纂された『名語記』（一二七五年）には、つぎのように記されています。

ミナムスビ如何　コレハ海中ノ甲虫ニニナトイヘルアリ　河貝子トモカキ蜷トモカケリ　ソレヲミナトモイヘリ　カノ貝ノハヒアリキタルアトノマサゴニツキタルガヤウヤウニムスボホレテイリクミタルニヨセテイヘルニヤ　又貝ヨリイデタル身ノアリサマニニセテムスベル義アル歟

（巻第十32丁表「ミ」）

この文献においては、問答形式で語句の解説がなされており、ここでは、「みなむすび」が問題にされています。この著者は、淡水産の「にな」を、海産の「にし」（第9節参照）と混同していますが、ともかく、これによって、『徒然草』の成立よりも数十年以前に実際に通用していた語形が「みなむすび」であり、その語構成は、すでに不透明になっていたことが知られます。なお、『名語記』には、ほかに「ニナ」という項目もあり〔巻第三17丁表「ニ」〕、そこにも、ほぼこれと同趣旨の説明が加えられています。ちなみに、この著者は、みずから設定した問題に誤った解答を示していることになりますが、意味が分からなくなっていたからこそ注釈が必要だったわけですから、たとえ断定的に述べられている場合にも、根拠を確かめずにこの種の解説を鵜呑みにするのは、たいへん危険です。

『日葡辞書』にみえる語形

あとの時期の文献ですが、『日葡辞書』には、つぎに示す二つの項目が収められています。

Nina, Caramujos.〔本編〕

Mina, i. Nina. Briguigões, ou caramujos. B.〔補遺〕

『邦訳日葡辞書』によると、caramujos は巻貝類の総称、briguigões はイガイ〔貽貝〕の意となっています。ポルトガル語は、どちらも日本語の「にな」そのものをさす語ではないようですが、いまの場合、取り立てて問題にするには及ばないでしょう。

『日葡辞書』は本編と補遺とから成っていますが、本編には「にな」だけで、「みな」は補遺の方に入れられています。しかも、「にな」の項目の方には、「みな」という語形もあることに言及されていません。それに反して「みな」の項目の方には、「にな」と同じ、と記されています。「みな」を本編に入れずに意図的に補遺にまわした、という積極的な処理の結果ではないはずですが、ともかく、ここでは、『色葉字類抄』や観智院本『類聚名義抄』の場合と同じく、「にな」が主で「みな」は従という位置づけになっています。

「みな」の項目では、訳語を与えたあとに、Bという注記が添えられていますが、この注記は、われわれの当面の課題にとって、重要な意味をもっています。この辞書の序文によるとBは卑語ですが、卑語といっても、低劣とか下品とかいうことではなく、下層階級のことば、という含みで理解すべきもののようです。

中世の辞書類にみえる語形

『節用集』の諸本をはじめ、中世の辞書類には――というように一括して言ってしまえば――、この巻貝の名称が「にな」であげられており、「みな」は、独立した項目として立てられていないだけでなく、「にな」と併記されていることもないようです。「みな」で検索される可能性を編纂者たちが考慮に入れていなかったからでしょう。

文明本『節用集』の「ミ」部「天地門」には、「美奈乃川（ナノカワ）常州」「三名河（ナノカワ）」という二つの項目が見いだされます。いずれも、〈蜷の川〉という意味で命名されたものが語源意識を失ったために、[ミナ]が[ニナ]に移行しても、それに連動して、「になのかわ」に移行せず、「みな」が化石的に保存されたものと考えられます。

筑波嶺（つくばね）の峯より落つるみなのかは　こひぞつもりて淵（ふち）となりける

〔後撰和歌集・恋三・陽成院御製〕

この「みなのかは」は、右の「常州」と注記された「美奈乃川」に当たりますが、百人一首では「みなのがわ」と読まれる習慣になっています。「あまのがは（天の河）」と同じように、固有名詞の語源意識が失われ、それが「なになに川（がわ）」という一般的な複合の型として把握されたために、こういう形の連濁を生じたものと考えられます。

易林本『節用集』の「仁」部「名字（みょうじ）」門に「蜷川（ニナガハ）」という姓が収められています。こういう表意的な表記が早くから結び付いていれば、この姓が相当ふるい時期にまで遡るとしても、「ミナ」から「ニナ」への移行に併行して、「みながは」は「にながは」に自然に移行しているはずです。ちなみに、現今の「皆川」姓なども、本来は「蜷川」という意味であったものが、「ミナ」から「ニナ」への移行に伴い、語構成意識を失って表記を変えたものかもしれません。地方によって、「蜷川」姓が「みながわ」であるのは、カワニナの方言形と結び付けて説明できるでしょう。

辞書類に基づく調査

このような調査は、各時期の辞書類を資料として利用するのがいちばん能率的ですが、同時にまた、それは、もっとも安直な手段になりやすいことも否定できません。すべてのことばは、辞書の項目として標本化されることによって、その姿をゆがめられてしまうからです。たとえて言えば、写真の背後には撮影者がいる、ということです。辞書の一つ一つの項目に、編纂者の意図が反映されて、全体が個性の所産になっていますから、その点でたいへん興味ふかいものがありますが、一枚の写真は、所詮、一つの角度からとらえた一つの面しか写し出すことができません。したがって、辞書類の検索による跡づけに満足することなく、文献資料にその語が生きて使われている姿を探し求める努力がなされなければ、ほんものの調査にはなりません。しかし、いざそれを実践してみようとなると、カワニナなどは、あまり普通に話題にのぼるものでないだけに、おいそれと見つけだすことができません。そこで、ここには、安直な調査結果であることを認識したうえで、これまでに得られたところをひとまずまとめてみると、おおよそ、次項のようなことが言えそうです。

なお、辞書類を主資料とする調査には、右に述べた難点のあることは事実ですが、一方、辞書の本来的なありかたから言って、各時期における軌範意識をうかがうことができる、という一面のあることをも指摘しておくべきでしょう。

調査のまとめ

文献時代以後、すくなくとも十世紀の前半ごろまで、この巻貝は、もっぱら「みな」と呼ばれていたようです。『万葉集』や天治本『新撰字鏡』、『和名類聚抄』などに、「みな」という語形しかみえないことが推定の根拠です。

しかし、あとになってmina＞ninaという変化が生じ、新たに「ニナ」という語形が成立しました。十二世紀の末ごろには、「ニナ」が「ミナ」と拮抗するか、あるいは、それ以上に優勢になっていたと考えられます。この巻貝の名称が「ニナ」だと思っている人たちは、それに当てるべき漢字を『色葉字類抄』に求める場合、当然、「仁」部の「動物」門を検索するはずですから、「美」部の方に収録されていたのでは役に立ちません。もし、ほとんどの人たちが「ミナ」を標準的な語形だと信じていたのなら、共存する「ニナ」の方は無視して、「美」部に「ミナ」を立項しておけばすむところですが――というより、そのように処置しておくべきでしたが――、実際には、当時、「ニナ」の方が支配的であったために、辞書の実用性という点からいって、「仁」部の方に「ニナ」を立項しておく必要があった、ということでしょう。

しかし、劣勢であったにせよ、この字書の編纂者にとって「ミナ」が正統の語形だったはずですから、実情に合わせて「ニナ」を立項し、「又ミナ」と書き添えることによって妥協しておいたものと解釈されます。そういう価値判断の根拠は、おそらく『和名類聚抄』にあったのでしょう。『和名類聚抄』の和訓は、それだけの権威を持っていたからです。

観智院本『類聚名義抄』の凡例にいう「雑々書」には、さまざまの文献が含まれていたと思われますが、概して言えば、新しい時期に属するものが多かっただろうと推測されます。そのために、「蜷」という漢字に付けられた和訓も、「ミナ」でなしに「ニナ」になっていたのでしょう。「ニ」の仮名の右傍に「ミ」の仮名が書き添えられているのは、「雑々書」の一つから写しとったままの形ではなく、

「ミナ」が正統の語形であるという編纂者の軌範意識をこのような形で示そうとしたものかもしれません。

「蜷」と「みなむすび」との乖離

この巻貝がまだ普通に「ミナ」と呼ばれていたあいだに、それとの外形上の類似から、特徴的な結びかたで作られた一つの物に「みなむすび」という名称が与えられたと思われます。ところが、その後になって、巻貝の「ミナ」は語形変化を起こして「ニナ」になりました。もし、「みなむすび」という語に、「蜷結び」という語構成意識が生きつづけていたとしたら、「ミナ」から「ニナ」への移行に連動して、「みなむすび」もまた「になむすび」に変化するのが自然なありかたでしょうが、そういう変化は起こっていないようです。それは、「ミナ」から「ニナ」への移行が起こった時期に、もはや、「みなむすび」が「蜷結び」として意識されなくなっていたからにほかなりません。そのために、「みなむすび」という語は、巻貝をさす「にな」と乖離し、特定の物の名称として、もとのままの語形で存続することになった——あるいは、取り残されてしまった——、と考えられます。

「ミナ」という語形自体が「ニナ」に変化しやすい条件をそなえていたとしたら、「皆」も「ニナ」になっていたでしょうし、「みなむすび」も、語構成意識と無関係に「になむすび」に移行していたことでしょう。その点だけからみても、「ミナ」から「ニナ」への変化を規則的な音韻変化として規定するのは誤りです。それについては第9節にあらためて取り上げます。

5　兼好の意図

乖離の理由

『徒然草』の第一五九段に立ちもどって、あらためて考えてみましょう。

「みなむすび」が具体的にどういうものをさすかについてはよく知っていても、上位成分の「みな＝」が、本来、どういう意味を持っていたのか、十四世紀には、すでによくわからなくなってしまっていたことは確かです。兼好自身、それを知らなかったか、考えてみたことがなかったか、これとは別の分析をしていたか、あるいは、巻貝の名称だろうという可能性が成立しないと信じていたか、ということでしょう。

下位成分が「結び」という意味であることは透明なのに、どうして、上位成分の「みな＝」が、巻貝の名称から乖離して不透明になってしまったのでしょうか。

ここで、われわれは、〈たけのこ〉の古名である「たかむな」「たかうな」がたどった道を想起します。この語が、「たかみな」、すなわち「竹蜷」から変化したという解釈に従うなら、ここでもまた、語構成要素としての「みな」が巻貝の名称から完全に乖離して不透明になっていたことになります。

「竹蜷」というのは、いかにもおもしろい見たてですが、それは、説明されて、なるほどということであって、だれの目にも直覚的にそのように印象づけられるものではなかったために、時がたつにつれて語構成意識が失われ、ひとり歩きを始めたのでしょう。「みな」の原義が忘れられていなければ、takamina > takamna > takauna というような変化を生じるはずがありません。

「みなむすび（蜷結び）」もまた、ちょうど「たかみな（竹蜷）」と同じように、おもしろい見たての命名ではあっても、そのひらめきを社会的に定着させることができなかった、ということでしょう。

正誤判定の基準

「あるやんごとなき人」の説明するところによれば、糸を結び重ねて作った物は「蜷結び」という意味だということですが、この分析が正しいとしたら――そして、兼好は、無条件にその権威を信頼したわけですが――、当時のひとびとは、つぎのように、巻貝の名称か、あるいは、糸を結び重ねて作った物の名称か、どちらかを誤っていたことになるはずです。

(a) 巻貝の正しい名称が「にな」であるとしたら、「みなむすび」とよばれている物は、本来、「になむすび」でなければならない。

(b) 糸を結び重ねて作った物を「みなむすび」とよぶのが正しいとしたら、巻貝の名称は「みな」でなければならない。

兼好は――そして、「あるやんごとなき人」もまた――、「みなむすび」という名称が正統に伝承されたものだ、という前提に立って、そこから出発していますから、導かれる結論は(b)でしかありえません。「になといふは誤りなり」というのは、まさに、この点についての判断を確言したものです。『徒然草』の「になといふは誤りなり」ということばは、「みなむすび」が正統の語形であることを十分に含意しています。『徒然草』のこの一節だけをみると、どうして、このように些細なことばを、ことごとしく取り上げているのか不審になりますが、「になむすび」なのか、あるいは、「みなむすび」なのか、そしてまた、それが具体的にどのような結び方をさすのかという点については、かねてからの懸案であり、ここに示されているのは——すくなくとも兼好の立場からするならば——、それに対する明確な結論です。「あるやんごとなき人」のことばをそのまま受け入れているあたりは、権威主義というほかなさそうですが、当時の学問の体質は——もし、それを学問と呼ぶとしたら——、概して、そのようなものだったといってよいでしょう。ただし、一般の人たちの感覚としては、この語を巻貝の「にな」と結び付ける限り、この結びかたは、「になむすび」のはずであるにもかかわらず、それが訛って「みなむすび」になっているのだから、これは「になむすび」と修正すべきだ、という考えかたが支配的だったのではないかと推測されます。

このような事情を想定してみると、「みなむすびといふは…」という表現の持つ重みがよく理解できます。「あるやんごとなき人」にとって——そして、兼好にとってもまた——、「みなむすび」こそ動かしがたい語形だったということです。

兼好は、「になといふは誤りなり」という判断を示すことによって、一般に、(a)か(b)かという場合、(b)の立場をとるべきだ——すなわち、日常語は流動的なので正統の伝承を信じるべきだ——、という基本姿勢をも同時に明らかにしていると考えるべきでしょう。つぎに続く第一六〇段には、日常語の「よからぬ」例をあげたあとに、その正しい言いかたを示し、「常に言ふことに、かかる事のみ多し」と慨嘆してしめくくっています。

「あるやんごとなき人」による説明の当否について、兼好は寸分の疑いもさしはさんでいません。これが、兼好の――というよりも、兼好の時代の――決定的な体質だと言ってよいでしょう。しかし、われわれの立場で独自に考えるなら、その説明を盲目的に信じることは許されません。故老の知識はすべて正しい、という権威主義は、いまさら通用しないからです。

語源説明は、確実な裏づけとともに示されないかぎり、巧みであればあるほど警戒しなければなりません。いまの場合についても、ほとんどだれも知らなかったらしい事柄について、どうして「あるやんごとなき人」だけがこのような説明をすることができたのかという、その根拠が明確でない以上、いかに断定的に言明されていても、「蜷結び」というのが語源俗解だったのかもしれないという可能性は、消去されずに残らざるをえないことになります。ただ、さいわいなことに、かりにその説明が語源俗解であったとしても、この章における中心的な課題にとっては影響が及びません。

6　漢字表記の必然性

漢字表記の理由

甲系統でも乙系統でも、問題の箇所が漢字で「蜷」と表記されている伝本が多いという事実を第2節で指摘しておきました。そのあとの「といふ貝」、ないし「といふかひ」で補強されていますから、巻貝の名称を仮名で表記しても同定に支障を来たすことはなかったはずです。ここでは、「蜷」の語形を引き合いに出して、それを含む複合語の語形を決定しようということですから、「蜷」の語形は仮名表記にするのが当然ではないか――という以上に、漢字で表記したのでは文章が意味をなさないのではないか、すくなくとも、文意を理解するのに難渋するのではないか――、と考えられるにもかかわらず、大部分の伝本に「蜷」と表記されているのは、不用意な用字ではなく、意図的に漢字表記が選択されているからだ――あるいは、漢字でしか表記できない理由があったからだ――、と考えるべきでしょう。

さきに指摘したとおり、『日葡辞書』では「にな」が本編に、そして、「みな」が補遺に収録されており、後者には卑語を表わすBという記号が添えられています。『徒然草』と『日葡辞書』とを隔てる二百数十年の空隙（くうげき）を埋めるべき文献上の証拠を見いだすことは困難ですが、十七世紀に編纂された

『日葡辞書』にあるぐらいですから、『徒然草』の執筆された当時に、［ミナ］が存在していたことは確実です。これまでの考察の結果からみると、ふつうには［ニナ］とよばれ、一部では［ミナ］とよばれていた、ということのようです。

一部では、ということには、年齢層のかたよりと社会階層のかたよりとが想定されますが、前者の可能性は除外してよいでしょう。『色葉字類抄』や観智院本『類聚名義抄』などでの扱われかたからみて、平安時代末期には、すでに［ニナ］が優勢になっていますから、『徒然草』の時期が移行の過渡期に当たっているはずはないからです。

上層階級の使用する語形を正しいとみなすのが言語軌範の普遍的なありかたです。したがって、その語形が［ミナ］であったなら「みなむすび」の語構成がここで問題にされる理由がありません。かりに、それが取り上げられたとしても、この文章は別な表現になっていたはずです。したがって、『徒然草』の時期にも、十七世紀と同じく、［ミナ］は下層階級の使用する語形であったと考えるべきでしょう。

右のような筋だてによって、巻貝の名称が、この文章のこの部分で漢字表記になっている理由が説明可能になりました。

これまでは、漢字の「蜷」が、「みな」か「にな」か、その一方に当てられているはずだという前提に立ち、文脈を踏まえた合理的選択として、甲系統の本文では「みな」、乙系統の本文では、「にな」と、器用に読み分けられてきました。別系統の本文を考慮に入れても、文章全体が逆になっているのですから、この部分もまた逆になるのが当然です。しかし、「蜷といふ貝」の「蜷」は、「みな」でもないし「にな」でもないと考えなければなりません。あるいは、「みな」でもあり「にな」でもあると言った方が、いっそうこの文字がここで果たしている機能を適切に言い当てたことになるかもしれません。

これまでの検討の結果を総括すれば、「蜷といふ貝」とは、〈「蜷」という漢字を当てるあの巻貝〉というつもりの用字とみなすべきことになります。

視覚的な理解

方言周圏論で知られる柳田国男の『蝸牛考』という著書は、［カギュウコウ］と読まれています。ぎこちないようですが、内容を知っている人たちなら、これを［カタツムリコウ］と読むことはできません。それは、「蝸牛」という漢字表記が、カタツムリのたくさんの方言形や、文献上にみえるさまざまの語形のすべてを、まとめて代表しているからです。『徒然草』のこの部分における「蜷」という漢字表記も、原理的にいって、これと同じ用法といってよいでしょう。

［カギュウコウ］という書名をはじめて耳にして、『蝸牛考』だと理解できる人は、まず、いないでしょう。声に出して読めばほかの形になりようがないだけであって、著者の一次的なねらいが、この漢字表記によって主題を視覚的に表明するところにあったことは疑いありません。「蝸牛」という表記によって意味されているのは、〈漢字で「蝸牛」と書かれ、方言によってさまざまによばれている

あの虫〉ということです。

これと平行的にとらえるなら、「蜷といふ貝」とは、〈漢字で「蜷」と書かれ、一般には「にな」、そして、下層階級では「みな」とよばれているあの巻貝〉ということになります。無理に音読すれば、「ケン（クェン）という貝」になるでしょうが、視覚的に理解することが期待された表記を声に出して読んでみてもしかたがありません。「蝸牛考」の場合には、書名ですから、無理にも声に出せる形が必要でしたが、それとは事情が違います。

表意文字としての漢字

「みなむすびといふは、蜷といふ貝に似たればいふ」という部分は、「あるやんごとなき人」のことばを引用する形式で記されていますが、すくなくとも「蜷といふ貝」に相当する部分は、その人物の発話をそのままに記録したものではありえません。説明的に話された内容を兼好が要約し、簡潔に、ここにみられる形にしたことは明らかです。

日本語の場合、古今を問わず、「〜と」によるこのような引用形式を、英文法などにいう直接話法——direct narration——とみなすのは正しくありません。この文章は、読者が目で追いながら理解できれば十分であって、口に出してどのように読まれるかというところまで作者は考えていなかったはずです。漢字は《形》《音》《義》の三つの要素から成る表語文字——logogram——ですが、こういう場合には、そのうちの《音》を捨てて、表意文字——ideogram——として使用されています。

めんどうな議論を積み重ねた末に、ようやく右の帰結に到達できたという事情からいって、漢字のこういう用法は珍しいのではないか、と考えてしまうおそれがありますが、そのようなことはありません。

軍記物や謡曲、あるいは平安時代の仮名文学作品などの文章は、漢字を交えて書かれていても、すべて声に出して読めるようになっています。その理由は説明するまでもないでしょう。ところが、『徒然草』には、耳で聞いても理解できない文章が、あちこちに出てきます。ここに取り上げた第一五九段の直前にある、第一五八段もその一つです。

盃のそこをすつる事は○いかゞ心得たると或人の尋させ給しに○凝当と申侍るは○そこにこりたるをすつるにや候らむと申し侍しかば○さにはあらず魚道也○流をのこして○口のつきたる所をすゝぐなりとぞおほせせられし

傍点を付した「魚道」は、そのあとの説明を聞いたぐらいで、どういう字面の語であるか簡単に推測できるようなものではありません。視覚的に理解されることを予期して——あるいは、視覚的にしか理解できないことを承知のうえで——、書かれた文章であることは明らかです。

これまでの注釈書が共通しておかしてきたあやまちの一つは、『徒然草』の文章を、平安時代の仮名文学作品の系列に属するようなものとして漫然と位置づけて、文字文化の質のずれに目を向けなかったところにある、と言わなければならないようです。そのずれは、時代の差によると考えるべきでしょう。

「蜷といふ貝」における「蜷」ほどに極端な例は少ないにしても、それに通じる漢字の用法なら、たくさん指摘できます。書きことばとしては——といっても、その枠づけが明確ではありませんので、書かれたことばとしては、という表現の方が適切かもしれませんが——、今日でも、そういう視覚的にしか理解できない用法がいくらでもあります。たとえば、「『徒然草摘解』という注釈書を読んでみたが、適解はほとんどなかった」、という文は、最初から黙読を前提としています。

仮名による書き換え

これまでに述べてきた筋道で考えるべきだとしたら、現存する諸伝本にみられる「蜷」という漢字表記は本来的なものであり、後世になって漢字に書き改められたとは考えられません。すなわち、作者自筆本の用字が忠実に継承されている、ということです。したがって、正徹本のようにそれを仮名に書き改めたり、あるいは、漢字表記と仮名表記とは等価であるという考えかたに基づいて、その漢字に「みな」とか「にな」とか振り仮名を加えたりしたものは、すべて、正しい解釈に思い及んでいないことになります。

正徹本の「になといふはあやまりなり」という本文を読んで、「にな」と表記されている語が、原文では漢字で書かれていたのではないか、という疑いを持ち、それに基づいて全体の解釈を考えることは、ほとんどありえないでしょう。したがって、正徹本におけるこの親切な書き換えは、結果から評価すると、たいへんな罪つくりであり、極言するならば、事実上、復原不能な破壊行為です。しかし、光広本のように、作者自筆本の形をとどめている本文を読んでも、それを読むがわが、漢字表記と仮名表記との完全な互換性をあたまから信じこんでいたのでは、やはり、この文章の趣旨を、作者によって意図されたとおりに理解することはできません。六百年以上を経た現在では、読むがわにも、十分な知識と洞察力とが必要とされるようになっています。

7　異文成立の理由

甲系統か乙系統か

なかば結論は出ているようなものですが、甲系統と乙系統との本文のうち、どちらが作者自身によって書かれた趣旨を伝えているか、という問題について最終的な結着をつけておきましょう。

あらためて、甲系統と乙系統との違いを確認しておきます。

［甲系統］みなむすびといふは、……になといふはあやまりなり。

［乙系統］になむすびといふは、……みなといふはあやまりなり。

『徒然草』が執筆された当時、この巻貝は、ふつう——ということは、兼好にとってのふつう、すなわち、上層階級では——、「にな」とよんでおり、下層の人たちは「みな」とよんでいたであろうというのが、さきに得られた帰結でした。したがって、糸を結び重ねて作った物が、もし、乙系統の本文にあるように、「になむすび」と呼ばれていたとしたら、「にな」という語がほかにあったわけではないので、「あるやんごとなき人」による説明をまつまでもなく、「蜷＝結び」という構成の語であることが透明だったはずであり、そのような事柄が、あらためて問題にされるいわれはありません。したがって、それは、「みなむすび」と呼ばれていたと考えるべきでしょう。

同じ時期に、「みな」という語も存在していたので、それが「みなむすび」の「みな」ではないかという可能性が想定されないわけではなかったでしょうが、ほんとうなら［ニナ］と言うべきところを、下層の人たちが訛ってそのように下品な発音をするのであって、まさかその［ミナ］が有職の用語に結び付く由緒ただしい語形だなどとは、だれも自信を持って言えなかった、ということなのでしょう。

右の解釈から、つぎの帰結が導き出されます。すなわち、作者によって書かれた趣旨を正しく伝えているのは甲系統の本文であり、乙系統の本文は意図的な改竄である——と。

もちろん、自筆本文の復原ということになれば、甲系統として一括した諸伝本の本文にも相互に異同がありますから、それはまた別の問題です。

書き換えの理由

乙系統の本文は、甲系統の本文を意図的に書き換えることによって、新たな整合を図ったものであることが明らかになりましたが、そういう操作が行なわれた理由について、正徹本をもとに検討を加えてみます。

考えられる一つの可能性は、『徒然草』が執筆された当時に「ミナむすび」と呼ばれていたものが、それから約百年後、正徹本が書写された時期までに、「ニナむすび」に変化していたのではないか、ということです。この書き換えをしたのが正徹自身なのか、あるいは、すでにそれ以前の段階からそうなっていたのかはわかりません。ともかく、その変化が生じたあとでこの作品を書写した人物にとっては「みなむすび」という語が存在せず、それにきわめて近い語形の「になむすび」があったので、もとの伝本の「みなむすび」を「になむすび」の誤りと認めて、正しく書き改めた、ということで、これは、ありうるとみてよいでしょう。その立場からとらえるなら、下層の人たちがこの巻貝を「みな」と呼んでいるのは、言うまでもなく「にな」の訛りですから、最後の部分を「みなといふは誤りなり」と改めて、全体を矛盾のない文章に整えることにも、ためらいを感じなかったはずです。

右の筋だては、もし、そのような語形変化がその時期に生じているとしたら、と仮定してのことですが、ほんとうにそういう変化が生じていたかどうかは証明できず、なんとも言えません。一つの可能性として想定してみる必要はありますが、実際には、ほとんど成り立たないと考えるべきでしょう。

第二の可能性は、乙系統の本文が成立した時期に、「ニナむすび」が支配的であったために、この書き換えが行なわれたのではないか、ということです。経尊が「ミナむすび」という語形の根拠を説明しているのは、とりもなおさず、その語構成が不透明になっていたことを意味しています。また、

「あるやんごとなき人」や兼好が「にな」の正統性を否定していることは、「ニナむすび」が優勢になっていた事実を暗示しています。

甲系統の本文は、〈「みなむすび」は～に由来しているので、「にな」という名称は正しくない〉という表現になっていますが、その意図を現実に即して理解するなら、〈あれを「ニナむすび」とよぶ人が多いが、「ミナむすび」と訂正すべきだ〉ということでしょう。対等に共存している二つの語形の一方を否定しているのではなく、すでに劣勢になっていた語形の復権を主張しているのでしょうが、言語変化一般がそうであるように、このような発言によって変化に歯止めはかからなかったということです。

書写した人物が「ニナむすび」しか知らなかったとしたら、「みなむすびは～」という本文を「になむすびは～」の誤写ないし誤記と認め、そのように訂正するのが当然の処置だと考えたでしょう。また、「になむすび」を固めたうえであとを読めば、この末尾は「みなといふは誤りなり」と結ばれていなければなりません。「ミナ」という卑語を知っていても、卑語が誤りであることは当然ですから、書き改めに躊躇を感じることはなかったはずです。このような過程を経て乙系統の本文は自然に出来あがります。

この巻貝の名称は「ニナ」であり、また、「蜷」という漢字の正統の和訓は「ニナ」でしたから、「蜷といふかひ」は疑いもなく「になといふかひ」であって、その読みかたは動きません。しかし、それを前提にしてこの文章を読むと、前後に矛盾を生じます。その矛盾を解消して論理を一貫させたのが乙系統の本文なのではないか、というのが第三の可能性です。すなわち、甲系統の本文の「蜷」に「にな」を代入すると、つぎのような筋だてになります。

　みなむすびといふは　になといふ貝に似たればいふ
　∴になといふは誤りなり

これではつじつまが合いませんから、まず、「みなむすび」を「になむすび」と訂正します。また、文章の脈絡をたどれば、「みなといふは誤りなり」と結論づけられていなければ意味をなしませんから、これも訂正します。このようにして調整されたのが乙系統の本文ではないかということです。下層階級のよびかたを知っていても、そういう素性の語形が排除されるのは当然と考えたであろうことは、まえの場合と同様です。

この場合、前後の部分が正しい本文であって、「蜷」という漢字が誤写ではないかという可能性が考慮されたとしても、そういう誤写を生じる蓋然性はきわめて低いと評価されたでしょう。なぜなら、この文脈で、「蜷」と混同しやすい字形をもつ漢字は考えにくいだけでなく、一般的な傾向として、漢字よりも仮名の方に、はるかに誤写が生じやすかったからです。

第一の可能性は、事実上、消去されましたが、はたして第二か第三かとなると、断言的なことはなにも言えません。わたくし自身の考えかたは、五分五分以上に後者のがわに傾いています。というよりも、そちらのがわに寄せたい気持ち、というのが正直なところでしょうか。漢字の用法の問題としてみると、その方がいっそうおもしろいからです。『徒然草寿命院抄』の著者などは、ことばとして

「になむすび」を知っていたのではないか、という疑いも濃厚です。

伝本の評価

乙系統に属する多くの伝本でも、巻貝の名が漢字表記になっているのは、兼好自筆本の用字を継承したものだろう、というのがわたくしの推定です。しかし、それは、この語がこの文脈で漢字表記になっている必然性を正しく理解したうえで忠実に写し継いだのではなく、この漢字を「にな」と等価と認めながら、それを、正徹本のように、仮名に書き換えることをしなかったにすぎないと思われます。作者によって意図されたとおりにこの文章の趣旨を把握していたなら、「みなむすび」を「になむすび」に、そして、「になといふは」を「みなといふは」に書き改めてまで、文章の脈絡を一貫させるようなことをするはずがないからです。漢字は漢字のままに残しておくにしても、仮名で表記されている語の方は手を加えざるをえなかった、ということでしょう。

現行の注釈書は、ほとんどすべて、底本として光広本を採用しています。その理由を明示的に述べているものもありますが、光広本を選択するのが、あたかも、学界における確立された常識であるかのような立場をとって、ほとんど、あるいは、まったく、そのことについて説明をしていない場合が多いようです。権威主義というより無批判というべきでしょうか。

問題を単純化して、光広本と正徹本との二つだけで考えると、第一五九段に関して、兼好の意図を正しく伝えているのは光広本であって、正徹本は二重に危険であることが明らかになりましたから、光広本に依拠することの正当性が保証されたかのようにみえます。

　しかし、これはただ一つの場合にすぎず、この点について優劣が明確になったからといって、その結果を単純に一般化して、光広本を全面的に高く評価してしまうことはたいへん危険です。第一三六段の「しほといふ文字は、いづれの偏にか侍らん」という「偏」の漢字表記が、この挿話を理解するうえで致命的であったことについては、第三章に詳しく述べたとおりです。光広本では、「蜷」という漢字が温存されていますが、これは、正しい解釈を与えたからではなく、この形で「みな」と読んでいただけではないかと疑われます。

　この作品に限らず、どれが最善本だ、などと軽々に結論づけない方が安全です。善本とか最善本とかいうことばがよく使われますが、それが、はたしてどういう意味なのかということを、あらためて問いなおしてみなければなりません。

兼好の主張

　表現に即して理解するかぎり、兼好が直接に主張しているのは、あの巻貝を［ニナ］とよぶのは誤りだ、ということですが、その主張の趣旨を忖度するなら、つぎのようになるでしょう。すなわち、「蜷」という漢字で表わされるあの巻貝を、一般には［ニナ］とよんでいるが、下層階級の人たちは、［ミナ］とよんでいる。社会階層の違いによる偏りなので、正しい語形は［ニナ］であり、［ミナ］は崩れた語形である、というのが原則的な評価の尺度であるが、「ミナむすび」という有職の用語は、この巻貝との形状の類似に由来しているので、この場合については「ミナ」を正しい語形と認めるべきである。

兼好のねらいは、「あるやんごとなき人」の権威を借りてこのように断定し、「ミナむすび」という語形の復権を図るところにあったのでしょうが、表現としてはこのような形がとられており、そのこと自体に大きな意味がありそうですので、そのことについて次節で考えてみることにします。

8　兼好の軌範意識

客観的な軌範

たがいに近似した二つの語形があって、それらが同一の事物をさして用いられている場合には、一方が正しくて他方が誤りだというのが、時代と方処とを問わず、ことばについての一般的な認識のありかただと言ってよいでしょう。それぞれの語形を使用する人たちの分布が、社会階層の違いに応じて分かれている場合には、上層の人たちによって使われている方が無条件に正しく、そして上品なことばなのだという共通理解が、ほとんど完全に成立しています。「みな」と「にな」との関係も、中世においては、そのような一般的認識に基づいてとらえられていたと考えられます。しかし、兼好は、これら二つの語形に関するかぎり、その関係が逆になっているのだ、ということを断定的に言明しています。

人体寄生虫の中間宿主になるという理由もあって、現今ではカワニナを食用に供する習慣がほとんど失われてしまったようですが、兼好の時期には、今よりずっと身近な存在だったと思われます。しかし、それだからといって、［ニナ］と［ミナ］とのどちらが正しいよびかたなのかと、ことさらにあげつらわなければならない対象だったとは、とうてい考えられません。兼好にとっても、それ自体としては、とるにたらないもので、どちらでもかまわなかったのかもしれません。しかし、ことばの正しさについての右のような共通理解を尺度にしてすべてを律しようとすると、なかにはこのような例外もあるので、その判断には慎重を期する必要がある、という含みが、「になといふは誤りなり」ということばにこめられているとしたら、この事例についての指摘は、たいへん重要な意味を持つことになります。個から一般へと問題が広がるからです。

真実に迫ろうとするならば、常識的な感覚に支えられた安易な共通理解で判断せずに、客観的な根拠が求められなければならない、というところに兼好の真意がある、などと言えば解釈の行き過ぎでしょうが、すくなくとも、これと同じような事例がほかにもありうることを念頭において、兼好はこの文章を書いていると考えるべきでしょう。

矛盾する二つの軌範

確実な根拠さえあれば、下層の人たちの使う語形でも正しいと認める兼好の態度は、当時として、非常に柔軟だったと評してよさそうにみえます。しかし、この柔軟性が、実はどうにもならないほどの硬直性とうらはらの関係にあることも見のがせません。

いまの場合、もし、下層の人たちの使う語形が、一般的なありかたとして、つねに誤りだという立場をとるとしたら、つぎのような問題を避けることができなくなってしまいます。

(1)「みなむすび」の上位成分は、巻貝の名称と無関係であって、どういう意味の語であるかわからない。したがって、この語の正体は不明である。

(2)「みなむすび」の上位成分が巻貝の名称だとしたら、正しい語形の［ニナ］と置き換えて、「ニナむすび」に改めなければならない。

前者の線をとれば、「あるやんごとなき人」の権威が否定されるし、また、後者の線をとれば、伝承された有職の用語の正統性に重大な疑義が生じますから、いずれにしても不都合です。しかし、雅俗・正誤の一般的なありかたを鉄則とみなさずに、［ミナ］を正しい語形として認知すれば、聖域に立ち入らないですみます。兼好としては、二つの可能性のどちらであるかを、いわば、言語の問題として客観的に天秤にかけたうえで、［ミナ］が正しいと判断したわけではなく、自己の主張を一貫させるための、おそらく唯一の可能な解決として、「になといふは誤りなり」を選択したのでしょう。

兼好にとって、たがいに矛盾する二つの言語軌範があり、「になといふは誤りなり」という断定は、劣位にある軌範の犠牲において優位にある軌範を守ろうと意図したものであるとしたら、言語軌範の本質的なありかたについて考えるうえで、これは興味ある一つの例といえそうです。

9　語形変化の動因

個別的変化の動因

語頭の［ミ］が［ニ］と交替した例を文献から拾い出せばいくつもありますが、巨視的にみるならば、それらは、［ミ］を語頭にもつ諸語の、ごく一部を占めるにすぎません。たとえば、［ミチ］（道）や［ミヅ］（水）について、［ニチ］とか［ニヅ］などという語形は文献上にも現代諸方言にも見いだされませんし、また、［ミナト］（港）・［ミナモト］（源）・［ミナミ］（南）など、語頭にあって［ナ］に先行する点において音韻論的環境――phonological environment――が［ミナ］（蜷）と共通している［ミ］についても、［ニ］と交替した例を指摘することができません。二音節語で［ミ］が［ヨ］に先行するという条件なら［ミネ］（峰）を例に引いてもよいでしょう。同じく［ミナ］であっても「皆」には［ニナ］という交替形を生じた形跡が認められません。

一般に、語形変化を起こした諸例のすべてについて、変化の理由を説明しようと試みても、納得のゆく説明のつかないものが残らざるをえませんが、しかし、基本的な立場としては、それぞれの場合ごとに、そのような変化を起こすべき――あるいはそのような変化の起こりうる――、個別的な動因があるはずだ、と考えてみるのが正しいでしょう。

術語による規定

ここにmina＞ninaという式を書いてみればわかるように、これは、語頭の子音［m］が、後続する子音［n］に同化——assimilate——することによって生じた変化です。［m］と［n］とは鼻音性——nasality——を共有していますから、これは起こりやすい変化の一つです。もう少し細かく言えば、先行音が後続音に同化していますから、これは逆行同化——regressive assimilation——です。ただし、警戒しなければならないのは、特定の変化をそのような言語学の術語で類型化することによって、それが、起こるべくして起こった自然な移行であると了解してしまうことです。

右にmina＞ninaという語形変化を逆行同化と規定したのは、客観的な事実として生じていることの変化が、結果からみてそういう型に当てはまると認めただけにすぎません。もし、mina＞mimaという変化が起こっていれば、先行する子音［m］によって後続する子音［n］が同化されたと認めて、順行同化——progressive assimilation——とよべばよいだけです。かりに、nina＞minaという変化が生じていれば、異化——dissimilation——という術語が用意されています。tonini（頓に）＞tominiなどは、そういう異化の一例です。

語形変化の型を規定する術語はたくさんありますが、どれも、すでに生じた変化について、その変化のありかたを説明するものであって、変化の方向は予測できないことを確認しておかなければなりません。換言するならば、それらの術語は、語形変化の可能性ないし合法性を示唆するにとどまるものであって、その変化が生じるべき必然性を含意しないということです。

対の形成

［ミナト］［ミナミ］［ミネ］というような、さきに言及したいくつかの例の存在からも明らかなように、［ミナ］という語形は、必然的に［ニナ］に変化すべき条件をそなえていたわけではありませんから、変化を起こした一次的な理由は、もっとほかのところにありそうです。

ここで注目したいのは、巻貝をさす語として、もう一つ、「にし」という語があったという事実です。たとえば、『和名類聚抄』にはつぎの項目があります。

小辛螺　七巻食経云、小辛螺和名仁之、楊氏漢語抄云、蓼螺子　〔巻十九・亀貝類〕

この項目の排列されている位置は、「河貝子」から数えて四項目めに当たり、両者はごく近い関係にあります。また、三巻本『色葉字類抄』でも、「ニシ」と「ニナ」とは、「仁」部の「動物」門に、つぎのような形であげられています。

小辛螺ニシ　蓼螺同　河貝子ニナ又ミナ　蜷同俗用―字非也　〔前田家本・仁部・動物門〕

二つの事物がどれほどよく似ていたとしても、それぞれをさす語の外形がまったく違っていれば、語形の相互干渉は起こりません。しかし、［ミナ］と［ニシ］との場合には、どちらか一方の語頭子音をほんのひとひねりするだけで、それぞれによってさされる対象の類似を、二音節語どうしにおける語頭音節の共有によって象徴的に表わすことができるという、いわば絶好の条件にあったわけですから、一方が他方に牽引されるのは、きわめて自然な過程です。

そのような牽引が生じた場合、成立する対の形としては、つぎの二つのうちの一つが想定されます。

(a)［ミナ］と［ミシ］との対――nitsi ＞ mitsi の変化によって成立可能

(b)［ニナ］と［ニシ］との対――mina ＞ nina の変化によって成立可能

変化の筋道

どちらの対の方ができやすかったか――あるいは、作りやすかったか――、ということが当面の問題ですが、ここにおいて、逆行同化ということが、はじめて実際の意味を持ってきます。

すなわち、(a)の対が形成されるためには、［ニシ］が［ミシ］に変化しなければなりませんが、nitsi ＞ mitsi という変化を類型として規定する適切な術語はありません。それは、そういう変化を起こすための順当な道が開かれていなかったことを意味しています。それに対して、mina が nina に変化することによって(b)の対を形成するためには、逆行同化という、いわば無理のない道が用意されていた、ということです。

逆行同化は、そのあとに続く音を先どりする変化という意味で、先取同化――anticipatory assimilation――ともよばれていますが、この場合について言えば、後続する子音［n］を予想して、語頭の

［m］が［n］と発音されるようになったのではなく、いわば、［ニシ］との適切な対を形成するための可能な変化の方向として、逆行同化が選択されたと考えるべきでしょう。このように、効率的な運用に都合のよい変化が、特定個人の意志を超越して社会的に方向づけられるところに、相互伝達の媒体としての言語の機微が、そして言語変化の機微があります。さす対象自体が類似しており語形も類似していたところから、しばしば言い誤りが生じ、誤られた語形の方がもとの語形よりも運用のうえで便利であったために新しい語形として定着した、というのが、現実の過程だったと想定されます。

こういう散発的な――sporadic な、すなわち、systematic でない――語形変化について、変化の主たる原因を調音の機序――mechanism――に求めても合理的な説明が困難です。また、ほんとうに究明しなければならないのは、背後にあってその変化を生じさせた内部的な動因です。現実に生じた語形変化は、診断の手がかりとなる症状のようなものです。［ミナ］から［ニナ］への語形変化は、そういう視点から解釈すべき典型的な場合の一つと言うべきでしょう。

もう一つの帰結

最後に、論評を加えることなしに、この段についてのつぎの解説を一つの注釈書から引用しておきます。文献学的解釈による帰結との差に注意してください。

「〈みな〉と〈にな〉は、ともに中古の辞書に見え、兼好の価値基準からすれば一方を誤りと決め付けられないはずだが、彼は〈にな〉をなまりと思い込んでいるらしい。が、正徹本など、この段の

〈にな〉と〈みな〉が逆になっている本文がある。それを尊重すれば、正否がまるで反対になる。この二つはそれほど微妙な関係にあるのだが、それでもこだわらずにいられないあたりに、いかにもことばにうるさい尚古主義者らしい面目が出ており、苦笑が誘われる。」

既発表論文に寄せられた柳田征司・山口佳紀・山口仲美・高野郁子の四氏による御助言によって、引用の誤りや論述の不備を修正できました。記して感謝もうしあげます。

〔礎稿〕「蜷といふ貝――漢字表記を音声化すべきでない場合――」(『馬渕和夫博士退官記念国語学論集』大修館・一九八一年)

第五章　いみじき秀句

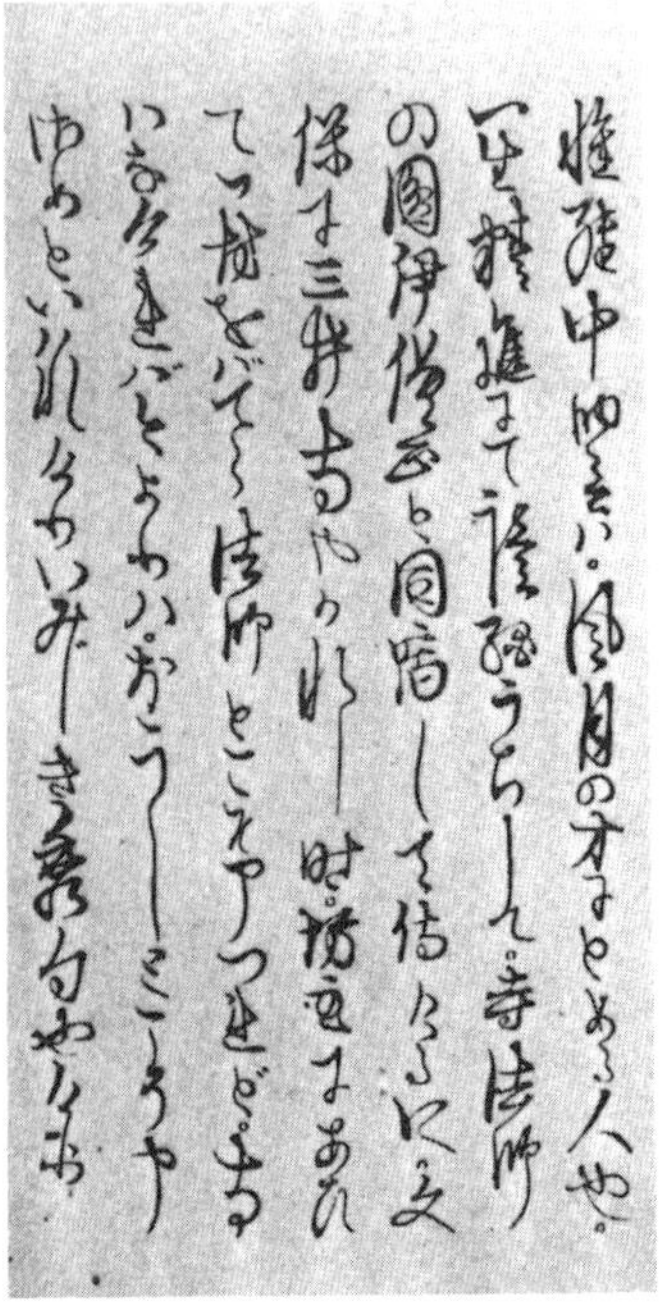

惟継中納言は○風月の才にとめる人也○」一生精進にて読経うちして○寺法師」の円伊僧正と同宿して侍けるに○文」保に三井寺やかれし時○坊主にあひ」て御坊をばてら法師とこそ申つれど○寺」はなければ今よりは○ほうしとこそ申」さめといはれけりいみじき秀句なりけり

導言

ことばの意味が時間の推移につれて変化した具体例は、与えられた知識として、また、みずからの体験をとおして、だれもが知っています。しかし、それぞれのことばに付随する感化的内包――affective connotation、すなわち、そのことばと不可分な印象や評価――の変化となると、とかく見すごされやすく、そのために、理解のひずみを生じている場合が少なくないようです。

「いろごのみ」が異性に対する関心の大きい人物をさすことは、平安時代も現代も変わりありませんが、その感化的内包となると正負の開きがありますし、井原西鶴の『好色一代男』その他における「好色」という語の使われかたは、そのどちらとも違っているようです。これなどは、かなりはっきりした例ですが、そういう内包の変化まで正確に跡づけられていることばは、あまり多くありません。ことに漢語の場合には、いつまでも本来の字義どおりの意味で使いつづけられていると思いこまれがちですが、漢字本来の意味と日本における実際の用法との間に大きなずれの生じている場合が少なくありません。正しい解釈を目ざすためには、そういうずれに対してつねに敏感であることが必要です。

『徒然草』の第八六段は、その焦点ともいうべき部分について、これまですっきりした解釈が与えられていませんが、一つの漢語の感化的内包の変化に着目することによって、新たな解釈への道が開けてくるようにみえます。そのような意味のずれの存在をどのようにして見いだし、どのように理解を修正するか、その具体的な方法や手順を提示してみようというところに、この章のねらいがあります。

なお、この文章についての最終的な解釈に近いところまで考察が及びえたかどうかについては、判断を保留せざるをえないことを、あらかじめお断りしておきます。

1　秀句の所在

惟継中納言は○風月の才にとめる人也○一生精進にて読経うちして○寺法師の円伊僧正と同宿して侍けるに○文保に三井寺やかれし時○坊主にあひて御坊をばてら法師とこそ申つれど○寺はなければ今よりは○ほうしとこそ申さめといはれけりいみじき秀句なりけり

○やかれし時――やかれにしとき（正）　○申つれと――申つれとも（正）

○今よりは――今は（正）　○ほうし――法し（正）

惟継中納言は風月の才に富める人なり　一生精進にて　読経うちして　寺法師の円伊僧正と同宿して侍りけるに　文保に三井寺焼かれし時　坊主に会ひて　御坊をば寺法師とこそ申しつれど　寺はなければ　今よりは　ほうしとこそ申さめと言はれけり　いみじき秀句なりけり

問題の所在

中納言平惟継（これつぐ）は、詩作の才にすぐれ、また、生涯、仏道に精進して読経にいそしむ生活を送っていた。惟継は三井寺の円伊僧正と「同宿」の間柄だったが、文保三年（一三一九）に三井寺が焼き討ちされたとき、円伊に対してつぎのように言った。あなたをこれまで寺法師とよんできましたが、もう寺はないので、これからは、「ほうし」とよびましょう、と。これは、実にすばらしい「秀句」であった。

　この挿話の大筋は、右のようなところでしょう。「同宿」と「秀句」との意味については、あとであらためて考えてみることにします。

「寺法師」の「寺」がなくなれば「法師」だけが残る、という単純な引き算の理屈はわかりますが、ここでわからないのは、この惟継のことばを、どうして兼好が、「いみじき秀句なりけり」という表現でほめあげているのか、ということです。ただのふざけにすぎないとしたら、なんのことはありませんが、なにか、もっと深長な意味がこめられていそうに思われます。いったい、それは、どういうことなのでしょうか。

「いみじ」の意味

「いみじ」という形容詞は、〈なみなみでない〉という意味で、平安時代にはよい含みにも悪い含みにも用いられていましたが、光広本にみえる四十一例の「いみじ」について調べてみると、どれも、〈すばらしい〉という意味の用法に限られています。ここの場合と似たような例を、一つだけあげておきましょう。

人におくれて○四十九日の仏事に○或るひじりを請じ侍りしに○説法いみじくして○みな人○涙を流しけり　〔第一二五段〕

「いみじき秀句なりけり」の「いみじき」を、〈とんでもない〉とか、〈ひどい〉とかいう意味に理解することが許されるなら、この文章はそれでよくわかるように思われます。すなわち、大切な寺が焼かれて途方に暮れている相手に対して、こんなにひどい駄洒落を平気で口にするとは不謹慎きわまる、ということです。しかし、『徒然草』における「いみじ」の全体的な使われかたからみて、そのようには解釈しにくいとなると、駄洒落としか理解しようがないようにみえる惟継のことばの、どこがそれほどまでにすばらしいのか、と考えてみなければならないことになり、そこで頓挫してしまいます。兼好の言語感覚が常軌を逸していたとは思われませんから、われわれは、解釈上の重要な鍵を、なにか見おとしているに違いありません。

どうして「いみじき秀句」なのか

この惟継のことばが、どうして「いみじき秀句」と評価されているのかについては、注釈書もそれを疑問として、江戸時代以来、いろいろと説明の道を模索してきましたが、これまでに提出されているいくつかの解釈は、いずれもどこかに無理があるために説得力に欠けています。いまの段階では、まだ未解決とみるのが公平な立場でしょう。Donald Keene*は、この部分を、

"I have always called you 'priest of the temple', but now that the temple is gone I shall call you simply 'priest.'" This was an excellent play on words.

と翻訳したうえで、その末尾につぎのような注を加えています。

The excellence of this play on words escapes most commentators.

どういう点においてすばらしい秀句になっているかについて、これまでに試みられてきた説明には、どれも納得のゆくものがない、ということでしょう。ただし、Keeneは否定的にそう述べているだけで、新しい解釈を提示しているわけではありません。

＊ Donald Keene : Essays in Idleness. New York, 1967.

秀句は「ほうし」に？

「秀句」というのは、漢詩などについて言う場合は別として、Keeneも'play on words'と表現しているように、主として、掛詞、あるいは、それと同じ技法による気のきいた言いまわしをさす語として用いられています。したがって、だれもが考えるのは、惟継のことばのなかの一つの語句に、なにかもう一つのことばがかぶせてあるのだろう、ということです。兼好が秀句の所在を明示したうえでそれに解説を加えることをしていないのは、この文章を読めばわかる、というつもりなのでしょう。

およそ、洒落の説明ぐらい興ざめなものはないからです。これまでの注釈書は、その唯一の候補として、「ほうし」という部分に着目してきました。惟継のことばに「秀句」になっている箇所があるとしたら、ここ以外に考えようがない、ということです。

「ほうし」という表記

問題のその箇所が、光広本では「ほうし」と表記されています。現在の漢和辞典などに示されている標準的な字音仮名遣では「ほふし」になりますが、「法師」が「ほうし」と書かれるその伝統は、かなり古いところまで遡ります。

『和名類聚抄』（二十巻本）の「寮」という項目の下に、つぎの一条が見いだされます。

玄番（蕃）寮 保宇之万良比止乃豆加佐 （那波道円本・巻五・職官部・官名）

これによれば、十世紀の前半に、すでに「ほうし」に相当する表記がとられていることになります。なお、十巻本には「職官部」がないので、これと対比することができません。

同じ辞書のつぎの項目にみえる「くつくつほうし」は、現代語のツクツクボウシに当たる蟬の名で、もともと擬声語から来た命名でしょうが、「くつくつ法師」という引き当てで聞き取られていた可能性は十分にありそうです。

蛁蟟　陶隠居本草注云、蛁蟟（略）、和名久豆久豆保宇之八月鳴者也　〔巻十九・虫豸部・虫豸類〕

「法」という文字の中国原音には、末尾子音［p］がありました。それが日本語に導入されると、破裂音のままでは保存されず、摩擦音化して［ɸ］になり、また母音が添えられて［ɸɯ］の形をとるようになりました。さらにその［ɸɯ］が、和語の場合と同じ変化をして――すなわち、接近音化を起こして――、［ɯ］になっています。学問的な背景を持つ文献では、そういう音韻変化が生じたあとでも、「＝フ」という表記が守られており、「法」は「ホフ」と表記されていますが、『徒然草』のような文学作品では、たいてい、「＝う」の形をとっています。したがって、ここの部分で「法師」が「ほうし」と表記されていること自体は、音韻史を公式どおりに当てはめて考えるかぎり、期待される形だと言ってよいでしょう。十世紀の『和名類聚抄』にさえすでに「ほうし」になっているぐらいですから、この時期としては当然です。そして、その事情は、光広本についても同じことです。ただし、それは一般論であって、光広本のこの特定の箇所において、この語が、漢字を用いずに仮名で書かれている、という事実が、いまの場合には問題です。

この第八六段では、「ほうしとこそ申さめ」に先行する部分に、「寺法師」「てら法師」という表記が見いだされます。これら両例の場合、上位成分は表記のしかたが分かれていますが、下位成分は、どちらも「法師」になっています。

「ほうしとこそ申さめ」の「ほうし」が仮名で表記されている理由については、「寺法師」「てら法師」がそれに先行しているので視覚的に変化をもたせたためだ、という説明がありうるでしょう。たしかに、書道ではそういう書きかたが求められますし、烏丸光広は書家として知られた人物です。しかし、『徒然草』に関するかぎり、漢字と仮名との使い分けに関して、そういう原理は導入されていません。「法師」という語についても、つぎのように、連続して漢字表記になっている例が指摘できます。

是も仁和寺の法師　童の法師にならんとする名残とて〔第五三段〕

大雁どもふためきあへる中に　法師まじりて打ふせ　ねぢころしければ　此の法師をとらへて〔第一六二段〕

諸伝本の表記

光広本に出てくる「法師」という語を、複合語を含めてすべて拾い出してみると、つぎに示すとおり、第八六段のこの一例を除いて、ほかは全部が漢字表記になっています。

法師……24例　　ほうし……1例〔第八六段〕

あそび法師　老法師　下法師　承仕法師　是法々師　寺法師　てら法師　登蓮法師　奈良法師

ひじり法師〔2例〕琵琶法師〔2例〕めくら法師　文字の法師……以上、15例

ちなみに、正徹本について同じ調査をしてみると、つぎの結果が得られます。「是法々師」の対応

部分が、正徹本では「是法」となっているので、光広本と一例だけ差があります。

法師……16例　法し……9例

あそび法師　老法し　下法師　せうし法師　寺法師（2例）　とうれん法し　奈良法し　聖法師（2例）　ひは法師　ひはほうし　めくら法し　文字の法師……以上、14例

この方では、第二二六段の「ひはほうし」が一つだけ仮名表記になっています。なお、常縁本では、例外なしに漢字表記です。

唯一の仮名表記

「今よりはほうしとこそ申さめ」という「ほうし」の部分が、「法師」という語に、もう一つ別の「ほうし」をかぶせた秀句になっているとしたら、「法師」という漢字を当てるのは望ましくありません。そのように表記したのでは、もう一つのことばがひびかせてある事実を示唆できなくなってしまうからです。

光広本の場合、この一箇所だけが「ほうし」という表記になっているのは不自然な感じを与えます。したがって、その違和感による刺激によって、ここになにかがありそうだ、と読者に考えさせることができそうです。この例外的な表記は、そういう効果をねらったものかもしれません。そうだとしたら、この仮名表記は、光広か、あるいは兼好自身かによる配慮と考えるべきことになります。

全部で四十例のうち、ただこの一箇所だけが「ほうし」と表記されているのは、恣意的なゆれでは

なく、このように表記すべき理由があったからであり、また、その効果も計算されているのではないか、と疑ってみるのが順当な手つづきでしょう。ただし、この仮名表記が意図的な選択によるものだと言うためには、正徹本の唯一の仮名表記である「ひはほうし」についても、なんらかの説明を加えなければなりません。

正徹本の「ひはほうし」は、つぎのような文脈に出てきています。『平家物語』の伝承について述べられた部分の結びの一節ですが、ここに秀句があるとも考えられません。

かの生仏がむまれつきのこゑを　いまのびはほうしは　まなびたるなり　〔第二二六段〕

ちなみに、これと同じ語は、つぎのようにも表記されています。

又ある人のもとにて　びは法師の物語をきかむとて　びはをめしよせたるに　〔第二三二段〕

文脈の関係からこのように書き分ける必要があった、とは考えにくいようです。漢字表記と仮名表記との中間的な表記として「法し」が多くみられることを勘案すると、正徹本の方は、いかにも思わせぶりでありながら、実は、表記の単純なゆれと認めてよさそうです。正徹本の本文自体が、光広本よりも、はるかに仮名を多用しているという事実もあります。

「ひはほうし」という仮名表記について無理に理由をつけるとしたら、琵琶法師が、外見だけ「法師」と同じでも、その実質をそなえていなかったために、漢字ばなれを起こしやすかったと考えられないこともありませんが、強引な説明にすぎるでしょう。

正徹本の「ひはほうし」という仮名表記は、どうやら、みせかけの孤例のようですが、同じ説明が光広本の「ほうし」に準用できないことは明らかです。換言するならば、光広本の「ほうし」については、独自に仮名表記の理由を考えなければならない——あるいは、独自に考えてよい——、ということです。光広は、ここに「法師」以外のもう一つの「ほうし」が重ねられていると考えたからこそ、ここだけを特に仮名で表記したという疑いが濃厚です。ただし、それに当たる適切な語が脳裡にあったのか、あるいは、なにかなければならないはずだというだけで具体案はなかったのか、これだけではどちらとも決めかねます。

「火憂し」という解釈

これまで、あなたをずっと「寺法師」とよんできましたが、もはや寺はなくなってしまいましたから、これからは「ほうし」とおよびしましょう、というこの文脈において、「法師」にかぶせることのできるもう一つの「ほうし」として、どのようなことばがありえたでしょうか。

北村季吟の『徒然草文段抄』には、つぎのように記されています。

問　或説に　寺をやかれたれば火憂(ホウ)しといふ　秀句といへり　如何
答　穿鑿の義に似たれど　又さもあるべし

「火憂し」とは、うがちすぎのようでもあるが、その可能性も考えられる、という意見です。その後の注釈書にもこの解釈は継承されており、浅香山井の『徒然草諸抄大成』（一六八八年刊）には、その趣旨が、つぎのように敷衍されています。

ほうしとは火憂（ホウ）しに取なす也　焼出されの法師なれば火うからんといふ意なり　ほとひと五音相通なれば也

巧みな引き当てを思い付いたものだと感心はするものの、残念ながら、この解釈に従うことはできません。北村季吟とは逆に、これで説明がついたようにみえるが、やはり、うがちすぎだろう、と考えておくことにします。その当時なら、「ひ」と「ほ」とは五十音図の同行の仮名だからたがいに通じて用いられるという、いわゆる五音相通の理論でかたづけることができましたが、現在の研究水準からするならば、「火（ガ）憂し」という関係にある場合、その「火」が［ホ］の形をとるとは考えにくいからです。

北村季吟としても、「火憂し」の重ね合わせを積極的に主張しているわけではありません。兼好が見事な秀句だと評している以上、「法師」のほかにもう一つの「ほうし」がそこになければならない、ということで、当てはまりそうな語句を探しても適切な候補が見つからないので、しぶしぶその可能性を認めたにすぎません。そのあとの注釈者たちにしても同じことでしょう。しかし、北村季吟としては、その引き当てをともかく容認したわけですから、それをもって、ひとまず議論に終止符を打つことができたことになります。ところが、われわれは、「火憂し」の可能性を拒否してしまいましたから、それにかわるべき新しい解釈が見いだせるように、さらに考えなければならなくなりました。

これまで、多くの注釈書が振り回されてきた難問ですから、まさにこれがその「ほうし」だ、という新しいことばを手品のようにひねり出してみせることは、できるはずがありません。地道に攻めてみるほかないでしょう。

2　法師は「法の師」か

名言としての秀句

二つのことばの重ね合わせによる上手な言いまわし、という「秀句」の定義から、前段の条件をはずして、たとえば『古今著聞集』（巻四）の「文学」の部にその例が多くあげられている短い漢詩形のように、上手な言いまわし、という意味だと考えることが許されるとしたら、解釈の方向は大きく変わってきます。これまでにも、そういう立場からの解釈がなされていますので、まず、それからみてゆくことにしましょう。

はじめに古いところを一つ――。寺院はいくらでもあるが、ただ「寺」とだけ言えば、それは三井寺をさす約束になっている。円伊はそのことを誇りとして、「寺法師」を自称していたので、惟継は、その慢心を砕くために、もはや「寺」はないので「法師」とよぼうと言ったのだ、というのが南部宗寿の『徒然草諺解』にみえる説明です。

しかし、この第八六段には、「御坊をば寺法師とこそ申しつれど」という表現になっていますから、円伊みずからが「寺法師」を自称していた、というのは、本文の叙述に合いません。

この点を修正すると、『徒然草諺解』の解釈は、つぎのように変わります。すなわち、惟継は円伊の権勢に一目おいて、これまで「寺法師」とよんできたが、三井寺が焼かれたとたん、掌を返したように、かれに軽侮のことばを浴びせた、ということです。しかし、惟継という人物が、そのような事大主義者であったとは、『徒然草』の文章からとうてい読みとれませんので、このような解釈は成立しないでしょう。

〈寺法師〉は、山法師と対立抗争を続け、ついに山法師によって〈寺〉を焼かれてただの〈法師〉になってしまったが、その〈法師〉こそ円伊のあるべき姿なのであった。〈法師〉とは〈法(のり)の師〉であり尊信の対象である。したがって惟継のこのことばは、仏法第一の立場と円伊への尊信の気持ちと、慰問・激励の感情との三つの融合として発せられたものである――。これは、現行の代表的な注釈書の一つにみえる独自の解釈です。

「寺法師」の「寺」がなくなったので「法師」だ、といったたぐいの、説明にもならない幼稚な説明とは比較にならない、いわば読みの深い解釈です。しかし、二つのことばの重ね合わせ、という条件をはずしても、秀句というのは、やはり、一般的な意味における〈名言〉とか〈名文句〉ではなく、そのことばにこめられた当意即妙の機智が評価される言いまわしに限られるとしたら、右の解釈によった場合、はたして、そのような要因を顕著に認めることができるかどうかが疑問として残ります。そのうえ、「法師」という語を、字義どおりに〈法の師〉と理解してよいかどうかについても慎重な検討を必要とするように思われますので、これをもって結論とみなすまえに、さらに考えてみることにします。

「法師」の用例 I

光広本には、第八六段の「ほうし」を除いて、単独の「法師」が二十四例、ほかに、「＝法師」を下位成分とする複合語が、人名の二例（正徹本では一例）を含めて十五例、あわせて三十九例、用いられていますが、そこに登場する「法師」たちは、〈法の師〉として人びとから尊崇される高邁な人格の持ち主ではなく、どちらかといえば、低俗な行動で顰蹙（ひんしゅく）や嘲笑を買ったり、あるいは、倫理的な批判の対象になっていたりするものが多く、また、必ずしもそのようには言えない諸例においても、概して「法師」の地位は低く、世人に軽んじられる存在であったことを、積極的に、あるいは消極的に示しています。以下、この作品にあらわれる「法師」たちの生態を観察してみることにします。

はじめに、説明を付けずに、右のような評価の明らかなものを列挙してみましょう。複合語はあとにまわします。

①　賀茂の祭りの競馬を見物に行って木に登り、正体もなく居眠りをして嘲笑された法師　〔第四一段〕

②　石清水八幡宮にわざわざ参詣に行ったのに、麓にある寺社だけを拝んで帰ってきた法師　〔第五二段〕

③　余興に足鼎（あしがなえ）をかぶって舞い、抜けなくなって大騒ぎをしたあげく、やっと命びろいをした法師　〔第五三段・２例〕

④　あとから掘り出して驚かすためにそっと埋めておいた破子（わりご）を人に盗まれて、いさかいをした法師たち　〔第五四段・２例〕

⑤　仏法に精進することを怠って「兵（つはもの）の道」に励む法師　〔第八〇段・２例〕

⑥　暗闇で自分の飼犬がとびついてじゃれたのを「猫また」と勘ちがいして必死になって逃げた法師　〔第八九段〕

⑦　大雁を堂内におびき寄せてねじ殺しているところを捕えられて禁獄された法師　〔第一六二段・２例〕

⑧　いかにも汚らしく、行動にも目をそむけたくなるような老年の法師　〔第一七五段・２例〕

⑨　まず仏法を学ぶべきなのに、乗馬や早歌などの技芸を身につけようと努力しているうちに老人になってしまった法師　〔第一八八段・３例〕

「法師」の用例Ⅱ

右以外の諸例も基本的には同じことですが、それぞれについて、簡単な説明を加えておきます。

⑩ 御堂のかたに法師ども参りたり　夜寒（よさむ）の風に誘はれくるそら薫（た）き物の匂ひも身にしむ心地す〔第四四段〕

軽侮も嘲笑も、また倫理的な批判もなく、ひたすら高雅な雰囲気がただよっているように見えますが、「法師」に付けられている接尾辞が「ども」であることに注意しなければなりません。この文献において、「ども」と「たち」との間に待遇の差があることは歴然たる事実だからです。現に、後述の「僧」には「たち」が付けられています。この場面はりっぱな仏事ですから、高位の僧侶がほかにいて、この「法師ども」は衆僧ということでしょう。それは、つぎの例からも明らかです。

⑪ 賢助僧正に伴ひて加持香水を見侍りしに　いまだ果てぬほどに　僧正　帰りて侍りしに陣の外まで僧都みえず　法師どもを帰して求めさするに〔第二三八段〕

〈法の師〉というにふさわしい高僧たちは「法師」ではなく、地位の低い衆僧たちが「法師ども」であって、ここでは使い走りの役までさせられています。

⑫ 「（略）」と人の言ひしに　弘融僧都　優に情ありける三蔵かな　と言ひたりしこそ　法師

のやうにもあらず　心にくくおぼえしか　〔第八四段〕

天竺に渡った法顕三蔵が故郷の唐を忘れられなかった、という話を聞いて、だらしがないという人があったが、弘融僧都はそれをほめた、ということについて、兼好は、「法師」に似あわず心にくい、と評価していますが、その評価の含みは、つぎのふたとおりに解釈できます。

一つの解釈は、俗界を離れて仏道に精進する僧侶たちが、まるで木石のように人間性を失っていることに対して兼好が批判的であったために、弘融僧都の心のあたたかさを奥ゆかしく感じてこう言った、ということです。しかし、この場合、「上人」とか「ひじり」とかよばれている人たちまでも含めて「法師」と見なしているとすると、高僧たちをも兼好は木石だと考えていたことになり、この作品の中に散見するいくつかの挿話における評価と――たとえば、第一四一段で、悲田院の堯蓮（ぎょうれん）上人を、心にくいと言っていることなどと――、矛盾するので、この解釈は成立しそうもありません。

もう一つの解釈は、この場合にも、「法師」という語が、いわば公式どおりに、尊敬に値しない僧侶をさしていると考えることです。

僧都をさして「法師」とよんでいることは、⑪にあげた用例と矛盾するようにもみえますが、弘融は、三井寺が焼失した年の前年に当たる文保二年に、権少僧都、すなわち、僧都の最下位にあったことが記録にみえており、いまの場合にも、敬語ぬきで、「と言ひたりしこそ」となっていますし、また、第八二段でも「と言ひしも」となっています。したがって、兼好の立場としては、自分とほぼ同列にあるとみなして「法師」とよんでいると考えれば説明がつきます。社会的に大先生として通用している人物でも、同僚としては「医者」とか「教師」とかよぶようなものだと考えてよいでしょう。同一の職業であれば相手が目上でも、「医者としてりっぱだ」とか「教師の風上にも置けない」という言いかたで言及する方が抵抗が少ない、という事実もあります。

『沙石集』には、法橋の地位にある僧侶が、自分自身を「法師」とよんだ例があります。謙称として「法師」が用いられていることは、この語の持つ含みを知るうえで注目に値します。

法師　興アル事　案ジ出タリ　杵一ニテ　臼二ツ搗ベキ様アリ　〔五・七〕

『徒然草』のつぎの例もこれと同じ用法とみなしてよいでしょう。

⑬　さるべき故ありとも　法師は人にうとくてありなん　〔第七六段〕

威勢の盛んな家での慶事や凶事の際に、「ひじり法師」〔後述〕が人にまじってつめかけていることをにがにがしい行為だと考えて、「法師」は社交的であってはならない、と言っていますが、この「法師」には兼好自身も含めていると考えられます。

⑭　この僧都　ある法師を見て　しろうるりといふ名を付けたりけり　〔第六〇段〕

あだ名を付けられた人物は、兼好からみて、「法師」とよぶべき下級の僧侶だったと考えられます。

⑮　法師はあまたところ食はれながら　事ゆゑなかりけり　〔第一一八段〕

これに先行する部分に、「下法師」が狐に食いつかれた、とありますから、これは雑用などを勤める最下層の僧侶をさしています。その人物を二度めには「法師」とよんでいます。

⑯　そのやすら殿は男か法師か　とまた問はれて　袖かきあはせて　いかが候ふらん　頭をば見候はず　と答へ申しき　〔第九〇段〕

「男か法師か」とは、俗人か出家か、という意味だとされています。「やすら殿」なる人物は、問いつめられている少年と不純な関係にあったようにみえますが、剃髪していたとしても、寺も僧位も持たない「法師」だったのでしょう。ただし、僧侶一般をさしていますので、⑫⑬と同じ用法とみることもできそうです。かりに高僧であっても、非難の対象になっているので、「法師」でしかありえなかったという解釈が成り立つかもしれません。

『枕草子』の「法師」との距離

「法師」という語が、このように、尊崇に値しない僧侶、ないし軽侮すべき僧侶、という含みをともなって、もっぱら下位の僧侶をさしている、という事実を念頭に置いて読むならば、つぎの一節で兼好がなにを言おうとしているかもよくわかります。

⑰　法師ばかりうらやましからぬものはあらじ　人には木の端のやうに思はるるよ　と清少納言が書けるも　げにさることぞかし　いきほひ猛にののしりたるにつけて　いみじとは見えず　増賀ひじりの言ひけんやうに　名聞くるしく　仏の御教へに違ふらんとぞおぼゆる　ひたぶるの世捨て人は　なかなかあらまほしきかたもありなん　〔第一段〕

『枕草子』の「法師」は、どちらかといえば、高位でない僧侶をさしている場合が多いようですが、つぎの諸例では、最高位までを「法師」に含めています。兼好と違って、清少納言自身が僧侶だったわけではありませんから、⑫⑬のような謙称としての用法とは無関係です。

法師などの　なにがしなど言ひてありくは　なにとかは見ゆる　経　尊く読み　みめきよげなるにつけても　女房にあなづられてなりかかりこそすめれ　僧都　僧正になりぬれば　仏の現れ給へるやうに　怖ぢまどひかしこまるさまは　なににか似たる　〔位こそ〕

法師の　いみじげなる手にて（略）と書いたり（略）仁和寺の僧正のにやと思へど　〔円融院の御果の年〕

博士の才あるは　いとめでたしと言ふもおろかなり（略）法師の才ある　すべて言ふべくもあらず　〔めでたきもの〕

最初の例では「法師」の態度が批判されていますが、その批判のありかたは、『徒然草』の場合とまったく違っていることがわかります。
兼好が引用した『枕草子』の対応部分は、伝本によって小異がありますが、三巻本ではつぎのようになっています。

思はむ子を法師になしたらむこそ心苦しけれ　ただ木の端などのやうに思ひたるこそ　いといとほしけれ　〔思はむ子を〕

かわいい子があったとして、下級の僧侶にして、人からあなどられたりしたらかわいそうだ、というつもりでこれを読めば、それで意味がつうじますから、この表現を『徒然草』の文章に組みこんでも不自然ではありません。しかし、あとに続く部分を読めば明らかなように、ここでは禁欲的な生活を当然のように強制されることを「木の端」にたとえています。「木の端」といっても、人の数に入れてもらえないという意味とは大ちがいです。ところが、兼好は右の一節を読んで、「法師」という語を三百年後の意味で理解して──あるいは、この「法師」に、かれと同時代の「法師」たちの生態を結び付けて──、「げにさることとぞかし」と、共感を表明しているようです。さらに付け加えるなら、現在では、『徒然草』にみえる「法師」を、『枕草子』に用いられているような意味として──あるいは、それ以上に漢語の原義に忠実に──、理解していることになります。もちろん、そのほかの文学作品についても同様です。類例がどれほどあるかと考えると、慄然たらざるをえません。

3　法師とよばれない僧侶たち

「法師」と「僧」

『徒然草』では、僧侶をさす語として、「法師」のほかに、「上人」「ひじり」「僧」の三つが用いられています。これらのうち、「上人」と「ひじり」とは別格で、いちおう圏外にありますが、「僧」についていては、「法師」との関連を明確にしておく必要があります。

この作品で「僧」は十一箇所にみえていますが、それらを通覧してみると、負(ふ)の含みはまったく認められません。

そのものにつきて　そのものを費やし損ふもの　数を知らずあり（略）君子に仁義あり

僧に法あり〔第九七段〕

これは、僧侶一般を抽象的にさした例で、仏・法・僧という概念の存在をその背後に感じさせます。

験(げん)あらん僧たち　祈り試みられよ〔第五四段〕

あらかじめ埋めておいた破子を、秘蹟として現出させてみようとしている④の「法師ども」のことばです。兼好からみれば「法師」にすぎず、また、かれら自身もその事実をわきまえていたでしょうが、この場面では、「いみじきちご」の前で威厳を取り繕ってこう言っています。「験あらん法師ども」では、かたちにならない、ということです。

強盗の法印と号する僧ありけり　〔第四六段〕

この僧侶が強盗をはたらいたわけではなく、たびたび強盗にあったことからの命名だ、と説明されています。

さる物を我も知らず　もしあらましかばこの僧の顔に似てん　〔第六〇段〕

「この僧」とは、「しろうるり」とあだ名を付けられた⑭の「法師」をさしています。兼好からみれば「法師」ですが、当のあだ名の命名者である盛親僧都の立場から第三者に向かって言及するときには「僧」と言っていることが注意されます。ふざけたあだ名を付けても、その人物の人格を尊重していることが、このよびかたからわかります。軽蔑でなしに、親しみをもって付けたあだ名なのでしょう。この段は、盛親僧都について「世の常ならぬさまなれども人に厭はれず　よろづ許されけり　徳の至れりけるにや」と評したことばで結ばれています。

家々より松どもともして走り寄りて見れば　このわたりに見しれる僧なり　〔第八九段〕

「猫また」の幻影におびえて大騒ぎをした⑥の「法師」と同一の人物をさしています。これもまた、兼好からみればただの「法師」ですが、近隣の人たちに対しては威厳をよそおって、「僧」のような態度で接していたことが、「見しれる僧なり」という表現の含みとして察せられます。その「僧」がこういう失態を演じてしまったのでは、あきれかたもひとしおだったでしょう。

東の人の都の人に交はり　都の人の東に行きて身を立て　また　本寺本山を離れぬる顕密の僧　すべて我が俗にあらずして人に交はれる　見苦し　〔第一六五段〕

「顕密の僧」とは、天台・真言の正統の修行をした僧侶ということです。「僧」が「見苦し」と評価されていますが、ここは、まともな「僧」であったはずの人物が本寺本山を離れ、世間で気楽に暮らしているのは見苦しい、ということでしょう。

ほかの六例については、説明を省略して、つぎに列挙しておきます。

行雅僧都とて　教相の人の師する僧ありけり　〔第四二段〕
なまめきたる遁世の僧　〔第八七段〕
諸寺の僧のみにもあらず　定額の女孺といふこと　延喜式にみえたり　〔第一九七段〕
法然上人の弟子　安楽といひける僧　〔第二二七段〕
太秦善観房といふ僧　〔第二二七段〕

以上の検討から明らかなように、『徒然草』において、「僧」と「法師」とは、つぎのように使い分けられています。

僧――正の評価を与えるか、あるいは評価を与えない場合。

法師――負の評価を与える場合（謙譲の用法を含む）。

『古今著聞集』『宇治拾遺物語』『沙石集』など、時期的にさほど隔らない先行諸文献にも、その萌芽は十分に認められますが、これほど判然とは使い分けられていないようです。なお、「法師」という語の堕落は、僧侶そのものの堕落と無関係ではないでしょう。

複合語の「法師」

「法師」を下位成分とする複合語から、第八六段にみえる「寺法師」「てら法師」各一例を除いた十三例について調べてみると、いずれも、単独の「法師」と共通する負の含みを持っていることがわかります。

ⓐ 能あるあそび法師ども　〔第五四段〕（④の「法師ども」と共謀した僧侶たち）

ⓑ 似げなき老法師　〔第二四〇段〕

ⓒ 下法師　〔第二一八段〕（⑮の「法師」と同一人物）

ⓓ 遍照寺の承仕法師　〔第一六二段〕（雑役に従う下級の僧侶。⑦の「法師」と同一人物）

つぎの二語三例は、「法師」とよびならわされているだけで僧籍を持たず、また、その社会的な地位も低かったと考えられます。

ⓔ　琵琶法師　〔第二二六段〕〔第二三二段〕

ⓕ　めくら法師　〔第二三二段〕

つぎの例にみえる「奈良法師の兵士」は、⑤で批判されている、仏法を顧みずに武道に精励する「法師」にあたります。また、それが、ここで問題にしている第八六段のつぎに位置づけられていることも注目されます。

ⓖ　木幡のほどにて　奈良法師の兵士あまた具してあひたるに　〔第八七段〕

「ひじり法師」という語は、つぎのように使われています。

ⓗ　世のおぼえ華やかなるあたりに嘆きも喜びもありて　人多く行き訪ふなかに　ひじり法師の交りて　言ひ入れたたずみたるこそ　さらずともと見ゆれ　〔第七六段〕

ⓘ　ことに　かたほとりなるひじり法師などぞ　世の人のうへは我がことと尋ね聞き　いかでかばかりは知りけんとおぼゆるまでぞ言ひ散らすめる　〔第七七段〕

これは、仏道の修行に専念している（と期待される）、地位の低い僧侶をさすのが本来のようですが、実態は右のようなもので、『宇治拾遺物語』(一・六)には、言語道断とも言うべき「ひじり法師」の話があり、「狂惑の法師にてありける」と結ばれています。

ⓙ　文字の法師　暗証の禅師　たがひにはかりて　己にしかずと思へる　ともに当たらず〔第一九三段〕

実践を知らない理論家も、理論を知らない実践家も、ここでは、ともに存在意義が否定されていますが、そういう否定的な評価で「法師」と言っているのか、あるいは成句だったのか、よくわかりません。

つぎの二例は人名ですが、どちらも高位の僧侶ではなかったらしく、どのような人物であったのかは知られていません。

ⓚ　是法々師〔第一二四段〕

ⓛ　登蓮法師〔第一八八段〕

前者は、あけくれ念仏して安らかに世を送る奥ゆかしい碩学で「いとあらまほし」と評され、後者は、些細な知識を求めて雨の中を走って聞きに行った篤学の僧侶で、「ゆゆしく、ありがたう覚ゆれ」と評されています。二人とも、愚行をした人物として登場しているわけではありませんが、僧位も持たなかったのでほかによびようがなく、「法師」を添えて僧侶であることを示し、同時に呼び捨てを避けた、ということのようにみえます。ちなみに、ⓚの例は、正徹本で「是法」となっていますが、これは不注意な書写による脱落ではなく、待遇のしかたの相違かもしれません。

寺法師の円伊僧正

この作品では、高位の僧侶をさす場合、つぎのような形式によるのが普通です。

高野証空上人〔第一〇六段〕　悲田院堯蓮上人〔第一四一段〕

西大寺静然上人〔第一五二段〕　横川行宣法印〔第一九九段〕

栂尾の上人〔第一四四段〕

この類型に従うなら、円伊は「三井寺円伊僧正」、あるいは「園城寺円伊僧正」となるところですが、第八六段には、「寺法師の円伊僧正」という変則的な形で紹介されています。明恵上人は別格で「栂尾の上人」という通称で登場していますが、円伊がそれに準じて扱われているとは考えられませんから、このような表現がとられていることには、それなりの意図があったのではないかと疑われます。

「寺法師」という語は、三井寺の僧侶、ないし三井寺系の僧侶、という意味で先行文献にも用いられています。

すべからく台嶺の法師にてぞ有べかりけれども　流れに引かれて寺法師になり給ひにけり

常州ノ東城寺ニ円幸教王房ノ法橋ト云ヒテ寺法師ノ学生有リケリ　〔古今著聞集・二・五二〕〔沙石集・五・七〕

したがって、『徒然草』のこの場合もそれらと同じ用法だと考えるなら、よびかたの類型には合致していなくても、さして気にする必要はないかもしれません。しかし、『徒然草』にみえる「法師」の例はすべて負の含みを帯びている、という事実に照らして、「寺法師」だけが例外だったとは考えにくいでしょう。

「寺法師」の変質

「寺法師」が三井寺の僧侶をさす点では、それ以前の時期と変わりがありません。しかし、ここで重要なことは、かれら自身の変質です。僧侶の身でありながら、「人倫に遠く禽獣(きんじう)に近きふるまひ」である武の道に励むのは逸脱だということが、第八〇段に強調的に述べられています。兼好の時代には——という以上に、兼好にとって——、「寺法師」は、延暦寺の「山法師」や東大寺・興福寺の「奈良法師」と並んで、もっぱら騒擾(そうじょう)を事とする僧兵たち、として表象されていたと考えられます。円伊がみずから武器をとって闘諍(とうじょう)に参加したという事実があろうとなかろうと、兼好の目から見れば、円伊が三井寺にあって指導的地位を占めていた以上、僧兵たちと一線を画すべき理由はなかったはずです。「法師」が堕落し、「寺法師」もまた堕落していた、ということです。現代語で言えば、ちょうど、「お坊さん」から「坊主」への変身、という表現が当てはまるかもしれません。したがって、円伊は、「寺法師の円伊僧正」という表現によって、俗にありながらひたすら仏道に精進する惟継とまったく対蹠的な、唾棄すべき生きかたをしている人物として登場させられている、と解釈されます。
この第八六段のすぐまえの第八五段は、つぎのことばでしめくくられています。

狂人のまねとて大路(おほぢ)を走らば　すなはち狂人なり　悪人のまねとて人を殺さば　悪人なり
驥(き)を学ぶは驥のたぐひ　舜(しゅん)を学ぶは舜のともがらなり　偽(いつは)りても賢を学ばんを賢といふべし

この部分から続けて読めば、第八六段にでてくる円伊と惟継とは、まさにその実例として対比されていることがわかります。しばしば具体例をもって示してきたように、段の区切れは後人によって付けられたものですから、ここに文章としての大きな切れ目があると考える必要はありません。

4　惟継と円伊との人間関係

「同宿」の関係

平惟継は、康永二年（一三四三）に七十七歳で没していますから、三井寺の焼失した文保三年（一三一九）には五十三歳だった計算になりますが、円伊の方は生没年が不明ですので、二人の年齢的な上下関係は明確でありません。

この二人の関係を知る有力な手がかりの一つは、「同宿して侍りけるに」というところに求められるはずですが、それがどういうことを意味しているのか、ここの表現だけでは、はっきりわかりません。

『日葡辞書』にはDôjucuという項目があって、「寺の内において坊主に仕える若者、または剃髪した人」(邦訳)と説明されていますが、ここには当てはめにくいようです。説明に問題があるのか、さもなければ、この時期には意味がずれてしまっていたのでしょう。

現行の注釈書の一つには、右の説明を踏まえたうえで、「と同宿して侍りけるに」という表現について、以下のような解釈が加えられています。「元来は、師匠のもとで修行するため宿を同じくした仲間のことであろう。ここの〈同宿す〉は、円伊僧正を師と仰ぐ、師事するの意で、ある期間、惟継は他の弟子たちと宿を同じくしていたのであろう。それは、三井寺においてのことと考えられるが、京都の、円伊の住む坊においてのことと考えられる。〈侍り〉は、近侍する、仕える。」

ここでは、惟継が円伊に師事していたとみなされていますが、この解釈は、どうやら、「侍り」という語の理解のしかたに由来しているようにみえます。動詞に直接して「同宿し侍りければ」となっていれば「侍り」は丁寧を表わす補助動詞だが、助詞の「て」を介して「同宿して侍りければ」となっているのだから、この「侍り」は独立の動詞であるという文法が背後にあるようです。そのために「侍り」が、「近侍する、仕える」という意味になり、それが『日葡辞書』の説明と結び付くことによって、「師と仰ぐ、師事するの意」という解釈を導いてしまったのでしょう。ちなみに、光広本にはもう一箇所、前引⑪の例に「僧正、帰りて侍りしに」という言いかたがみえますが、この注釈書では、その部分を「意味が不明瞭なので」、正徹本・常縁本に従って、「帰り出で侍りしに」と訂正しています。「帰る」よりも「帰り出づ」の方が文脈がよくとおるということでしょうが、この選択には、右の文法も一役かっていると思われます。この文法が正しくないことは、例証するまでもないでしょう。「円伊僧正と同宿して」という表現を、他の弟子たちと宿を同じくしていた、とみるのは、いずれにせよ無理のように思われます。

別の注釈書には、「同宿」には「寺や僧坊をともにし、同じ師につくこと」「師事すること」という二つの意味があって、ここは後者の方であろうと説明されていますが、現代語訳は「寺法師の円伊僧正と同じ寺に住み、同じ師についていた」となっています。こういう混乱の生じる原因は、兼好の簡潔な表現を補足すべき知識が欠けているために、二人の関係がよくわからないところにあります。さしあたり、「同宿」という語そのものを直接に解明することには限界がありますので、ここの表現に矛盾しない条件を考え、それを補って理解しないと埒があきそうもありません。

二人の関係

この文脈における「侍り」を「近侍する、仕える」という意味に理解し、それをもとにして、惟継を円伊の弟子として位置づけようとするのは、右に指摘したとおり、妥当ではありません。「秀句」

がつかめないので「御坊をば寺法師とこそ申しつれど〜」という惟継の発言の真意が明確ではありませんが、すくなくとも師弟関係の可能性は否定されるでしょう。「寺法師」の負の内包を考慮の外に置き、そして、動機が慰めや励ましにあったとみても、これが師に対することばづかいではありえないと判断されるからです。

「円伊僧正と同宿して」という表現は、二人が対等、あるいはそれに近い立場にあったことを示唆しているとみるべきもののようです。

『平家物語』の「同宿」

「同宿」という語は、中世以降の文献に散見しますが、『平家物語』にみえるつぎの例は、円伊と惟継の関係に非常に近いのではないでしょうか。

> 二位僧都全真は梶井宮の年来(としごろ)の御同宿なりければ風のたよりには申されけり　宮よりもまたつねは御おとづれありけり　旅の空のありさまおぼしめしやるこそ心ぐるしけれ　都もいまだしづまらず　などあそばひて　奥には一首の歌ぞありける
>
> 人しれずそなたをしのぶ心をば　かたぶく月にたぐへてぞやる
>
> 僧都これを顔に押し当てて　悲しみの涙せきあへず
>
> 〔巻九・三草勢揃〕

同じ師僧についてともに学ぶ間に培われた人間関係が、そのまま長く続いている、というのが「年来の同宿」ということでしょう。いまでも同じ寺に住んでいるという意味でないことは、文脈から明白です。

この部分における兼好の叙述は極端に切りつめられていて、いわゆる文法上の承接関係さえ明確でないほどですから、正確にそのように表現されていない、というだけでは、一つの解釈を斥ける理由になりません。全体として矛盾を生じないように読み取ることが第一です。

円伊と惟継とは、全真僧都と梶井宮とのように、同じ寺で同じ師僧について仏道を学んだ友人であり、それ以来、親しい交際が続いていたとみれば、この話はよく理解できます。これをもとに考えるなら、「御坊をば寺法師とこそ申しつれど」と言っていることは、かなり以前からそのようによんできたことを思わせます。

「御坊」「御房」

惟継は円伊に「御坊」とよびかけています。正徹本では「御房」になっていますが、口頭語としてはどちらも「ゴバウ」ですから、相手にはどちらのつもりなのかわかりません。事実上、この二つは同じことだと考えてよいでしょう。いまここで知りたいのは、その当時、このことばがどの程度の敬意をともなっていたか、ということです。辞書や注釈書のたぐいでは、「僧に対して敬って呼びかける語」とか、「寺坊を管掌する主僧、即ち坊の主への敬称」とかいう説明が加えられていますが、こういうたぐいの語は汎時的——panchronique——に同じ敬度で使用されているはずもありませんから、そういう抽象的な説明では役に立ちません。〈尊敬をこめた言いかた——Falando com respeito——〉という『日葡辞書』の説明なども、「御」の意味から観念的に導かれた可能性があります。あくまでも、この時期にどのように使われていたかが問題です。

この作品には、「ごばう」という呼びかけがもう一箇所に使われています。光広本にも正徹本にも「御房」と表記されていますが、「御坊」という伝本もたくさんあり、「御ばう」という形もみられます。ただし、常縁本には、この部分にこのよびかけがありません。

この男　具覚房にあひて　御房はくちをしきことし給ひつるものかな（略）と怒りて　ひた斬りに斬り落としつ　〔第八七段〕

「具覚房」は「なまめきたる遁世の僧」であり、「この男」は、具覚房を乗せた馬の口取りをした男ですから、二人の身分の差は明らかです。ただし、この男はしたたかに酔って、具覚房の行為に腹を立てている場面ですから、はたして、しらふでも「御房」とよびかけたかどうかまでは断言できません。「給ふ」を使っていますから、ふだんのことばづかいがその点でも生きているとみておいてよいでしょう。二人の身分の差もさることながら、具覚房なる人物が、さほどえらい僧侶ではなかった、という事実にも注意しなければなりません。

他の文献の「御坊」「御房」

『宇治拾遺物語』から、「御坊」「御房」の例を拾ってみましょう。

あら悲し　我を助け給へ　あの御坊〔一三・一四〕

川に流された女が若い僧侶に向かって救いを求めている場面ですが、その女とは若い僧侶の師に当たる僧であり、弟子が女色に誘惑されない堅固な心を持っているかどうかを、女の姿になって試しているところです。

御坊は希有のこと言ふ御坊かな　晴明は何の故に人の供ならん者をばとらんずるぞ〔一一・三〕

これは、得体のしれない「老いしらみたる老僧」の言いがかりに立腹して詰問したことばです。ここに「御坊」とよばれている人物は、もちろん、僧房など持っていそうもありませんし、また、このことばづかいには、一片の敬意もこめられていません。

御坊　引剝(ひはぎ)にあはせ給ひたり　御房たち　参り給へ〔一四・二〕

追剝に出合ったので、「法師ばら」を呼んでくるように、と僧正に命じられた「小法師」が、寺に帰ってこう言っています。僧正をさして「御坊」と言い、僧侶たちに向かって、「御房たち」と呼びかけています。口に出せばどちらも「ゴバウ」ですから、この書き分けがどれほどの意味を持つかは疑問です。ただし、僧正についての方はよびかけではありません。つぎの例もそれに準じる使いかたとみなしてよいでしょう。

（略）と恵心の御房も戒め給ふにこそ　〔一・一〕

つぎに、『沙石集』におけるこの語の用法をみてみます。

御坊ハ学生（がくしやう）ト思タレバ無下（むげ）ナリ　〔五・五〕

これも三井寺の話ですが、「若キ倶舎学生（くしやがくしやう）ノ　器量モ同ジ程ニテ智音（ちいん）ナルアリケリ」という二人の間柄で、一方が他方を激しく非難して言ったことばです。君をちゃんとした学僧だと思っていたのに、とんでもない、といったところでしょうか。

坊主ハ　御房達ハ本ヨリ非学生ニテ子細シラヌサカシラスルモノカナ（略）トテシカリケレバ　〔五・六〕

「御房達」と呼ばれているのは「弟子共」で、ここは師僧にきびしく叱責されている場面です。

ぞんざいなよびかけ

すでに明らかなとおり、これらの文献において、「御坊」「御房」という呼びかけの対象になっているのは、注釈書に言うところの、寺房を管掌する主僧などではありませんし、敬意は、ほとんど、あるいは、まったく、こめられていません。

尊敬を含む言いかたには、言及する対象が時間の軸に沿って下降する、という顕著な傾向が共通して認められます。「君」とか「奥様」とか、そういう例は身近にもたくさんあります。したがって、『徒然草』に用いられた「御坊」は、それよりまえの時期に属する『宇治拾遺物語』や『沙石集』におけるそれよりも、いっそうぞんざいになっていたか、あるいは、控えめにみても、ほぼ同じぐらいの水準にあったと考えるのが筋道です。

「御坊」というよびかけとの関連において、惟継のことばにみえる「申しつれど」「申さめ」という謙譲語の使用についても、いちおう触れておくべきでしょうが、ここで、謙譲——へりくだり——という術語の表面的な字義にとらわれる必要はありません。その度あいが問題だからです。ここでは完全にうちとけきった状態の一歩手前で、適度の心理的距離を保ったものの言いかたをしている、とみておけばよいでしょう。このようなことばの使われかたを目安にして二人の間の社会的地位の距離を測ろうとする場合には、術語による定式化のまえに、日常的な言語感覚を優先することが大切です。場面に応じた流動性と、一つの表現の覆い得る幅とをつねに忘れてはなりません。

以上の検討の結果から考えても、ここで惟継は、円伊に対してほぼ対等の立場から話しかけていると判断すべきであり、したがって、「円伊僧正と同宿して侍りけるに」というのは、同じ師僧について仏道を学んだ間柄であることを言っているとみなすのが妥当でしょう。

5　いみじき秀句

よびかけとしての「寺法師」

ここで、「いみじき秀句なりけり」に立ちもどって、それが、この文章のどの部分のどの言いまわしをどのような意味で高く評価したことばであるかについて、あらためて考えなおしてみることにしましょう。

「御坊をば寺法師とこそ申しつれど」という部分には、たいてい、円伊が三井寺の僧侶であったから「寺法師」とよんだのだ、という趣旨の注釈が加えられています。実を言うと、三井寺の僧侶でなくても、たとえば、まるで三井寺の僧侶のように傲慢だという含みで「寺法師」とあだ名を付ける可能性もあるわけですから、この説明のしかたは問題ですが、いまの場合、事実として円伊は三井寺の僧侶ですから、いちおう、この説明は誤りでないと認めておいてよいでしょう。しかし、ただそれだけの理由であれば、一山の僧侶がすべて「寺法師」になってしまいますから、これでは、「御坊をば寺法師とこそ申しつれど」という限定のしかたが理解できません。すなわち、こういう注釈は、文章の理解のために役だたないということです。惟継は、「寺法師」ということばをなんらかの意味に限局して、円伊に対する呼び名、ないしあだ名にしてきたと考えなければなりません。

二つの「寺」

いったい、惟継は、どうして円伊に「寺法師」とあだ名を付けたのでしょうか。それは、当時の寺法師たちが、仏法をないがしろにして権力闘争に明け暮れていることに対して、惟継が強い批判を持っていたためだと思われます。

かつて、この二人は、同じ師僧について仏道を修行し、肝胆あい照らす仲になったのでしょう。惟継自身は、そのときに身につけた知識を実践に移して、俗にありながら仏の道を怠らず、心の平安を失わない生活を続けていたのに対し、円伊の方は、僧職の道を歩んだにもかかわらず、寺法師の一員になってしまって――あるいは、なりさがって――、法衣をつけながら心は仏道を離れ、道にはずれた行動に日を送っていました。友人として、惟継はそれをたいへん残念に思っていたに違いありません。他人の指示で動かされているのもよくありませんが、地位が向上するにつれて、だんだん動かすがわになってきます。惟継は、そういう円伊の姿を見て、「寺法師」とよぶようになったのではないでしょうか。

円伊という人物は、歌人でもあり、かれ自身として戦闘的な性格の持ち主だったとは考えられません。むしろ、惟継と根本においてかよいあうところを持っていたのでしょう。惟継としては、円伊の行動の一面について、批判の気持ちをこめて「寺法師」とよびながら、ほんとうは相手の人格を評価し、それが生かされないことを心から惜しんでいたのでしょう。円伊も惟継のそういう心情を理解していたからこそ、「寺法師」という、皮肉をこめたよびかたを許容していたものと思われます。要するに、おたがいに相手に対してつらい気持ちを持ちつづけてきた、ということです。そうしているうちに、とうとう三井寺は山法師たちに焼き払われてしまいました。そこで、円伊に向かって言ったのがこのことばです。

仏道をおろそかにしているので、これまで「寺法師」とよんできたが、権勢を支えてきた「寺」はなくなってしまったから、今後は「法師」としてしか扱いませんよ、というのがおもてむきの意味ですが、惟継の真意を忖度（そんたく）するなら、ほんとうは、つぎのようなことを言いたかったのではないでしょうか。

これまで、私は皮肉をこめて、あなたを「寺法師」とよんできました。それは、三井寺の責任ある立場にあるあなたに対する批判を表明すると同時に、仏法の本道にもどってほしいという切実な希望をこめてのことでした。いつわりの権威の象徴であった三井寺は焼けてしまいました。建築物の寺がなくなったこの機会に、あなたを束縛しつづけてきた「寺」の権力的な機構から自己を解放しさえすれば、あなたは「寺」に権威づけられない一介の「法師」にもどって仏に仕えることができるのです。

文学的な潤色を加えてしまったので、細部までこのとおりだったとは言えませんが、兼好が、惟継のことばを秀句と認めた理由は、これでやっとわかってきたように思われます。すなわち、その秀句とは、建築物としての三井寺と、権勢の象徴としての三井寺との二つの意味の重ね合わせをさしているとみればよいということです。この二つの「寺」は、たとえば、家が焼けて家も亡びた、というような場合と同じように、同一の語形によって代表される具体的な事物と抽象的な観念とを表わしています。

ここの表現は、「秀句」を、ことばの重ね合わせの技巧、という普通の意味にとったのでは説明がつきにくいので、名言とか名文句とかいうつもりの批評と理解して考えてみよう、という立場が支配的になっていましたが、右のようにみるならば、そういう拡大解釈をしなければならない理由はありません。

「いみじ」という評価

「寺はなければ」という部分が秀句になっていることについては、これでひとまず説明がついたとして、もう一つ残されているのは、この秀句にどうして「いみじき」——すなわち、なみなみでない——という讃辞が添えられたのか、ということです。この点については、排除しあうことのない二つの理由が考えられます。

まずその一つは、惟継のことばに対する兼好の共感です。この挿話で兼好は円伊を「寺法師の円伊僧正」という、いわば好ましからざる人物として読者に紹介しています。兼好が武道に励む僧侶たちに強い批判、ないし反感を抱いていたことについては、再三ふれたところです。そして、惟継もまた円伊を「寺法師」とよんできました。すなわち、惟継も兼好も、円伊に対する評価が——というよりも、「寺法師」に対する倫理的な批判が——、一致していた、ということです。権勢を誇った「寺法師」に対して、惟継が、もうこれからは地位も名誉もない一介の「法師」としかみなさないぞ、と言ったわけですから、兼好としては、我が意を得たりとばかり、溜飲のさがる思いがしたことでしょう。「寺」と「寺」との重ね合わせの技巧が上手だというだけでなく、それによって惟継のことば全体が生きていますから、これは、まさしく「いみじき秀句」です。

もう一つの理由も共感と言えば共感ですが、その意味あいが少し違います。かりに、惟継のことばが救いのない毒舌であったところで、二つの「寺」の重ね合わせは巧みな秀句に相違ありませんが、いかにも毒舌の形をとりながら、惟継はその背後に旧友に対する思いやりをこめています。そういう気持ちがすなおに兼好にも伝わって、「いみじ」という評価をいっそう増幅させたのではないかということです。

6　方法上の諸問題

「法師」と「亡寺」

江戸時代以来のすべての注釈書は、秀句の所在を「ほうし」の部分に絞って考えてきましたが、思わしい結果を得るに至りませんでした。実を言うと、わたくしも、その後塵を拝して、なにかそこにかぶせたことばが見のがされているのではないかと、いろいろ探してみたのです。そして、二つのことばを候補として見いだしました。

その一つは「鋒矢」です。これまでは寺という仏法の隠れ蓑を着ていたが、それを剥がされてしまって、鋒（ほこ）と矢とがむき出しになってしまったということで、辛辣な秀句になりそうです。ただし、これでは寺法師に対する悪意が露骨に過ぎますし、また、「ほうし」と聞いてすぐに思い浮かぶことばでもありませんから、失格にせざるをえないようです。

もう一つは「亡寺」です。「寺」がなくなったから「亡寺」だ、ということなら、これは秀句として成立しそうにみえます。思いやりのないことばのようですが、「鋒矢」と違って駄洒落としての救いはあると言ってよいでしょう。しかし、日本語音韻史についての既成の知識は、この解釈の成立する余地を認めていません。いまでこそ「法」と「亡」とは清濁の違いがあるだけで、あとは同じ発音になっていますが、「法」は［ホウ］、「亡」は［バウ］であり、[ou]と[au]とは、はっきり区別されていました。これらが合流したのは十六世紀になってからだというのが確立された考えですから、十四世紀の初頭では、あまりに早すぎます。

ここで、わたくしは岐路に立たされました。一つの道は、音韻史の共通理解をすなおに受け入れて右の解釈を断念することであり、もう一つの道は、音韻史に関する既成の知識の壁が右の解釈にとってどれほどの厚さを持つかを測ってみたうえで、放棄せざるをえなければ放棄しようということです。わたくしは、あえて第二の道を選んでその壁に挑戦してみた結果、この文章のこの文脈においては、十四世紀の初頭においても、すでにこの秀句の成立が可能であったという理論づけに到達しました。しかし、大局的な立場から考えなおしてみると、それは幻の理論にすぎなかったようです。

偽構の危険性

語学的解釈を標榜する場合には、その方法が合理的かつ客観的であることを積極的に含意しており、その裏がえしとして、恣意的かつ主観的な、悪い意味での文学的解釈の排除を暗黙のうちに前提しています。しかし、ここで強調しておきたいのは、客観的な証拠によって一歩ずつ足もとを固め、理論の筋を確実にとおしながら、かなりの程度まで、自分の思う方向に議論を操縦できるものだ、ということです。想定される複数の可能性のうちから、もっとも蓋然性が高いと評価されるものを選択する、という過程を積み重ねていくうちに、いつのまにか、それが、とんでもない偽構——でっちあげ、fabrication——になってしまう、という危険性がつねにつきまとっていることを認識しながら考察を進めなければなりません。

もし、わたくしにもわたくしなりの流儀があるとしたら、平凡なことながら、それは、浮かびあがってきた一つの可能性を、筋道を立てながら、ともかく押せるところまで押してみたうえで、得られた帰結を広い視野からとらえなおし、妥当な線まで後退する、ということです。自分の頭を使って考え出した新見にはとかく愛着が残りますから、妥当と思われる線が客観的に妥当な線を越えがちだ、ということはあるでしょうが、それは、やむをえないでしょう。

わたくしは、惟継のことばの、どこにどういう形で秀句が隠されているのか、その見うしなわれた環——missing link——にもたとえるべきものを求めて模索してみた結果、「亡寺」を思い付き、十四世紀の言語状況はその秀句を可能にする条件にあったというところまで押してみたのですが、結局は偽構に終わってしまったようです。

［au］と［ou］とが長母音化して合流したのは十六世紀であっても、その対立が日本語の実際的な運用のうえで機能を失ったのは、それよりかなり以前のことである、というのが理論づけの骨子ですから、それは、言語史そのものをどうとらえるべきかという根本問題にかかわります。したがって、この議論は決して無意味ではないと考えて第2節のあとに織りこんでおいたのですが、一つの感慨とともに厚みのある原稿を削除することにします。

最後に、二つのことを言い添えておきます。その一つは、「寺はなければ」というところに秀句の焦点があるのではないかという考えかたや、「法師」という語の持つ含みについての吟味などが、実は、「亡寺」との悪戦苦闘から導かれたものだということであり、そしてもう一つは、この章の帰結に、わたくし自身、満足していないということです。

もちろん、ほかの章で取り上げた事柄についても、わたくしの気づいていない問題点がたくさん残されているでしょうが、現在の時点において、いちおう穏当な線ではないかと考えています。しかし、この「いみじき秀句なりけり」に関しては、従来よりもいくらか視野を広げることができたという自己評価はありますし、「法師」という語の理解のしかたを改めたことなどにそれなりの意義があるだろうとも思いますが、第5節の解釈において、作品をねじふせてしまったところがありはしないかという懸念を払拭しきれません。今後、いっそう読みを深めていきたいと思っています。

結語

各章における検討の過程で率直な見解を表明してきましたが、わたくしとしては、注釈書を目の仇にして私見を優位に立たせようとしたつもりはありません。それらと解釈が一致しない場合、賛同できない点と賛同できない理由とを明示的に指摘したうえで私見を開陳したにすぎません。

　わたくしは『徒然草』を中心的な対象にして研究に従事しているわけではありません。ここで『徒然草』を選択した理由は、序章に述べたとおり、よく知られている作品で、文献学的方法による解釈を提示するのに適切な内容をもった素材、というだけのことですから、知識の量においても、また、その幅においても、専門家である注釈書の著者に比肩すべくもありません。

　この小冊では、開きなおって研究などというまえに、ともかく、作品の文章を虚心に読んでみようということを提唱し、それを実践してみましたが、わたくしのはらは、日本語史研究の資料として、許容される限界までこの種の文献を利用したいというところにあります。したがって、各章で試みた検討は、すべて、急がば回れ、の迂回です。あらゆる文献について徹底的な解析を行なうことが不可能であるとしたら、せめて、どういうところが、どういうふうにわからないかを明確にしておかなければなりません。いわば、資料として利用する準備段階としての水深測量です。水深が確認できれば、それに応じた適切な利用のしかたを考えることが可能です。他の文献と同様、『徒然草』についても自分自身で測量してみなければなりませんから、素人といえば素人ですが、一面において玄人であることも要求される立場にあります。

　古典文学作品の注釈書には、舌を巻くものから目を剥くものまで、さまざまの水準のものが混在しています。すぐれた注釈書であっても誤りや不完全な部分を含んでいるのは当然であり、それらについては段階的な改善を期待するだけですが、なかには、文章を読む感覚が極端にずれていて、「心無しと見ゆる者も良きひとことは言ふものなり」〔第一四二段〕という兼好のことばを疑いたくなるようなものがあることも否定できません。

『徒然草』ばかりではないという意味で、『古今和歌集』から、そういう例を一つあげてみましょう。

みみなしの山のくちなし得てしがな　思ひの色の下染めにせむ　〔雑体・誹諧歌〕

耳がなくて口がなければ、燃えるようなこの恋心が他人に漏れずにすむだろうに、ということで、いかにも『古今和歌集』的な発想のことばの遊びです。

誹諧歌は、一言に要約すれば、ことばの巧みな操作によるユーモアないしウィットを生命とする和歌ですから、この和歌にとって大切なのは、「耳無し」「口無し」ということばであって、大和国の耳無山にほんとうにクチナシの木があるかどうかなどということは、実のところ、はじめから問題外です。ところが、一つの注釈書では、「みみなしの山」に対して「昔からくちなしが多かったらしい」という説明を加えています。

どうやら、この和歌を根拠にして「らしい」と推定しているようですが、それは見当はずれというものでしょう。もし、そういうものがあるとしたら、ぜひとも手に入れたいものだというだけで、ここは十分です。「得てしがな」という表現は、それを入手するのがたやすくないことを含意しています。もとより、奈良は遠すぎるのでとても取りに行けない、というような理由ではありません。

この余計な注釈一つのために、せっかくの誹諧歌が、おもしろくもおかしくもないものになってしまっています。当該部分を解釈するうえで毒にも薬にもならない注釈が多いのは困りものですが、このように、はっきり毒としか言いようのない注釈が必ずしもまれではありませんから、読むがわに相当の批判力が必要です。一般論としては千慮の一失ということもあるでしょうが、このたぐいは言語的なセンスの欠如ですから、注釈書全体の質を象徴している場合が多いようです。

『日本語と外国語』という標題の新書版に、英語のorangeが日本語のオレンジ色と同じでないことについて詳細に論じられています。現代語だろうと外国語だろうと、対象に即した柔軟な姿勢でそれぞれのポイントを把握しながら読む姿勢が身についていなければ、古典文学作品の文章を読むときだけ身がまえてみたところで、解釈は付け焼き刃に終わってしまうでしょう。最後に来て長々と横道にそれるようですが、わたくしの立場からすれば、以下に述べる事柄も、〈すべての道はローマに通ず〉というつもりです。

問題の発端はアガサ・クリスティの *The Clocks*——『いくつもの置時計』——の、つぎの一節にみえるorangeの猫です。

I looked up at the numbers I was passing. 24, 23, 22, 21. Diana Lodge (presumably 20,with an orange cat on the gate post washing its face), 19……

「家々の前を通りすぎながら番号を24、23、22、21と順々に見上げて、20号とおぼしきダイアナ・ロッジ——その門柱の上ではオレンジ色の猫が顔を手で洗っていた——も過ぎて19と来ると……」と訳してみて〈オレンジ色の猫〉とはなんのことだろうと考え込んでしまった、ということです。

猫の毛色ならほかに考えようもなさそうですが、それはともかくとして、オレンジ色に着色した陶器かセメントの置物ではないかと疑ったりしているところからわかるように、この著者は、具体的な毛色だけに気をとられて、作品の冒頭に近い部分で orange の猫を登場させ、その猫に顔まで洗わせている作者の意図にまったく関心を示していません。

たとえ実録であっても、主題に関係のない事柄は無視されるのがふつうでしょう。まして、推理小説では、さりげない描写が伏線になるのは定石です。この男性は目的の家がどうしても見あたらず、焦りながら番号を確かめているのに、門柱の上の猫などに言及し、その毛色や行動までを描写しているのですから、どの要因にも意味がありそうです。したがって、わたくしなら、ここに毛色が orange と特定されていることを反射的にチェックして先を読むところです。『徒然草』でも『古今和歌集』でも、英国の推理小説でも、それぞれに、おさえるべきポイントがあるはずです。

知らない男が近づいても逃げ腰になるでもなく、人間を故意に無視するかのように悠然と顔を洗っているこの猫は Emperor——皇帝——とよばれており、あとの部分では、この男性に Your Majesty

——陛下——と皮肉をこめてよびかけられています。要するに、これは、偉い猫、ないし、偉そうな態度でふるまっている猫です。

「長年にわたって英語を専門に研究しているし、これまで何度も英語圏に滞在して〜」と自負するこの著者と、日本語に閉じこもっているわたくしとでは理解力に雲泥の差があるでしょうが、我流で読みかじった印象を述べることが許されるなら、小説などの orange の猫は概してこういう役どころを担って登場するようにみえます。

猫科——the cat family——に属する虎が英語では orange で表象されることを前提にして、色調自体の同一性よりも共通の色名によって虎に結びついているとしたら、〈赤茶色の猫〉より〈虎猫〉とでもした方が、いくらかは英語に忠実な翻訳になりそうですが、日本語の虎猫は〈虎斑の猫〉で、もっぱら毛色を表わし、虎の属性まで暗示しないようですから、ぴったりではないでしょう。適切な代案もありませんから、ずれを承知で〈虎猫〉で妥協するのもやむをえないかもしれません。ただし、日本語に既成の〈虎猫〉がないとしても、日本語の〈虎〉と英語の tiger とでは、イメージが一致しないようなので、所詮、その含みまでを一つの訳語で伝えることは不可能でしょう。色名で虎に結びつくといっても、人間の顔色を気にせずに主体的に行動するところに重きがあり、人間を食い殺しそうな存在ではないはずです。この Emperor がその例であるように、orange の猫が大きな図体をしているのも偶然ではなさそうです。

特にこのような作品では、作者から読者にイメージが正確に伝わることが大切です。極言するなら、

orangeという語によってこの猫のイメージが観念的に伝わりさえすればよいと言えるでしょう。この場合、そのイメージの内容は色そのものではなく、その色名から喚起される行動のパターンにあるとわたくしは考えます。

以上の理解の当否にかかわらず、この場合、具体的な毛色だけを問題にするのは言語研究として正しい接近ではありません。この著者は、毛色がorangeの猫なのでan orange catだという単純な考えのようですが、虎との観念連合の可能性をも考慮すべきでしょう。

この著者は「これはどう訳すのか」というところから出発しています。たしかに、〈オレンジ色の猫〉という翻訳が等価の置き換えのつもりだとしたら支持しかねますが、含みがわかるばかりに〈赤猫〉や〈虎猫〉などと訳せなかったということなら、事情は別になるでしょう。いずれにせよ、翻訳したあとでその意味を考えるのは本末転倒です。

この著者は、茶色のクルマが製造会社の色見本でtawny orangeとなっていることと、orangeの猫とを根拠にして、英語のorangeの領域を茶色の方に広げようとしていますが、洋服やクルマなどにしゃれた色名が好まれるのは普遍的な傾向です。また、lemon yellowやsalmon pinkが、それぞれ、lemonやsalmonで通用している事実をみれば、tawny orangeの主概念がorangeだとは即断できないでしょう。被修飾語が主概念であり、修飾語はその内容を限定しているという原則が、こういう類型の色名では逆転しているからです。手元にある英米の辞書でtawnyを引くと、黄褐色・褐黄色・褐橙色・橙褐色・暗くぼやけた黄褐色、というように説明がまちまちです。いわば、〈正確には表現できないあの色〉といったところでしょうか。虎の毛色を tawny-colored と説明している辞書があるし（RHCD）、tawny の例としてライオンの毛皮をあげている辞書もあります（LDCE）。ただし、同じ辞書の lion の項には、毛色が褐黄色となっています。説明がまちまちになっている理由が、これでわかってきました。

クルマの色にも猫の毛色にも右のように特別の条件が加わっているとしたら、この著者は、語用論——pragmatics——のレヴェルにおける拡張された orange の用法をラング——langue——のレヴェルに一般化してとらえていることになりそうです。条件しだいでそこまで拡張されうることを指摘するのはよいとしても、このような根拠に基づいて、英語の orange が日本語のオレンジ色と同じでないと強調したのでは、〈葡萄鼠〉や〈梅鼠〉などを過度に重視して日本語の〈鼠色〉の領域を広げるのと同じ過ちをおかすことになり、必ずしも英語を熟知していない読者には、〈鬼面、人を威す〉という逆効果を招きかねません。平安時代の形容詞の意味などについて、これと同じような強調がなされていなければよいのですが——。

こういう事柄を取り上げる場合には、複数の生得話者に意味や含みを確かめてみるのが先決であり、その手順さえ踏んでいれば問題の設定が違っていたはずです。しかし、この著者は、「いろいろと英語の辞書を調べても、何も書いていない」という接近のしかたをしています。「問題は日本で出版されている英和辞典だ」と決めつけていますが、英米の辞書を引いてみても同じことで、orange の項目には、たとえば、つぎのような大同小異の説明しかなく、orange cat という項目もないようです。

1 [C] a round reddish yellow bitter-sweet fruit.....
2 [U] the colour of an orange

The Longman Dictionary of Contemporary English, 1987.

どの辞書を引いてもこの調子だとしたら、「何も書いていない」のは不親切だとか不完全だとか考えるかわりに、このように書いてあるのだと――すなわち、オレンジの果実の色がこの色名の基本になっているのだと――理解するのが穏当ではないでしょうか。そうだとしたら、あとは語用論のレヴェルにおける柔軟な運用であり、辞書に説明を期待すべき事柄ではないからです。国語辞典の「ねずみいろ」が、「(鼠の毛の色のような)灰色。特に中間度の灰色。グレー。ねずみ。」と解説されているのを、「何も書いていない」と非難するのは筋ちがいです。

この小冊の主題は、直接に確かめようのない過去の文学作品の表現を解析する方法について考えることにあるので、この著者に合わせて対象を書記だけに限定し、読みかたの違いや辞書のありかたに関して見解を述べました。表面的に文献学的解釈の立場を一貫させましたが、生きたことばをこのように処理すること自体、文献学の基本理念に反していますから、猫の毛色の含みについては、あとで生得話者の知人に尋ねてみます。なお、この著者の議論の進めかたには、もっと重要な問題が含まれていますが、ここでは、表現の解析にかかわる事柄だけにとどめておきます。

「よく見ておきなさい。古代の鏡は顔や姿をうつすものではなかったのですよ」と、博物館で引率の先生が説明しているのを通りすがりに耳にしたことがあります。中学生たちの目の前には、その正しさを裏付ける客観的な証拠が並んでいました。でこぼこ模様のあるものばかりで、それでは姿がうつるはずはありません。

ひらめきをことばにするまえに、この反対側の面はどうなっているのだろうと考えたら、そこから一つの洞察——insight——が生まれたかもしれません。同じことは、説明を鵜呑みにしてノートをとった生徒たちにも当てはまります。洞察力の貧困を単純すぎる論理やたくましすぎる想像力で補った注釈書に出あうと、あのときの光景が目に浮かびます。

それだけで鏡の教訓は終わりません。もし反対側の面が平滑だとしたら、鏡としてはそちらが表になるはずであり裏返して陳列するはずはないから、直接に確認するまでもなく、平滑でないことは自明である、と推論してしまったら、反対側の面に思いを及ぼしたことが、かえって誤りを増幅する結果になるでしょう。解釈は、このように、いつでも横道にそれる危険をはらんでいます。この小冊も例外ではありません。

精密機械を素人が修理することはできません。機械の機序を知らず、また修理用具の使いかたも知らないからです。いいかげんにいじりまわしたら、修理できるものもだめにしてしまうでしょう。解釈に当たって、たくさんの古辞書を、それぞれの特徴をよくわきまえたうえで適切に使いこなせるかどうか、あるいは、日本語史についてのもろもろの知識を必要に応じて動員できるかどうか、といったことは、精密機械を修理する場合と同じことだと言ってよいでしょう。総じて、文学を専攻するかたがたの手になる注釈書にはそれなりの強みがあると思いますが、語学的な知識の不足やその欠如が致命的な原因となって、正しい解釈に到達できないでいる場合がしばしばあるように見うけられます。

この小冊では、解釈における文献学的方法の必要性と、その有効性とを一貫して強調し、また実践を試みてきました。その趣旨をくだいて言いなおすなら、既成の解釈に依存せずに、伝本を重んじながら最初から自分で読んで、作品と対話してみよう、ということにほかなりません。

自分の判断で読めと言われても、専門家以上の読みかたができるわけがないと信じこんでいる読者がいるとしたら、この小冊を執筆したわたくしの目的は残念ながら達成されていないことになります。この小冊のどの部分をとってみても、そこに述べられているのは常識的な考えかたばかりだということを再認識してみてください。むしろ、われわれにとって肝要なのは、いかにして常識の軌道を踏みはずさないかということです。もちろん、その常識とは世間常識ではなく、考えかたの筋道についての常識ということです。それを難しく言いなおして方法とよぶだけのことです。

古典文学作品の解釈は、専門家でなければ口を挟めないほど高い水準にまで進んでいないので、自分の手で新しい扉を開いていく楽しみがたくさん残されています。『徒然草』だけをとってみても、わからないところがまだまだたくさんありますので、楽しみのたねは、当分、尽きそうもありません。これほど読まれている作品でさえそうなのですから、ましてほかの作品ともなればなおさらです。すみずみまでひととおり検討されているようにみえるのは——といっても、未解決の問題はいくらでもありそうですが——、せいぜい、『万葉集』ぐらいのものかもしれません。

William Blake の詩の中に To see a world in a grain of sand という有名な一節があります。解釈はさまざまでしょうが、ひと粒の砂の中にひとつの世界を見るというのは、われわれの関心に引き寄せて考えても、なかなか意味深長なことばではないでしょうか。この小冊では、五つの砂粒の中に五つの異なる世界を見いだそうと試みましたが、われわれの巨視的な課題は、古典文学作品のほんとうの世界——*the* world——を、いかにして自分自身の目で見ることができるかということにほかなりません。方法としての文献学的解釈の有用性は、幻影の the world に迷いこまず、一つ一つの小さな world を確実に把握することによって、Blake が言うところの、Hold infinity in the palm of your hand——無限を掌中にせよ——という方向に正しく進むことを可能にするところにあると言ってよいでしょう。この方法によって見いだされた微小な世界に、いずれも限りない蒼空が広がっていることは——すなわち、それぞれが大きな発展性を持つ問題であることは——、その期待をふくらませるに十分です。

◆引用文献

天治本『新撰字鏡』（複製） 享和本『新撰字鏡』（複製）
道円本『和名類聚抄』（複製）
承暦本『金光明最勝王経音義』（複製）
図書寮本『類聚名義抄』（複製）
観智院本『類聚名義抄』（複製）
長寛点『大唐西域記』（複製）
前田家本『色葉字類抄』（複製）
黒川本『色葉字類抄』（複製）
『名語記』（翻刻本）
『日葡辞書』（複製）
文明本『節用集』（複製）
黒本本『節用集』（複製）
易林本『節用集』（複製）
『医心方』（複製）
青谿書屋本『土左日記』（複製）
伊達本『古今和歌集』（複製）
天福本『拾遺和歌集』（複製）
青表紙本『源氏物語』（源氏物語大成）
三巻本『枕草子』（古典文学大系）
御物本『更級日記』（複製）
龍谷大学本『平家物語』（古典文学大系）
広島大学本『堤中納言物語』（複製）
梵舜本『沙石集』（古典文学大系）
古活字本『宇治拾遺物語』（古典文学大系）
正徹本『徒然草』（複製） 烏丸光広本『徒然草』（複製）
常縁本『徒然草』（複製） 陽明文庫本『徒然草』（複製）

・複製本については『国語学大辞典』（東京堂出版・一九八〇年）所収の「影印本書目」を参照。

◆カットの引用文献

烏丸光広本『徒然草』（東京大学文学部国語研究室蔵）
正徹本『徒然草』（静嘉堂文庫蔵）
陽明文庫本『徒然草』（陽明文庫蔵）
常縁本『徒然草』
伊達本『古今和歌集』
寛文十二年刊版本『徒然草――よみくせつき』
天福本『拾遺和歌集』（高松宮蔵）
西本願寺本三十六人集『伊勢集』（石山切）
広島大学本『堤中納言物語』（広島大学蔵）
図書寮本『類聚名義抄』（宮内庁書陵部蔵）
観智院本『類聚名義抄』（天理図書館蔵）
『日葡辞書』（オックスフォード大学ボドレイ文庫蔵）
承暦本『金光明最勝王経音義』（大東急記念文庫蔵）
易林本『節用集』 黒本本『節用集』（前田育徳会蔵）

・写真はすべて複製本による。

解説

小川剛生

本書は一九八三年六月、『徒然草抜書　解釈の原典』と題して三省堂より刊行され、続いて一九九〇年一一月、『徒然草抜書　表現解析の方法』と改題し、講談社学術文庫に収められた。「はしがき」で、

この小冊は、古典文学作品の文章を解釈する方法がどのようにあるべきかを基本から問いなおし、具体的な対象に即して考察を試みた記録の一端です。（九頁）

と宣言するように、兼好法師の徒然草を対象に、鮮やかな新解釈を披露した、古典文学研究の名著として数多くの読者を得てきた。解説者なども講談社学術文庫版で親しんだ世代である。

いつしかそれも三十年を経過した。この度、本書は、花鳥社より装いを新たにして、三たび世に出ることになった。名著が書店でつねに入手可能で、新しい読者を得る状況が保たれることは、最も悦ばしく、かつ関係者の配慮に敬意を表するものである。

本書の構成は、はしがき・前言に続いて、序章「文献学的解釈の基礎」があり、本書のスタンスが説かれる。それから五章を宛て、順に序・六二・一三六・一五九・八六段が俎上に載せられる。最後に「結語」を置く。

厳密な論文集ではないので、他の文献を参照させる注もなく、最初からそのまま読み通せるようになっている。じっくり読んで貰えれば何の問題もないが、ここで、当該の章段の概要と通説的解釈——本書がしばしば批判の対象としている——、そして本書刊行後に発表された、主要な研究について述べて、読者の一助としたい。

まず第一章「つれ〳〵なるまゝに」。序段は、「つれ〳〵なるまゝに……」で始まる七十余文字について は、余りにも有名であり、ありとあらゆることが言い尽くされ、もはや何か学術的な新見を挟むべき余地は残されていない——これ以上何かを言ってもそれは個人的なつぶやきでしかあり得ない——ような飽和状態であるように見える。

ところが、ここで小松氏は、正徹本と烏丸本という代表的伝本の本文表記に注意し、とりわけ「つれ〲」「日くらし」「ものぐるほし」の三語について、これまでのいわば惰性的な解釈の見直しを迫っている。論の立て方は、とてもそんな手垢にまみれたテキストに相対しているとは思えないほどに新鮮である。結論は本文に就いて欲しいが、写本の書記史、とりわけ当時の仮名遣いについて、もっと敏感でなければならないことを痛感させられる。

ところで、小松氏は正徹本より烏丸本が作品の真面目、すなわち原本の姿を保っていると指摘している。歌僧正徹が徒然草の最初の読者であり、永享三年（一四三一）に書写された正徹本が現存最古写本である事実は動かないが、正徹本の本文が果たして作品の原態を忠実に伝えているかは、当然ながらまた別問題である。この点は以後の章でも問題になるところである。但し、烏丸本も合理的であるがもちろん完全無欠ではなく、依然として後人の手が入っていないかという疑いは残ったままであるが、これは江戸前期の出版事情（たとえば無刊記本の底本選択の問題）から考察できる余地がある。

第二章「うしのつの文字」は、六二段を取り上げる。この段は、後嵯峨院の皇女延政門院悦子内親王（一二五九～一三三二）が、幼少のとき、「ふたつ文字牛の角文字すぐな文字ゆがみ文字とぞ君はおぼゆる」と列ねて、父上皇に奉ったという短い挿話である。ここに「こいしく」の文字が隠されていることは定解であって、これまでとくに問題とされていない章段であるが、実はそれでは終わらない、重大な問題があることに読者は導かれる。

烏丸本のオチ「こいしくおもひまいらせ給ふと也」について、多くの活字本では「恋しく」と漢字を宛てるか、「こひしく」と校訂しているが（角川ソフィア文庫『新版　徒然草　現代語訳付き』でもそのようにしてしまった。以下、拙著とする）、これでは本文の魅力が半減する、と主張する。

そのことの当否は本文に就いて見られたいが、ここでも歴史的仮名遣いに従って本文を改める、という、機械的操作を見直すことによって、何百年も見過ごされていた章段の真意に気づかされる。しかも事はこのような「こいしく」「こひしく」の処理だけでは終わらない、少女の記したであろう書記法とそれを知った当時の人々の受け取り方にまで、まざまざと思いを馳せることになる。本書の豊かさの象徴である。

第三章「土偏に候ふ」は、一三六段である。この段は、後宇多法皇の御前に参仕していた侍臣たちのエピソードである。ちょうど食膳が供されたので、医師の和気篤成が、これらの品々の「文字も功能」も尋ね下さい、何も見ないで答えます、そうしたら本草書に御照合下さい、一つも言い間違うことはありませんので、と述べた。そこで内大臣六条有房が「まづ、しほといふ文字はいづれのへんにか侍らん」と尋ねたところ、篤成は「土偏に候ふ」と答えた。いきなり有房は「才のほどすでにあはれにたり。いまはさばかりにて候へ。ゆかしきところなし」と切って捨てたので、どっと大笑いとなり、篤成はすごすごと退出した、という内容である。

既に最初の注釈書である寿命院抄で「塩ハ俗字也、鹽、正字也」と示されており、篤成の迂闊さは正字を知らないで俗字を答えた点にあるとされて来た。これを受けて、江戸期の注釈書では「すこし物しらぬものにむかひ智者のふるまひいとみにくゝ侍る」（なぐさみ草）などと、篤成の高慢ゆえに恥を掻いた段であり、慎むべし、という教訓を引き出すのであった。小松氏はこれに反駁する。そもそもどうして有房は明解に切って捨て、回りはどっと笑ったのか、無数の疑問が生ずる。まずは当時の漢字の用法において、鹽・塩に正字俗字の区別がないことを証明した山田俊雄論文（「しほといふ文字は何れの偏にか侍るらむ」国語と国文学四三－九、一九六六年九月）があるのに、注釈書はこれに対して「儀礼的引用」をしただけで、その当否を検討することを怠ったと糾弾する。

この段では、烏丸本の本文表記「いつれの偏」が、これまで疑われて来なかったことが問題であった。博引傍証を経て、これは「何れの篇（編）」または「何れの辺」、つまり有房の問いは、「塩」とは本草書のどの篇（辺）にあるのか、であったことを導き出す。なぜなら、篤成は伝統を誇る官医であり、本草書は家学であり、現に「本草に御覧じあはせられ侍れかし」と述べていたのだから。それなのに篤成は漢字の偏のことと早とちりしてしまった――そんなことは誰でも知っている、有房に「ゆかしきところなし」と断じられた訳である。

第三章は、本書のうちでも最もインパクトが強かったようで、多くの反響が見られる。拙著ではこの解釈を採り、当時の医者が専門としていた本草学は鉱物学や植物学に類していたこと、本草書は古典における引文用例から成っていて、字書に近似するものであったこと、「塩」が本草での分類がまちまちであった事実などは、小松説の理解のための「ノイズ」とならないはずであるので、補充しておいた。

第四章「蜷といふ貝」は一五九段である。烏丸本によれば、「みな（にな）むすびといふは、糸を結びかさねたるが蜷（にな）といふ貝に似たればいふとあるやんごとなき人おほせられき、にな（みな）といふはあやまりなり」とあるのが全文である。有職故実を書き留めた、短い心覚えとして、まず顧みられない章段である。ところが、正徹本によると、（　　）で示したような異文がある。内容は、まったく正反対のものとなってしまうのである。「古典文学作品の本文には、多かれ少なかれ、異文が付きものだとはいうものの、これほどまでに極端な食い違いの例は、ほかにないと言ってよいでしょう。これには、なにか特別の事情がなければなりません」として、探求を始める。古辞書を手がかりに、この蜷という貝がどのように呼ばれていたかを考証し、ついにどちらの本文が合理的であり、もう一方が後人によって改められたかを明らかにする。もともと短い段であり、かつ蜷結びの実態ももはや明らかではなく、小松氏も問題としないので、本文解釈の合理性を求めて、ありとあらゆる可能性をも検討して進んでいく。それは迷宮探検にも似た旅路であるが、辛抱強くこれに付き合っているうち、読者はこのような極端な異文が易々と生じてしまった現場に立たされ、衝撃を受けるのである。さらに「蜷」に、親切心から「みな」とルビを振ることがしばしば行われているが、これがどれほど作者の意図を損ねることかを知り、慄然とさせられる。

第五章「いみじき秀句」は八六段。権中納言平惟継（一二六六～一三四三）は漢詩の才能があり、仏教にも深く帰依して、園城寺の僧円伊と同宿するほど親しい関係であったが、その園城寺が焼かれてしまった時、「御坊をば寺法師とこそ申しつれど、寺はなければ、今よりは法師とこそ申さめ」と口にしたので、兼好は「いみじき秀句なりけり」と感想を述べたもの。延暦寺（山）に対して、園城寺は単に「寺」と称され、そこに属する僧も山僧・寺僧の呼称で通っていた。そうした事情さえ分かっていれば、これもとくに問題とされる段ではなかったが、小松氏は「いみじき秀句なりけり」とした理由を知ろうとする。「寺が無くなったから、もうあんたは法師だ」という解釈ではたしかに曲（きょく）がなさ過ぎるのである。実は古人も地口と見るのに疑問を抱いたようで、いろいろな解を試みている。小松氏の解釈はまず「法師」の用法を徹底的に検討して導き出されたもので、穏当であるが、ややすっきりしないものを残している。小松氏はテキストの外部の情報には、基本的には立ち入らない立場であるが、これには当時の社会的な状況を詳しく知る必要があると思われる（もちろん「4　惟継と円伊との人間関係」でも少し考証されているが）。この話の前提は、すでに半世紀にわたって続いた戒壇設置問題をめぐる抗争の末に、延暦寺が文保三年（一三一九）四月に園城寺全山を焼打ちした事件であり、そのことは当然ながら重視しなくてはならない。当時の園城寺長吏顕弁（一二六九～一三三一）は兼好が仕えた、幕府執権金沢貞顕の兄であった。すると兼好は意外にこの段の渦中の人物に近いところにいたことになる。

以上、簡単に五つの章段の内容を取り上げた。総じて本書の特色は、自身が「推理小説のようだ」という読者の感想を引いているように、思いつきの類ではなく、洞察力を駆使したものである。「AでもないＢでもない、よってＣしかあり得ない」という形で慎重に論証していく記述であり、しかもそれが緊張した展開で弛緩なく、スリリングとさえいえること、何より語彙・表記・音韻といった厳密な語学的知識を駆使し、正統な文献学的な方法によって、これまでの解釈の再考を迫るものであった。より本質的な価値があるとすれば、文学研究は、おそらくテキストの正しい解釈ということに尽き、とりわけ古典文学の場合、いかなるアプローチを取るにしろ、まずは「表現の核心」をとらえなければ話にならない、という理想を示したことであろう。

ところで、著者とは専門を異にし、ことに日本語学には門外漢に過ぎない解説者が、敢えて贅言を附すようなことをしたのは、ほかでもない、研究の現状を憂うるからである。

本書はたびたび、文学研究者の手になる注釈書の問題を指摘し、批判している。それは多岐にわたるが、最も根源的なのはつぎのようなことであろう。

そこには既成の注釈書にみえる〈説〉が可能なかぎり網羅されていますが、学的評価が徹底的に排除されているところに――というよりも、それが回避されているところに――この領域の体質が如実に表われています。こういうことの積み重ねでは、際限なく横に広がりつづけるだけで解釈の深まりは期待できないでしょう。対決的な論争の回避が、解釈の進歩を妨げる最大の要因の一つになっていることは否定できません。（九一頁）

残念ながら、これはその後の研究が証明する形になってしまっている。本書で批判の対象となった注釈書はいずれも版を重ね、その後も新しい注釈書が、新日本古典文学大系『方丈記　徒然草』（岩波書店）以下、陸続と現れている。ところが、これらの注釈書は、おしなべて本書に冷淡である。わずかに稲田利徳氏による『徒然草』（古典名作リーディング4、貴重本刊行会、二〇〇一年）や『校注　徒然草』（和泉書院、一九八七年）が、あくまで「一説」として触れる程度である。『国文学　解釈と鑑賞』（一九九七年一一月）は「新たな読みの可能性を探る」と題した徒然草特集であり、「徒然草研究の軌跡と展望」があり、「それぞれの時点での徒然草の研究成果が投入されており」として、注釈書はもちろん、研究書も小冊まで紹介されているのに、そこに本書は見出されないのである。

徒然草の専門家による注釈書が、小松氏が新説を立てたところでもほぼ旧説を踏襲しているのは、それはそれで評価の現れであるとも言える。しかしながら、正徹本・烏丸本の本文の評価はもとより、一三六段をはじめとする個別の章段の解釈でも、本書の成果はもはや無視し得ない。小松氏はしばしばアカデミックな場に社交儀礼を持ち込むなと言うが、もし旧説に従うのであれば、どうして小松説を肯んじないのかの理由を述べることがそれこそ本当の礼儀、学問的な誠実さというものであろう。

そんなことは言わずもがなかも知れない。ただ、事態がより深刻であるのは、ことが徒然草に限らないと思うからである。対象が大きな、有名な作品であるほど、新しい説を検討すること、あるいは提示することに鈍感になっているのではないか。研究が有名な作品に偏することはある程度仕方がないにしても、偏り過ぎた結果、細分化と共に環境が過度に行き届いたものとなり、もう新見は出ないとして未解決の問題を看過するようになってしまった。たとえ極小のテーマでも論文は書けるし、研究者人口も多いから、一定の反響もある。マイナーな作品を相手にするとき、心ある者は、この作品を研究する意義があるのか？　自分の研究はなぜこのようなスタイル・アプローチを取るのか？　といった自問を抱かざるを得ないし、かつ読者に訴えなければならない。有名な作品であるゆえの権威主義と怠慢が、定説に安住させ続け、もはや周辺さえ見えなくしてしまっているように思えてならない。

解説者は、小松氏とはまったく別の視点で、現在の徒然草の注釈書が、あまりにも過去の注釈にとらわれている実態を知り、黯然とさせられた経験がある。とりわけ人名比定については、江戸時代の説がほぼそのまま踏襲されているのである。鎌倉時代後期の史料をふんだんに利用できる現代人が、四〇〇年前の見解を墨守する必要はないはずである。ところが、これが更新されていないため、あちこちで無用な混乱を惹き起こしているのを見た。前後の時代の公家日記や文書・消息を調べ直すことを怠ってよいのであろうか。いや、そもそも、せっかく注釈書を出すのに、どうして内容が刷新されないのであろう。それでは意味がないではないか。

ついでに言うならば、あとから刊行された注釈書ほど解釈は正しくなっているはずだと一般の人たちが思いこんでいるのは、研究の進歩を素朴に信じているからであって、注釈書はその期待にこたえるべきであると、わたくしは考えます。（九七頁）

事は本質的な問題であるように思う。すでに数十年前から、有名な作品に就いて毎年、量産される研究からは、どうしてその作品を論じているのか、動機や必然性がさっぱり見えて来ない、という歎息はしばしば見聞きしたのである。これは改善されるどころかますますひどくなっている。

そういう世界に泥んだ者の眼から見れば、本書から受けた衝撃は誠に大きかった。しかも小松氏の論法はきわめて正統的であるし、決して珍奇な史料を用いている訳でもない。そして氏が述べるように、まだ問題は未曾有に残されていると思う。

今後、全てを引き受ける覚悟をもって、作品の読み直しに向かう学究が出ることを願う。現在の状況ではもう手遅れかも知れないが、かえって現行の注釈書にあきたらない人たちが、本書から多大な啓示を受け、研究を進展させられるのではないか、そんな淡い期待を抱くのである。

古典文学作品の解釈は、専門家でなければ口を挟めないほど高い水準にまで進んでいないので、自分の手で新しい扉を開いていく楽しみがたくさん残されています。『徒然草』だけをとってみても、わからないところがまだまだたくさんありますので、楽しみのたねは、当分、尽きそうもありません。これほど読まれている作品でさえそうなのですから、まして、ほかの作品ともなればなおさらです。

（三七三頁）

（おがわ・たけお　慶應義塾大学文学部教授）

【著者紹介】

小松 英雄（こまつ ひでお）

出生　1929年、東京。

筑波大学名誉教授。文学博士。

著書

日本声調史論考（風間書房・1971）

国語史学基礎論（笠間書院・1973：増訂版 1986：簡装版 2006）

いろはうた（中公新書 558・1979：講談社学術文庫・2009）

日本語の世界 7〔日本語の音韻〕（中央公論社・1981）

徒然草抜書（三省堂・1983：講談社学術文庫・1990）

仮名文の原理（笠間書院・1988）

やまとうた（講談社・1994）

仮名文の構文原理（笠間書院・1997：増補版 2003：増補版新装版 2012）

日本語書記史原論（笠間書院・1998：増訂版 2000：新装版 2006）

日本語はなぜ変化するか（笠間書院・1999：新装版 2013）

古典和歌解読（笠間書院・2000：増補版 2012）

日本語の歴史（笠間書院・2001：新装版 2013）

みそひと文字の抒情詩（笠間書院・2004：新装版 2012）

古典再入門（笠間書院・2006）

丁寧に読む古典（笠間書院・2008）

伊勢物語の表現を掘り起こす（笠間書院・2010）

平安古筆を読み解く（二玄社・2011）

日本語を動的にとらえる（笠間書院・2014）

土左日記を読みなおす（笠間書院・2018）

新版 徒然草抜書（つれづれぐさぬきがき）

表現解析の方法

二〇二〇年十月三十日　初版第一刷発行

著者……小松英雄

装幀……芦澤泰偉

発行者……橋本 孝

発行所……株式会社花鳥社

https://kachosha.com/

〒一五三-〇〇六四　東京都目黒区下目黒四-十一-十八-四一〇

電話〇三-六三〇三-二五〇五

ファクス〇三-三七九二-二三二三

ISBN978-4-909832-19-1

組版……ステラ

印刷・製本……モリモト印刷